陪你去看蘇東坡

衣若芬

推薦序——

紙薄情長若芬芳——讀衣若芬《陪你去看蘇東坡》

陳文茜

世事一場大夢，人生幾度新涼？
夜來風葉已鳴廊，看取眉頭鬢上。
酒賤常愁客少，月明多被雲妨。
中秋誰與共孤光，把琖淒然北望。

——蘇東坡

衣若芬教授做了三十年的東坡夢。一個女子，魂牽夢縈千年前的大詩人，考證他的出生地，走遍他被貶放的江山，飛行數十萬里，就為體悟蘇東坡寫下「萬事到頭都是夢，休休，明日黃花蝶也愁」的心境。

蘇老當年一定無法想像千年之後，會有一個來自比他當時被流貶的黃州（今日湖北黃岡）更遠方的台灣女子，歷經千年時光仍幽幽傳遞思念。之後依靠她嚴謹的學術論證，尋覓東坡先生出生地，兒時往事，硯台隱喻，身高長相，甚至反駁了林語堂先生蘇東坡傳記的史實錯誤。

三十年夢幻情牽後，衣若芬完成了這一整本書。何止紙薄情長，它太珍貴了！

出版此書飽讀詩書的悔之於臉書引用蘇東坡的詩句，撰寫他的閱讀感想：「晚景宜倍萬自愛耳」。歷經顛沛、苦難、羞辱、流離，那個一再被貶謫，猶須上表謝君恩的詩人，有著如此深刻的覺悟；晚年的東坡不只一次在信上這麼告訴朋友，用今天的白話說：「人老了，應該多愛自己一萬倍啊！」

這句評語，多麼適合疫情大流行下的我們。多愛自己一點，多愛我們仍擁有的時光，多愛我們的每一個踏步、每一個日子。多一些，再多一些，再多一些！

過去喜愛蘇東坡但懶於考證只享受其詩詞的我，從來只是悠遊於他和黃庭堅那一代才子的人生情境。

當命運被捉弄後，他們化苦為美，他們看厄如飛絮——送行舟，水東流。

我這叫借東坡，有時行樂，有時照斷腸。

而衣若芬教授可是真在林語堂的書裡認識了這位才華橫溢的樂觀幽默詩人後，她看到蘇東坡不被現實擊倒，始終在顛沛時刻，仍能保有自己的對應方式和生活趣味，決心成為研究蘇東坡的專家。

蘇東坡不是梭羅，梭羅是一個本性叛逆、需要遺世的人。蘇東坡卻不是，他戀家也深愛他的朝代，但在幾次寃案後，他看破了，看破了通判、禮部尚書的官位。春庭月午，搖蕩香醪光欲舞。步轉回廊，半落梅花婉娩香。

那些他父親帶著全家進京入考的抱負，最後皆可轉成輕雲薄霧。他反對朝中大權人士王安石，說了真話，從此一路被貶。貶的地方也真多，沒完沒了。結果到千年之後，一名叫衣若芬的女子帶著我們追逐蘇東坡一路的足跡。這好像悲劇之旅，好像文化考證，卻有點荒謬地如文化旅遊行書。每一段路程，都是中國體制血淋漓對一位講真話、才情洋溢的文人，最真實的懲罰。那豈止是蘇東坡的故事。

但在蘇東坡，這些苦厄卻化為一路的詩作之旅。

當年如果他假一點，妥協一點，官拜更高一點還有蘇東坡嗎？

幸好他沒有！！！

這真是文人和權力之間，最好的結局。貶謫他的人，只是歷史書上的名字，而蘇東坡卻傳承千年，如今到處是他的紀念館，塑像：以及以不同方式愛慕他的人。

無意之間，蘇東坡教導了人們離愁斷腸時如何自處：他並非追求孤獨，他像我們這些凡人。經常必須在荒涼煙滅的每個地方，找到自處之道。

貶至黃州，他寫下：

> 缺月挂疏桐，漏斷人初靜。誰見幽人獨往來，縹緲孤鴻影。
> 驚起卻回頭，有恨無人省。揀盡寒枝不肯棲，寂寞沙洲冷。

衣若芬說她想過這般的人生，流浪在時間的荒蕪裡，啜飲文字如甘泉。

我認為東坡的感慨可能更強，他是被棄絕的，被羞辱的流浪。但他去的地方，有山，有水，有風景且明麗。用現代的說法，他轉念地很快，縱情山水，怡然自得，樂觀幽默。

書一上市，我迫不及待的閱讀，摘錄幾段，寄存給自己的日摘。

在這疫情壓著人悶悶的年代，跟著衣若芬追夢的足跡，一起尋東坡，習他的自由自在，學他逆境中坦然處之的輕雲薄樂。

也向我完全不認識的衣若芬致意。

自序——

陪你去看蘇東坡

這本書，從無端想像，到非寫不可。完成了，我才可以，陪你去看蘇東坡。

三十年，夢途中回眸。

何其有幸，我過的不只個人的一生，有東坡的文字穿透我的身心，化為翩翩蝶影，偶然留落砂丘，隨風去來。

最喜歡和蘇東坡去旅行。

天氣好不好？也無風雨也無晴。

風景怎麼樣？天涯何處無芳草。

食物美味嗎？爾尚欲咀嚼耶？呵呵！

飛行數十萬公里，我在交錯的時空中站了某處支點，去感受滄海桑田和山水變遷，去回味閱讀東坡文字的觸動及聯想。

帶著溫故知新的心情，陪你順著東坡一生經歷，去看他居住過的地方，從最北邊的河北定州，到最南端的海南島儋州。

為了便於檢索和理解，本書把東坡的家族系譜、科舉考試過程和考題、烏臺詩案的經過、東坡生平大事和履歷都繪製了圖表，其中，東坡行跡圖獲得李常生博士惠允使用他於大作《東坡行跡考》

的地圖，謹此致謝！

感謝帶我去蟆頤山的劉清泉先生、陪我去定州的陳濤、陪我去徐州和鎮江的孔令俐、幫我查核古籍的洪可均，以及邀請我參加東坡學術會議的眉山市、諸城市、黃岡市、儋州的人民政府、蘇軾研究會等等。

本書的繁體字版由有鹿文化編輯出版，感謝也是「東坡控」的許悔之社長成全，讓這本魂牽夢縈三十年的小書，有了和讀者見面的最好形態。這美好的形態，在編輯魏于婷的悉心呵護下完成，千年東坡，煥發新鮮的氣息！

你也是喜愛東坡的「東粉」嗎？試試書裡的〈超級東粉檢定測驗〉，為你的熱情增加經驗值；為你的人生鞏固生命值吧！

＊

二〇二〇年四月七日，《陪你去看蘇東坡》初和讀者見面，陳文茜小姐當天下午就在臉書「文茜的世界周報」介紹。她超強的閱讀力，快速和精準的掌握使我驚訝佩服！全球陷於抵抗新冠病毒的低迷時期，她指出了疫情中讀東坡的心靈滋養，獲得熱烈回響。是疫苗，是解藥，是化苦厄為生機的能量。由衷感謝她慷慨首肯，將她兼融知性與感性的鴻文做為本書的新序，帶領讀者雲遊東坡天地。

啟程了，一起去看蘇東坡！

二〇二〇年四月十日，衣若芬書於新加坡 circuit breaker

目錄

卷二 海角

日本

附錄

超級東粉檢定測驗

① 東坡是誰？
1 蘇軾，字子瞻
2 蘇軾，號東坡居士
3 以上都對

② 東坡出生在哪裡？
1 河南
2 江蘇
3 四川

③ 東坡生日農曆哪一天？
1 9月25日
2 10月21日
3 12月19日

④ 東坡活了幾歲？
1 65
2 56
3 76

---

⑤ 關於東坡的家庭，以下哪一種敘述是對的？
1 父親蘇洵，母親程夫人
2 弟弟蘇轍，妹妹蘇小妹
3 以上都對

⑥ 關於東坡的婚姻，以下哪一種敘述是對的？
1 元配王弗，妾王閏之是王弗的表妹，小三王朝雲
2 元配王弗，繼室王閏之，妾王朝雲
3 以上都不對

⑦ 你猜東坡的朋友圈有多少人？
1 900人
2 1300人
3 600人

⑧ 東坡擔任過最高的官職是什麼？
1 禮部尚書
2 杭州知州
3 門下侍郎

⑨「烏臺詩案」是東坡人生重要的轉折點，關於「烏臺詩案」，以下哪一種敘述是錯的？

1「烏臺詩案」是王安石指使，陷害東坡。

2「烏臺詩案」是東坡受名聲太大所牽累。

3「烏臺詩案」審查過程中，東坡承認寫詩有嘲諷朝廷政策的意思。

⑩以下哪一個地方東坡不曾去過？

1 北京

2 海南島

3 長安

⑪有「天下第三行書」之稱的是東坡哪一件書法作品？

1《赤壁賦》

2《渡海帖》

3《寒食帖》

---

⑫杭州西湖著名的「西湖十景」中，哪一個和東坡沒有關係？

1 雷峰夕照

2 蘇堤春曉

3 三潭印月

⑬東坡是在哪裡開始自號「東坡居士」？

1 河北定州

2 山東登州

3 湖北黃州

⑭東坡喜歡的飲食有？

1 豬肉

2 美酒

3 以上都對

⑮ 公元二〇〇〇年，法國《世界報》選了中國哪一位詩人為「千年英雄」？

1 李白

2 杜甫

3 蘇東坡

⑯ 以下哪一段詩詞是東坡的名句？

1 但願人長久，千里共嬋娟

2 天長地久有時盡，此恨綿綿無絕期

3 天若有情天亦老

⑰ 以下哪個人物不是東坡欣賞的英雄？

1 曹操

2 呂洞賓

3 周瑜

---

⑱ 東坡詞裡寫的「大江東去，浪淘盡」，「大江」是哪一條江河？

1 漢水

2 黃河

3 長江

⑲ 對東坡影響很大的長輩包括以下哪個人？

1 歐陽脩

2 包拯

3 周敦頤

⑳ 你猜東坡一生寫了多少首詩？

1 1500—1800

2 2700—2900

3 2000—2200

測驗答案

①東坡是誰？

3 以上都對

↓ P.42 世界上最短的咒語

②東坡出生在哪裡？

3 四川

↓ P.21 東坡家的月光

③東坡生日農曆哪一天？

3 12月19日

↓ P.300 東坡先生，生日快樂！

④東坡活了幾歲？

1 65

↓ P.281 東坡在這裡閉上了眼睛

⑤關於東坡的家庭，以下哪一種敘述是對的？

1 父親蘇洵，母親程夫人

↓ P.26 程夫人不急著吃棉花糖
P.66 蘇洵求子

⑥關於東坡的婚姻，以下哪一種敘述是對的？

2 元配王弗，繼室王閏之，妾王朝雲

↓ P.260 說蘿莉控太過分

⑦你猜東坡的朋友圈有多少人？

2 1300人

↓ P.75 無佛處稱尊

⑧東坡擔任過最高的官職是什麼？

1 禮部尚書

↓ P.138 東京夢花落

⑨「烏臺詩案」是東坡人生重要的轉折點，關於「烏臺詩案」，以下哪一種敘述是錯的？

1 「烏臺詩案」是王安石指使，陷害東坡。

↓ P.150 暢銷書作家蹲大牢

⑩ 以下哪一個地方東坡不曾去過？

1 北京

↓ P.238 中山松醪之味

⑪ 有「天下第三行書」之稱的是東坡哪一件書法作品？

3 《寒食帖》

↓ P.313 再見《寒食帖》

⑫ 杭州西湖著名的「西湖十景」中，哪一個和東坡沒有關係？

1 雷峰夕照

↓ P.169 蘇堤橫亙白堤縱

---

⑬ 東坡是在哪裡開始自號「東坡居士」？

3 湖北黃州

↓ P.204 何處是東坡

⑭ 東坡喜歡的飲食有？

3 以上都對

↓ P.232 東坡沒吃過東坡肉
P.265 一碗超難吃的湯餅

⑮ 公元二〇〇〇年，法國《世界報》選了中國哪一位詩人為「千年英雄」？

3 蘇東坡

↓ P.94 為什麼李白、杜甫不是千年英雄

⑯ 以下哪一段詩詞是東坡的名句？

1 但願人長久，千里共嬋娟

↓ P.162 很高興妳在這裡

⑰ **以下哪個人物不是東坡欣賞的英雄？**

2 呂洞賓

↓ P.94 為什麼李白、杜甫不是千年英雄

⑱ **東坡詞裡寫的「大江東去，浪淘盡」，「大江」是哪一條江河？**

3 長江

↓ P.214 赤壁

⑲ **對東坡影響很大的長輩包括以下哪個人？**

1 歐陽脩

↓ P.142 愛我還是害我
P.180 六一泉

⑳ **你猜東坡一生寫了多少首詩？**

2 2700—2900

↓ P.332 我不要你死

檢定資格

檢定資格

A等：答對16題及以上，80-100分

B等：答對12-15題。60-75分

C等：答對8-12題。40-60分

D等：答對7題及以下。35分-

你答對幾題呢？歡迎到「愛上蘇東坡」臉書粉絲頁打卡上傳和分享心得哦！

- 本書標示衣若芬尋東坡之地點，皆改自李常生繪製之「蘇軾一生行跡圖」。
- 地圖地名皆為宋代古地名。
- 本書攝影照片、圖片多為衣若芬攝影或提供。攝影師另有他者，皆隨圖標注。

卷一　天涯

眉山

眉山

蘇軾生於宋仁宗景祐三年農曆十二月十九日（公元一〇三七年一月八日，星期六），生肖屬鼠。出生地眉州眉山，今屬四川省眉山市，在成都以南大約七十四公里（高速公路最短距離）。

蘇軾六、七歲開始讀書，他的老師包括天慶觀北極院張易簡道士、眉州教授劉巨、父親蘇洵、母親程夫人等。一〇五四年，蘇軾和青神縣鄉貢進士王方之女王弗結婚。在紗縠行住到一〇五六年大約二十歲左右，蘇軾和弟弟蘇轍隨父親赴京師（今河南開封），參加禮部秋試。一〇五七年東坡進士及第，程夫人不幸病故，父子三人返鄉奔喪，東坡居家丁憂。一〇五九年，蘇軾再往京師參加制科考試，高中第三等（第一和第二等為虛設），授大理評事、簽書鳳翔府節度判官。一〇六五年和一〇六六年，王弗和蘇洵先後病逝於京師，蘇軾扶柩回眉山。一〇六八年，守喪期滿之後，蘇軾娶王弗的堂妹王閏之，於十二月和蘇轍舉家出蜀還京，效命朝廷，未料永別眉山。

東坡家的月光

公元一九九七年九月十六日，我第一次進入東坡的家，那天，正好是中秋節。那是我人生的第一場海外學術研討會論文發表，順著我的博士學位論文《蘇軾題畫文學研究》，我寫了「宋代題畫詩的創作現象與書寫特質——以蘇轍〈韓幹三馬〉及東坡等人之次韻詩為例」，我想論證：北宋題畫詩的興盛和文人的同題唱和有關。而且，詩人筆下歌詠的馬畫，都是意有所指，具有政治涵義。

從臺灣桃園機場經香港轉機，花了幾乎一天的時間抵達成都。從雙流機場的行李轉盤取得行李，沒走數步，一個魁梧大漢一把拉走了我的行李箱——啊？我這就到機場外，馬路邊啦？

在四川大學等我的曾老師說：「人來了，安全就好！」黑乎乎布滿泥點的汽車並不正規，我糊里糊塗跟著行李上車，車上當然沒有計程表，被敲詐是不用說的。

在成都玩逛了幾天，才去做「正事」。成都西南方的眉山，東坡故里，「紗縠行」，書上的地名竟然還在！

主辦單位安排我和母校的王老師同住，我心裡鬧彆扭，我沒上過王老師的課，有些尷尬。已經博士畢業兩年了，當了七年大學老師，還被看成研究生，頗不是滋味。走進霉濕和香煙味濃重的底樓房間，拉開窗簾——啊？窗外是一堵牆！另一棟正在施工的大樓。

「我要換地方住。」我馬上轉身，直接向王老師說。

王老師勸我，主辦單位招待我們不容易，既然我們沒有付費，勉強將就將就，不要給人添麻煩。

我不依，這樣的環境我不能休息！扔下行李跑出去找別的旅店。

「東坡文化節」，附近縣城的公家機關、文藝表演者、邀請嘉賓……都來了，客滿、客滿、客滿……。問到第三家旅店，終於只好放棄。

和衣而眠，睡衣外裹風衣，躺在棉被上。

王老師說：「妳這樣會感冒。」

我拉攏了風衣的下擺，從她身後見她坐在鏡臺前俯首，看不清她在做什麼。怎麼白日嚴妝盛飾的這個婦人，夜晚變得毫不講究？

次日進行的文化節像是聯歡遊藝會，學術研討也很隨興。坐在輕巧的小竹椅，順手抓幾顆矮桌上的落花生，呷口清茶，來自日本、韓國的學者在三蘇祠的庭院唱起各自國家的月亮歌曲。我也被「點唱」了一曲〈月亮代表我的心〉，是月色感染了我嗎？壯起膽子吐音唱詞——「你問我愛你有多深，我愛你有幾分？」情動於中，竟如醺醉。

而月色裡，最飽滿、最深切的歌聲，來自王老師。是因為下午嘗了東坡家瑞蓮池並蒂蓮的新鮮蓮子嗎？王老師遞給我時，她嘴裡正嚼得滋滋有味。我扔進口中——好苦！想吐不敢吐出，硬著頭皮死吞。她微微一笑，持著並蒂蓮朝旁人分蓮子去。她的歌，我從來沒聽過，那簡直「練家子」的氣場呀，肯定的，真本事！

「鐙火錢塘三五夜，明月如霜，照見人如畫」，雖然是中秋　，我卻胡亂想起了東坡寫的上元夜。「人如畫」，大家彼此踩著零亂的影子，三三兩兩，或哼唱，或笑談，走回旅店。

一打開房間的燈，我愣住了！

我的床褥上，有血跡！

一團如茶杯大小，幾點像變形的錢幣，還有拖拉過的抹痕——這，發生了什麼事？

我正要衝出，王老師回來了。她先是吃了一驚，隨即到櫃臺叫來服務員。

中年女服務員對著床大吼了幾句髒話，朝房門外喊了幾個名字，兩個年輕女子進來撤走了棉被和床單。

「我要搬出去！」我叫道，拉出牆角我的行李箱。

王老師說：「妳不是問過了沒空房嗎？」她把皮包放在鏡臺上。

「我……」

搞什麼啊？我真是——

風衣裹住睡衣，我躺在棉被上。

王老師說透透氣，她拉開窗簾。我側臉，望向窗外那堵牆，怎麼——好像反照出半片的光亮？

「隨遇而安。」是王老師說的嗎？還是我自言自語？

「你去想一想，你去看一看，月亮代表我的心。」王老師的歌聲從浴室傳來，水流嘩嘩，還一字一字清清楚楚。我第二次，也是最後一次聽她唱歌。

延伸閱讀

蘇軾〈蝶戀花・密州上元〉（一〇七五年）

鐙火錢塘三五夜。明月如霜，照見人如畫。帳底吹笙香吐麝，更無一點塵隨馬。
寂寞山城人老也。擊鼓吹簫，卻入農桑社。火冷鐙稀霜露下，昏昏雪意雲垂野。

蘇軾〈陽關曲・中秋夜〉（一〇七七年）

暮雲收盡溢清寒，銀漢無聲轉玉盤。此生此夜不長好，明月明年何處看？

蘇軾〈中秋見月和子由〉（一〇七八年）

明月未出群山高，瑞光萬丈生白毫。一杯未盡銀闕湧，亂雲脫壞如崩濤。誰為天公洗眸子，應費明河千斛水。遂令冷看世間人，照我湛然心不起。西南火星如彈丸，角尾奕奕蒼龍蟠。今宵注眼看不見，更許螢火爭清寒。何人艤舟臨古汴，千燈夜作魚龍變。曲折無心逐浪花，低昂赴節隨歌板。青熒滅沒轉山前，浪颭風迴豈復堅。明月易低人易散，歸來呼酒更重看。堂前月色愈清好，咽咽寒螿鳴露草。卷簾推戶寂無人，窗下咿啞唯楚老。南都從事莫羞貧，對月題詩有幾人。明朝人事隨日出，怳然一夢瑤臺客。

蘇軾〈西江月〉（一〇八〇年）

世事一場大夢，人生幾度新涼。夜來風葉已鳴廊，看取眉頭鬢上。　酒賤常愁客少，月明多被雲妨。中秋誰與共孤光，把琖淒然北望。

1997年在東坡家過中秋

程夫人不急著吃棉花糖

東坡出生在哪裡？學者的看法不一，主要有兩種說法：

一是在四川眉山城裡的紗縠行，也就是現在眉山市東坡區紗縠行南段三蘇祠。

二是眉山城西七十里的撥股祠，也就是現在眉山市東坡區三蘇鎮（原名「三蘇鄉」，二〇一七年改為鎮），與三蘇祠直線距離約二十三公里。

還有學者折衷兩種說法，認為東坡出生在城郊鄉間，後來搬到城內的紗縠行，之後再遷徙他處。

南宋施宿《東坡先生年譜》和傅藻《東坡紀年錄》，都說東坡出生在紗縠行。材質輕細的絲織品叫「紗」；表面不平整的縐紗叫「縠」（音同「胡」）。「紗縠行」的「行」字音同「銀行」的「行」，顧名思義，「紗縠行」可能是從事織品製造、加工和售賣的商業街區。元代在紗縠行舊址興建三蘇祠紀念三蘇父子，是後來三蘇祠的基礎。如今地址仍保留了宋代「紗縠行」的名稱（當地方言聽來猶如「沙鍋巷」），是「眉山市東坡區紗縠行南段」。從附近的「西街」、「大南街」、「府街」等街名看來，紗縠行位於古代的行政中心區。紗縠行南段如今規畫成仿古建築林立的商業街。

而同樣在元代，城外的撥股祠也有三蘇祠，清代那裡叫「三蘇場」，民國年間的《眉山縣志》說，那裡才是東坡的出生地。

要追究「真正的東坡出生地」很困難，支持者也各有解釋和史料來源，三種說法的共同點都是在四川眉山，有必要再細分嗎？我想，這樣追根究柢的精神挺有意思，顯示研究東坡的深化入微，以及東坡故里鄉人的文化自豪感。

東坡的遠祖是唐代詩人宰相蘇味道，河北欒城人。蘇味道晚年被貶為眉州長史，後轉任益州長史，在前往益州的途中去世。蘇味道的兒子蘇份留在眉州，衍息了眉山蘇氏家族，所以東坡有時自署「趙郡蘇軾」，蘇轍的文集稱為《欒城集》，有追懷祖上的意思。

這一支在眉山落地生根的蘇家子孫將近三百年，一直到東坡的伯父蘇渙考中進士，入朝為官，才和朝廷沾上關係，讓東坡的祖父蘇序藉著兒子的榮耀封了個「大理評事」官銜，累贈「尚書職方員外郎」。這三百年間能在眉山安居樂業，應該就像蘇洵在一〇五六年上書樞密副使田況所說的：「洵有山田一頃，非凶歲可以無饑，力耕而節用，亦足以自老。」蘇轍〈藏書室記〉也說：「先君〔蘇洵〕平居不治生業，有田一廛，無衣食之憂。」

蘇家靠的是田產度日，但是為了應付蘇洵長年在外遊歷，以及全家開銷，仍然需要靠東坡的母親程夫人變賣嫁妝，在紗縠行租房做生意。東坡〈記先夫人不發宿藏〉回憶了發生在紗縠行的異事：

> 先夫人僦居於眉之紗縠行。一日，二婢子熨帛，足陷於地。視之，深數尺，有一甕，覆以烏木板，夫人命以土塞之。甕中有物，如人咳聲，凡一年而已。人以為有宿藏物，欲出也。夫人之姪之問聞之，欲發焉。會吾遷居，之問遂僦此宅，掘丈餘，不見甕所在。

從「二婢子熨帛」，我們可以想見程夫人可能經營織品的生意。家裡的地底藏了一個黑木板覆蓋的甕，程夫人命人把塌陷的地方填塞好，並不把甕打開。後來程夫人的姪子之問租了這間屋子，挖掘地一丈多，沒有找到那個甕。

東坡到陝西鳳翔任官時，也發生居處地底彷彿有奇物的事情，和紗縠行不一樣的是，這次是土地隆起。東坡想開挖看看，被妻子王弗勸阻，說：「如果婆婆還在世，一定不會掘發的。」

> 其後吾官於岐下，所居古柳下，雪，方尺不積雪，晴，地墳起數寸。吾疑是古人藏丹藥處，欲發之。亡妻崇德君曰：「使先姑在，必不發也。」吾媿而止。

這一則故事常被用來表揚程夫人對孩子的教導和對兒媳婦的影響，堅決不取來路不明的東西，是一種道義的行為。程夫人為大理寺丞程文應之女，出身富裕望族，受過良好的詩書教育。東坡筆下的母親，經常表現她的慈愛和嚴正，而且有時和自己的性格相左。〈記先夫人不發宿藏〉裡的兩件事都在克制東坡的好奇心。試想，一年來家裡地底都埋著發出像人咳嗽聲音的甕，不是很恐怖嗎？（會不會真的有人被活塞進那個甕？）

我想到史丹福大學心理學教授沃爾特．米歇爾（Walter Mischel）在一九六六年到一九七〇年做的「棉花糖實驗」（Stanford Marshmallow Experiment）。實驗者給接受測試的幼稚園小朋友一塊棉花糖，告訴小朋友：「你待在房間裡，如果你沒有吃掉棉花糖，十五分鐘以後我回來會再給你一塊。」面對棉花糖的「誘惑」，小朋友必須忍耐、壓抑和能夠「延遲滿足」（delayed gratification）。實驗結果和持續對受試者的追蹤觀察，推衍出的「棉花糖理論」，使得「成功」的祕訣裡注入了「自我控制」的成分，甚至被用來執行於教育。
程夫人一定是能「通過」棉花糖實驗的吧？東坡如果接受測試，又會如何呢？

延伸閱讀

蘇軾〈記先夫人不發宿藏〉（**作年未詳**）

先夫人僦居於眉之紗縠行。一日，二婢子熨帛，足陷於地。視之，深數尺，有一甕，覆以烏木板。夫人命以土塞之，甕中有物，如人咳聲，凡一年而已。人以為有宿藏物，欲出也。夫人之姪之問聞之，欲發焉，會吾遷居，之問遂僦此宅，掘丈餘，不見甕所在。

其後吾官於岐下，所居古柳下，雪，方尺不積雪。晴，地墳起數寸。吾疑是古人藏丹藥處，欲發之。亡妻崇德君曰：「使先姑在，必不發也。」吾媿而止。

蘇軾〈記先夫人不殘鳥雀〉（**作年未詳**）

少時所居書堂前，有竹、柏、桃、雜花，叢生滿庭，眾鳥巢其上。

左｜2009年三訪三蘇祠；右｜三蘇祠程夫人與蘇八娘像（攝於2017年）

武陽君惡殺生，兒童婢僕，皆不得捕取鳥雀。數年間，皆巢於低枝，其鷇可俯而窺。又有桐花鳳四五，日翔集其間，此鳥羽毛至為珍異難見，而能馴擾，殊不畏人。閭里間見之，以為異事。

此無他，不忮之誠，信於異類也。有野老言：「鳥雀巢去人太遠，則其子有蛇、鼠、狐、貍、鴟、鳶之憂；人既不殺，則自近人者，欲免此患也。」

由是觀之，異時鳥雀巢不敢近人者，以人為甚於蛇、鼠之類也。「苛政猛於虎」，信哉！

東坡長得怎樣

中國各地的東坡塑像，自有創製者的想像或圖像依據；近年拍攝東坡故事的影像作品，飾演東坡的人選也頗受熱議，哪一位演員的「人設」（人物設計）能夠符合讀者心目中的東坡形象呢？東坡是個大鬍子矮胖哥？還是長得高䠷清秀？我們從他的自述和朋友的眼光中，可以大致拼湊出他的樣貌。

一〇九九年東坡在海南島為弟弟六十一歲生日寫詩誌慶，蘇轍回贈〈次韻子瞻寄賀生日〉，詩中說道：「弟兄本三人，懷抱喪其一。頎然仲與叔，耆老天所騭。」東坡有一位兄長，名叫景先，不幸早夭。東坡和子由都是高個子，老天庇佑活到了這把年紀。東坡和朝雲在黃州生的兒子名叫蘇遯，東坡形容他「頎然穎異」，可惜這個小名叫「幹兒」的孩子不滿周歲就夭折了。

東坡大約有多高？一〇七三年，三十七歲的東坡在杭州擔任通判，相當於現在的副市長。一天白日他在西湖東南邊的寶山睡覺，寫了〈寶山晝睡〉詩：

七尺頑軀走世塵，十圍便腹貯天真。此中空洞渾無物，何止容君數百人？

古代的「七尺」大約一百七十二公分，「十圍」大約一百公分，形容粗大。詩歌裡的數字大多虛寫，這位有大肚腩的高個兒，到了海南島寫的〈菜羹賦并敘〉還說：「先生心平而氣和，故雖老而體胖。」從海南島北歸時，已經被困頓顛沛的生活折磨成「鶴骨霜髯心已灰」了。

東坡的高個子基因遺傳到三十二代孫，常州市蘇東坡研究會副會長蘇慎先生身上。蘇慎是東坡長子蘇邁的後人，我教「蘇軾文學與藝術」課，常拿四川大學曾棗莊教授、海南東坡書院朱壯才院長和蘇慎的合影讓同學們猜：哪一位是東坡的後代？同學們從未猜對過，總以為東坡長得矮胖，還有滿臉絡腮鬍！

一些東坡的畫像也把東坡畫成滿臉絡腮鬍，比如三蘇祠收藏，清代唐琅昌繪的東坡像。有的學者認為「大鬍子東坡」的造型是錯誤的，相反地，東坡的鬍鬚很少，果真如此嗎？

人的高矮胖瘦評斷是相對的，鬍鬚的多寡也是。東坡稱友人孫覺「髯孫」；稱魯元翰「髯卿」；劉景文、秦觀的鬚髯都比他豐厚。「髯」是長在兩頰的鬍鬚，東坡形容自己有「雪髯」、「衰髯」。和他同年中進士的胡宗愈描述五十歲的東坡是「蘇公五十鬢髯斑」，鬢角和鬚髯黑白夾雜，所以東坡的鬍鬚就算不濃密，也不能算稀疏了。

稱東坡為「髯蘇」的「大鬍子東坡」造型，可能是從元代開始的。女詩人鄭允端的一首題畫詩〈東坡赤壁圖〉說：

老瞞雄視欲吞吳，百萬樓船一炬枯。留得清風明月在，網漁謀酒付髯蘇。

順便一提，百度百科提到東坡自稱「髯蘇」，引用〈客位假寐〉詩：「同僚不解事，慍色見髯蘇」，這裡的「髯蘇」應該是「鬍鬚」，而且指的是鳳翔府知州陳公弼。明清時「髯蘇」的形象趨於定型，例如明代魏學洢〈核舟記〉描寫一件核桃雕刻的工藝品，主題是東坡的赤壁遊，說：「船頭坐三人，中峨冠而多髯者為東坡」。清代李玉《眉山秀》傳奇戲曲裡的東坡打扮是「小生鬍髯巾服」。

東坡容貌的顯著特徵是顴骨高聳。〈表弟程德孺生日〉詩：「長身自昔傳甥舅，壽骨遙知是弟兄。」東坡自注：「予與君皆壽骨貫耳，班列中多指予二人，不問而知其為中表也。」程德儒就是東坡姊姊八娘的丈夫程之才（正輔）的弟弟，和東坡有表親關係。東坡說他和表弟長得像，都有高聳到耳邊的顴骨。

一位南都（商丘）的畫家陳懷立為東坡畫像，東坡作〈書陳懷立傳神〉：

> 凡人意思各有所在，或在眉目，或在鼻口。虎頭云：「頰上加三毛，覺精采殊勝。」則此人意思，蓋在須頰間也。優孟學孫叔敖，抵掌談笑，至使人謂死者復生。此豈能舉體皆似耶？亦得其意思所在而已。

東坡強調每個人有他的面部特色，就是「意思」，畫家只要掌握住特色，就能夠表達像主的神采。他舉了顧愷之畫人物，以及僧惟真畫曾公亮的例子，說自己讓人畫燈映壁上的投影，也就是側面，削頰豐顴，形貌立現。

許昌蘇青龍先生是蘇轍的二十七世孫，我聽他談重印龍昌木刻孤本《眉陽蘇氏族譜》的宏願，注意到他也長著突出的顴骨，真是有蘇家「意思」啊！

蘇軾〈書陳懷立傳神〉（又題作〈傳神記〉）（一〇八五年）

傳神之難在於目。顧虎頭云：「傳神寫照，都在阿堵中，其次在顴頰。」吾嘗於燈下顧見頰影，使人就壁畫之，不作眉目，見者皆失笑，知其為吾也。目與顴頰似，餘無不似者，眉與鼻口，蓋可增減取似也。傳神與相一道，欲得其人之天，法當於眾中陰察其舉止。今乃使具衣冠坐注視一物，彼斂容自持，豈復見其天乎？凡人意思各有所在，或在眉目，或在鼻口。虎頭云：「頰上加三毛，覺精彩殊勝。」則此人意思，蓋在須頰間也。優孟學孫叔敖，抵掌談笑，至使人謂死者復生。此豈能舉體皆似耶？亦得其意思所在而已。使畫者悟此理，則人人可謂顧、陸。吾嘗見僧惟真畫曾魯公，初不甚似。一日，往見公，歸而喜甚，曰：「吾得之矣。」乃於眉後加三紋，隱約可見，作仰首上視，眉揚而頞蹙者，遂大似。南都人陳懷立傳吾神，眾以為得其全者。懷立舉止如諸生，蕭然有意於筆墨之外者也。故以所聞者助發之。

蘇轍〈次韻子瞻寄賀生日〉（一〇九九年）

弟兄本三人，懷抱喪其一。頎然仲與叔，耆老天所驚。師心每獨往，可否輒自必。折足非所恨，所恨覆鼎實。上賴吾君仁，議止海濱黜。凄酸念母氏，此恨何時畢。平生賢孟博，苟生不謂吉。歸心天若許，定卜老泉室。凄涼百年後，事付何人筆。于今兄獨知，言之泣生日。

蘇軾〈客位假寐〉（因謁鳳翔府守陳公弼）（一〇六三年）

謁入不得去，兀坐如枯株。豈惟主忘客，今我亦忘吾。同僚不解事，慍色見鬚鬢。雖無性命憂，且復忍須臾。

清代唐琅昌繪《宋蘇文忠公像》(四川眉山三蘇祠藏，攝於2017年)

上｜海南東坡書院朱壯才（左）。四川大學教授曾棗莊（中）。蘇軾後人蘇慎（右）。（2010年衣若芬攝於海南儋州東坡書院）

下｜蘇軾後人蘇建東（左）。衣若芬（中）。蘇轍後人蘇青龍（右）。（2017年攝於四川眉山市美術館）

我叫他東坡自由自在像

幾乎所有蘇東坡長期居住過的地區，現在都興建了紀念館——浙江杭州、湖北黃岡（黃州）、廣東惠州，乃至於海南島（儋州）。這些紀念館都樹立了東坡的雕塑像，人們參觀紀念館，了解東坡與該地區的因緣，藉著東坡像，想像東坡的模樣。

在所有的東坡塑像之中，比較特別，而且是少見的坐像，在東坡的老家四川眉山三蘇祠裡，名叫「東坡盤陀像」。

從三蘇祠正門（南大門）進入，經過前廳、饗殿、啟賢堂，在來鳳軒前左轉，披風榭北面的水渠中，就見到東坡盤陀塑像。「盤陀」指的是東坡所坐的大石。根據《三蘇祠志》的紀錄，塑像由雕塑家趙樹同設計，「用白色水泥、河沙、大理石顆粒、顏料配合澆鑄仿紅花崗石雕琢」，重約六十噸，塑像與基石相連，總高四．一公尺，寬四公尺，厚二公尺。一九八二年四月動工，七月完成，費資人民幣五千餘元（新臺幣兩萬餘元）。

到三蘇祠參訪，免不了要和東坡先生「合影留念」。或站在像前；或坐於像側；或順著他臉龐轉向，遙望他左上方的天空，與他的眼神「空中接觸」。這一尊《東坡盤陀像》讓觀看的人有多種角度選擇——選擇怎麼看東坡，也選擇怎麼和東坡一起被看。

據說雕塑家參考了三蘇祠裡傳為李公麟的《東坡盤陀像》明代洪武二十九年（一三九六年）碑刻。隔著保護《東坡盤陀像》碑石的玻璃上下左右端詳，覺得和塑像其實不大一樣。玻璃反映出我的影子，照片裡的東坡碑刻和我的形貌重疊，好似把我的自拍像印在了東坡身上。

《東坡盤陀像》碑刻線描，東坡鵝蛋臉，天庭飽滿，鼻隆耳大，雙目有神，頭梳道士般的黃冠，衣袍寬闊，雙手執竹杖橫放膝頭，雙腿盤坐在不平的巨石上，石上鋪了豹紋的氈毯。這碑刻像說是出自東坡的友人畫家李公麟，可能有文獻的來源，和東坡亦師亦友的黃庭堅曾經寫過一則題跋，說：「李伯時近作子瞻按藤杖，坐磐石，極似其醉時意態。」李伯時就是李公麟。

東坡盤陀塑像的東坡面容比《東坡盤陀像》碑刻像清瘦，雙目細長，鬚髯飄飄，頭戴高士巾，身著交領衫，腰繫帶，腹間打蝴蝶結，帶穗垂於左側。東坡坐在左高右低斜傾的巨岩，左手支岩，左腿盤起，弓右腿，右手搭在右膝頭。沒有橫笻枝，也沒有豹紋氈。

同樣採取坐姿，東坡盤陀塑像卻不像盤陀像碑刻那樣正襟危坐，給人節氣凜然之感。他雍容嫻雅，眼神淡定，風雨不驚。從塑像的坐態和欹斜的姿勢看來，我認為雕塑家用了水月觀音的造型來詮釋整體的東坡外觀。

水月觀音圖像創造於八世紀，是中土佛教禪宗結合隱逸思想的視覺呈現。「水」和「月」象徵無實相無定性的虛空本質，在佛教經典十譬喻和〈證道歌〉之類的文獻裡時常出現，並有《佛說水月光觀音菩薩經》。

目前我們能見到的最早有紀年的水月觀音圖像，是五代後晉出帝天福八年（九四三年）的敦煌彩繪絹幡（法國吉美博物館 Musée Guimet 藏）。在千手觀音像下方右側有「水月觀音菩薩」榜題，描繪竹林前面，菩薩右手持楊柳枝，左手執淨瓶，坐在水中一塊大石上，盤右腿，左腳踏在水中的一朵蓮花。這種「自在坐」的姿勢，坐在水中磐石，搭配月亮（圓光）的形式，是水月觀音菩薩的基本樣態。

但是東坡畢竟不是菩薩，我們也不必神化他。這「自在坐」相的東坡，以及他畢生崇尚的自由精神，使我想把不大好懂的「盤陀像」名字改叫「自由自在像」。「自由自在」，不正是人們熱愛東坡的原因之一嗎？

延伸閱讀

陸游〈眉州披風榭拜東坡遺像〉（一一七八年）

蜿蜒回顧山有情，平鋪十里江無聲。孕奇蓄秀當此地，鬱然千載詩書城。高臺老仙誰所寫，仰視眉宇寒崢嶸。百年醉魂吹不醒，飄飄風袖筇枝橫。爾來逢迎厭俗子，龍章鳳姿我眼明。北扉南海均夢耳，謫墮本自白玉京。惜哉畫史未造極，不作散髮騎長鯨。故鄉歸來要有日，安得春江變酒從公傾。

三蘇祠《東坡盤陀像》碑刻（碑高一・二二米×〇・七五米）

樂哉子瞻，在水中砥。野衣黃冠，非世所羈。橫策欲言，問者為誰。我欲褰裳，溯游從之。有叩而鳴，亦發我私。人曰吾兄，我曰吾師。李伯時筆，子由詞。元祐五年五月十六日。

元祐中龍眠李伯時作

東坡先生畫像

元符中江南黃庭堅贊

子瞻堂堂，出於峨眉，司馬嚴揚。金門石渠，閱士如牆。上前論事，釋之馮唐。言語以為階，而投諸雲夢之黃。東坡之酒，赤壁之笛，嬉笑怒罵，皆成文章。解羇而歸，紫微玉堂。子瞻之德，未變於初爾，而名之曰元祐之黨，放之珠厓儋耳。方其金門石渠，不自知其東坡赤壁也。及其東坡赤壁，不自意其紫微玉堂也。及其紫微玉堂，不自知其珠厓儋耳也。九州四海，知有東坡。東坡歸矣，民笑且歌。義形於色，為國山河。一日不朝，其間容戈。至其一丘一壑，則無如此道人何。

洪武丙子孟冬穀旦，奉訓大夫眉州知州趙從矩更石。儒學正丁濟篆額。訓導張迪書。朱安鐫。

左｜四川眉山三蘇祠東坡盤陀塑像（攝於2017年）
右｜四川眉山三蘇祠東坡像碑

世界上最短的咒語

名稱的變化背後是時代環境的變化。一位日本學者跟我說他的「愛人」，我差點兒噗哧笑出聲來，猜想他是一九七〇—一九八〇年代學的漢語。還有一位美國教授問我什麼是「粉絲」，他說看不懂報紙，前後文讀起來知道不是「螞蟻上樹」的「粉絲」。

孔子說：「名不正則言不順；言不順則事不成。」應該先確立名義、名分。老子說：「無名天地之始，有名萬物之母。」把「名」推溯到未有「名」之前的空有狀態，有了勉強賦予的「名」（名可名，非常名），便得以指涉萬物，落實萬物的存在。也就是說，沒有「名」，不能指稱，人事物也就等於不存在於世間。日本作家夢枕獏《陰陽師》裡的安倍晴明說得簡單直接：「世界上最短的咒語是名字。」陰陽師降魔除妖時喝斥怪物的名字，讓它無所遁形；平民百姓祈求護佑時唸誦神佛的名字，得到心靈鎮靜的作用。

所以名字／咒語從原始的意義上講，便具有祝禱的力量。寓意吉祥的名字，期望好兆頭；卑賤低俗的名字，圖個遠禍全身。蘇洵在〈名二子說〉裡敘述了取名的原委：

> 輪輻蓋軫，皆有職乎車，而軾獨若無所為者。雖然，去軾則吾未見其為完車也。軾乎，吾懼汝之不外飾也。
>
> 天下之車，莫不由轍，而言車之功者，轍不與焉。雖然，車仆馬斃而患亦不

及轍。是轍者，善處乎禍福之間也。轍乎，吾知免矣。

蘇軾家族命名以同一世系為單位，依同一漢字部首為同輩。他的祖父蘇序有三子，分別是蘇澹、蘇渙和蘇洵，同為「水」部。蘇澹二子，分別是蘇位、蘇佾，同為「人」部。蘇渙三子，分別是蘇不欺、蘇不疑、蘇不危，都是「不」字起首。蘇軾的哥哥景先早夭（約一〇三四—一〇三八，《眉陽蘇氏族譜》記載他名為「景」，待考），蘇洵給二兒子和三兒子取名，肯定經過一番深思熟慮。蘇軾沒有隨長兄以「日」為部首，而且從〈名二子說〉看來，蘇軾兄弟倆都長大到一定的年齡，能夠看得出行為習慣和個性了才有了正式的「名」。

〈名二子說〉的寫作年分有多種說法，一〇四三年、一〇四六年、一〇四七年和一〇四九年等等，如果取折中的年分一〇四七年，那年蘇軾十一歲，蘇轍九歲。有的讀者不曉得實際的情形，讀〈名二子說〉驚歎蘇洵的「神機妙算」，先知二子的將來發展，非也！

〈名二子說〉顯示了蘇洵對兒子的觀察和了解，他選取「車」部的字，所以開篇就談對車子極為關鍵的組織架構。車沒有輪不能轉動前進；輪要有「輻」連結輪圈和軸心才穩定；車上用木幹支撐像傘一樣的「蓋」，既能遮陽蔽雨，也能顯示地位；車廂牢固要靠底部的框架「軫」，這些都是車子缺一不可的要件。

至於「軾」，是車子前沿的橫木扶手，看似沒有很大的功能，然而如果遇到顛簸的路面，或是乘車時需要欠身行禮時，「軾」就能維持人身的安全及平衡。坐車扶「軾」往前看，所以蘇軾字「子瞻」。「轍」是車輪輾過的痕跡，不屬於車的配置，即使發生車禍，過錯也不會怪罪於「轍」。隨車行而留下「轍」，因此蘇轍字「子由」。

父親分析了「軾」和「轍」的職能和性質，對兒子訓勉道：「軾乎，吾懼汝之不外飾也。」這句話有點曲折，表面是說擔心軾兒不懂得裝飾自己的外在，用意是要他掩藏真心，不要過露鋒芒，以免遭人妒恨。而「善處乎禍福之間」的蘇轍，父親對他比較放心，知道他能倖免於災患。

蘇洵的觀點，頗有性格決定命運的意味；對於當事人蘇軾兄弟是否也產生某種心理暗示，順著父親命名的「咒語」，強化自我認知，以致於果然「應驗」於人生呢？

咒語是祝禱，用《陰陽師》的概念來想，咒語也是束縛，被限制和定義以區別甲乙，是甲即非乙，各自獨立，二者之間的對應關係和行事的約定，形成儒家重視的「禮」。古人對長輩自稱「名」（比如「軾」），平輩彼此稱「字」（比如「子瞻」），不能直稱帝王和尊長的名字，書寫和取名時要避諱，即是「禮」的表現。

解放約束的方式，可以輕視它，叫阿貓阿狗，鬆綁「名」對於人的依附和預示，讓老天忽略這個人，使他平凡苟活。或者，用更多的「咒語」模糊「名」和「字」的「言靈」影響，取「號」、「別名」、「表字」，接受不同人生階段的身分帶來的各種稱呼，主導創造新的咒語來表達個人意志，蘇軾被謫黃州後自號「東坡居士」，用城東邊不起眼的荒地安置另一層自我，何嘗不隱射「東山再起」。

蘇洵能料想得到，畢竟本性難移，為父的僅能用文字耳提面命。料想不到的是，千載知音，多少人憑軾瞻望，搭著他兒子為扶手，勇往直前。

延伸閱讀

蘇洵〈蘇氏族譜〉（約一〇五五年）

蘇氏之《譜》，譜蘇氏之族也。蘇氏出自高陽，而蔓延於天下。唐神龍初，長史味道刺眉州，卒於官，一子留於眉。眉之有蘇氏自是始。而譜不及焉者，親盡也。親盡則曷為不及？譜為親作也。凡子得書而孫不得書，何也？以著代也。自吾之父以及吾之高祖，仕不仕，娶某氏，享年幾，某日卒，皆書，而他不書，何也？詳吾之所自出也。自吾之父以至吾之高祖，皆曰諱某，而他則遂名之，何也？尊吾之所自出也。《譜》為蘇氏作，而獨吾之所自出得詳與尊，何也？《譜》，吾作也。

嗚呼！觀吾之《譜》者，孝弟之心可以油然而生矣。情見乎親，親見於服，服始於衰，而至於緦麻，而至於無服。無服則親盡，親盡則情盡，情盡則喜不慶，憂不吊。喜不慶，憂不弔，則塗人也。吾之所以相視如塗人者，其初兄弟也。兄弟，其初一人之身也。悲夫！一人之身分而至於塗人，此吾譜之所以作也。其意曰：分而至於塗人者，勢也。勢，吾無如之何也已。幸其未至於塗人也，使之無至於忽忘焉可也。嗚呼！觀吾之《譜》者，孝弟之心可以油然而生矣。

系之以詩曰：吾父之子，今為吾兄。吾疾在身，兄呻不寧。數世之後，不知何人。彼死而生，不為戚欣。兄弟之親，如足於手，其能幾何？彼不相能，彼獨何心！

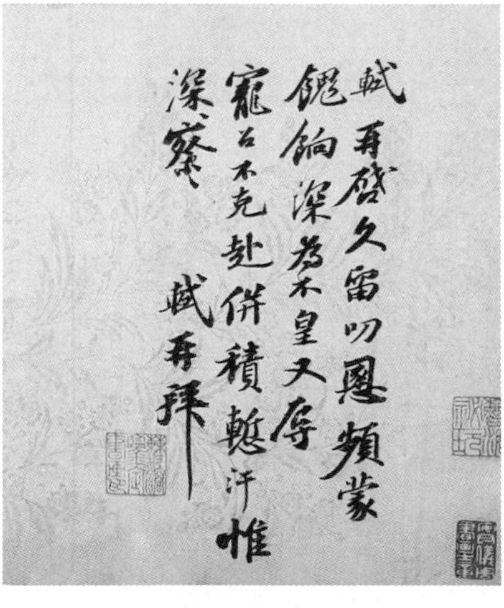

蘇軾《久留帖》（臺北故宮博物院藏，衣若芬攝）

同志變女神

在新加坡，不管是大學食堂還是巴剎菜市場，我常被叫「小妹」。這裡叫的「小妹」，不是餐廳服務生的意思，而應該是指「年輕女性」吧？以我的年齡，被叫「小妹」，或許要當是恭維了，可是我沒有沾沾自喜。為此，我寫了一篇〈我不是小妹〉的散文（收錄在《北緯一度新加坡》書中）。

稱謂顯示的人際網絡，尤其是家族輩分親疏和父系、母系的血緣關係，對目前家庭人口較少，宗族往來較不頻繁的現代人來說，是一些難學會、難記得的專有名詞。假如一竿子都網羅在一圈裡，大家不分男女老幼，一律貼相同的標籤，就簡單乾脆多了吧？

一九九七年，我第一次參加大陸召開的學術研討會。

和一九九〇年首度「出國」就是「歸國」一樣，在那次「國際」研討會上，我是「國內」的「海外學者」之一。

動輒一兩百人的學術會議，初見世面的我還不習慣，認識的師長朋友也很少，只想安全地躲在人群中。不過那時與會的女學者很少，很容易就被注意到。聽說有「臺灣來的同志」，好奇者來敲房門要求認識，詢問祖籍和近況，一會兒，我就成了「小衣同志」。

被「小衣同志」、「小衣同志」地呼來喚去，那時的大陸，「同志」與「同性戀」之間應該是毫無關聯的。

有的時候在會場，主持人會稱大家「各位代表」。我不清楚別的學者怎麼樣，他們可能真的是被所屬單位遴選出來，他們「代表」背後的某個群體，而我卻不「代表」我之外的任何人。

那時學術會議的交流聯誼性質比如今更濃，我找不到自己發表論文的場次和時間，向主辦先生請教。

「妳想發言？想發言就今天早上第一個發言吧！」他說。

原來，是否宣讀論文也很隨意。我問可以講多久？主辦先生先是說：「想講多久就講多久。」見我困惑，又說：「妳遠道前來，說個二十分鐘好了。」

有的學者沒有發表學術論文，吟誦自己寫的詩，「研究」和「創作」不分，甚至談談個人的感想、對於東坡的認識和景仰……大家也都氣氛安詳，一點不見學術上的論辯爭鋒。

總之，是開了眼界，也結識了師長和朋友，和樂融融。

入鄉隨俗，在我宣讀論文時，也拗口地向「各位代表」請安。

後來發現，這「代表」可不能小覷，我雖不完全符合大陸統稱「無知少女」的條件，至少是個「無黨派」、「知識分子」、和「女性」；我不是「少數民族」，但在學術會議的場合總是外來的「少數分子」，會被主辦單位指定「代表」來自的地區。

為了研究「瀟湘八景」，我特地去湖南永州參加柳宗元研討會，以便一探瀟湘之美。從桂林坐火車去永州，由於聽不到車上廣播，也沒見到其他乘客，我一直不敢好好坐著，每進一站，便趴在打不開的車窗東張西望，生怕坐過站。

中午抵達永州，在車站外攔出租車，聽了我要去的地點，沒有一位司機願意載。一位彪形大漢跨坐在機車上，對我說：「上來吧！妳要去的地方封橋了，汽車上不了的。」

把行李箱綁在他的機車後面，我一手扶著隨時可能掉落的行李；一手抓住車椅橫桿，危危顛顛，將信將疑，被他載上路。果然，必經的一座橋前面架設了拒馬，機車左拐右彎，小心翼翼繞過拒馬，駛上橋面。

我問他：「為什麼封橋？」

他大聲回答：「妳要去的地方在開大會！」

我說：「開會？會議早上已經開幕過了！」

「是聽說開幕過了，可是還有海外代表沒到哩！」他說。

我正在納悶。他補充道：「還是個臺灣代表咧！」

我「代表」了臺灣。任職新加坡後，我又「代表」了新加坡，怎能不戰戰兢兢？

「小衣同志」的稱呼近十年絕響了，大家彼此尊稱「老師」。「老師」比等級性質的「教授」通用，剛取得博士學位的博士後研究人員也可以叫「老師」，好像又有一番平等的意味。

我在大學時便聽長輩稱別的老師「先生」，而且不分男女。所以我們稱「齊邦媛先生」、「林文月先生」。「先生」感覺古雅，女性的「先生」更感崇敬和知性。最近，「先生」的稱呼在大陸的古典文學界也時有耳聞。

和「先生」的復古風氣同時的，還有網路上發明和流行的名詞。學術場合被要求合影時，聽到青年學者稱我「女神」，「受寵若驚」！「女神」比「先生」更加恭維，也更加令我不知所措。

同志變女神。未來，還有什麼新奇等著我呢？

延伸閱讀

蘇軾〈趙德麟字說〉（一〇九一年）

宋有天下百餘年，所與分天工治民事者，皆取之疎遠側微，而不私其親。故宗室之賢，未有以勳名聞者。神宗皇帝實始慨然，欲出其英才與天下共之，增立教養選舉之法，所以封植而琢磨之者甚備。行之二十年，而文武之器，彬彬稍見焉。元祐六年，予自禁林出守汝南，始與越王之孫、華原公之子簽書君令畤游。得其為人，博學而文，篤行而剛，信於為道，而敏於為政。予以為有杞梓之用，瑚璉之貴，將必顯聞於天下，非特佳公子而已。昔漢武帝幸雍，祠五畤，獲白麟以薦上帝，作《白麟之歌》，而司馬遷、班固書曰「獲一角獸」，「蓋麟云」。「蓋」之為言，疑之也。夫獸而一角，固麟矣，二子何疑焉？豈求之武帝而未見所以致麟者歟？漢有一汲黯，而武帝不能用，乃以白麟赤鴈為祥，二子非疑之，蓋陋之也。今先帝立法以出宗室之賢，而主上虛己盡下，求人如不

2017年四訪三蘇祠

及，四方之符瑞皆抑而不聞，此真獲麟者也。麟固不求獲，不幸而有是德與是形，此麟之所病也。今君學道觀妙，澹泊自守，以富貴為浮雲，而文章議論，載其令名而馳之，既有麟之病矣，又可得逃乎。敬字君德麟，而為之說。

蘇軾為宗室趙令畤取字「德麟」。

趙令畤又名趙令疇，本字景貺，涿郡（今河北涿州）人，是宋太祖次子燕王趙德昭的玄孫。趙令畤曾經送家族釀的酒「洞庭春色」給蘇軾，蘇軾作〈洞庭春色賦〉。現存最早的《後赤壁賦圖》（喬仲常繪）上有趙令畤題跋。他著有《侯鯖錄》，記敘了當時的文人生活和文學創作。

銀杏

文件（打勾）、書籍（打勾）、襯衫（打勾）、裙子（打勾）、外套（打勾）、毛衣（打勾）、鞋子（打勾）、化妝品（打勾）、西裝（沒有）、香煙（沒有）、酒類（沒有）、電子設備（沒有）……。

強睜著惺忪睡眼，在失物協尋處填表格。我的行李沒領到。

清晨四點多，飛機降落新加坡。

這種「紅眼」飛行只能憑運氣，飛機上不要有啼哭的娃兒；飛行路途不要太顛簸起伏；鄰座的乘客不要打呼嚕太響……這一次，從成都返回，都遇上了。

中國爸爸帶著約莫四歲的兒子，兒子坐在我和他父親之間，興奮得屁股不沾座椅，上下蹦跳。他爸爸安撫他，飛機要起飛了，該乖乖坐好，繫緊安全帶，不然「空中小姐阿姨」會來糾正你。

這爸爸真是超級有耐心，看來是個八〇後的小伙子，總是跟孩子講道理，和顏悅色。「空中小姐阿姨」先送餐給小孩，問他想吃什麼？他說：「我不挑食，我媽說我什麼都吃，關鍵是吃不胖！」空姐和爸爸交涉，雞肉飯可能有點辣，孩子吃土豆燉牛肉行嗎？孩子說：「我要吃很多才能快點長高！我可以吃兩個嗎爸爸？」

「你只買了一張機票，坐一個座位，就領一份餐。」爸爸說。

孩子不讓餵，說自己能吃，很正常地吃得滿桌狼藉，肉屑飛到我的身上和地上。「空中小姐阿姨！我要喝那種黃黃的果汁！」他朝著推過餐車的空姐背影大喊。

「你是小朋友你先吃，空中小姐阿姨還要給別的乘客送餐。你果汁喝完了，要等下一趟推車再來的時候才能要。這裡不是餐廳，不能這樣喊。」爸爸一邊幫他擦拭嘴角和衣服上的殘渣。

「現在你是寶寶，我是爸爸，我要餵你吃……」，玩起「角色扮演」的遊戲。這孩子可愛歸可愛，我卻委實消受不了。擔心大霧封閉公路，今早六點起床，從眉山趕到成都。下午在四川大學的演講受到電腦當機影響，硬生生沒有簡報畫面，「乾稿」說了一個多小時。聽眾和我一起投入「文圖學」的想像世界，忘了何時電腦恢復「元氣」；等到畫面穩定了，再重頭瀏覽複述一遍。現在是凌晨一點多，這孩子還是精力充沛啊！

我請空姐讓我換位子，也好騰出讓這孩子蹲著玩的空間。

結果，你猜的沒錯，隔座的西洋大漢鼾聲雷動。

總之，撐到行李轉盤空盪盪的清晨六點多，我真的，累到不行了。

你的行李箱什麼顏色款式？裡面裝了什麼？

印度裔的職員打了電話詢問，沒有我的行李。要我填表格，勾選行李的內容。我猜，是不是如果找不著，航空公司會理賠呢？

回家倒頭睡去。一個多小時之後突然醒來——我的行李就此「人間蒸發」了嗎？

那張表格裡打勾的，有什麼是扔不得？買不回的東西？

而不在表格裡羅列的，那東坡老家眉山三蘇祠的銀杏落葉，如何再尋？

帶著濕濡泥土的銀杏落葉，找不著完整無破損無褐斑的。我翻撿著，想至少帶一扇給遠方的友人，這是今年在東坡家，秋天陽光雨露過後的記憶。

兩株象徵東坡兄弟的六百年銀杏，每年都有黃扇飛舞，雖說是第三次造訪三蘇祠，今年我才有緣躬逢其盛。小心翼翼除去葉上的雜滓，夾進剛買的書裡。南朝詩人陸凱贈予范曄折枝梅花，有詩：「江南無所有，聊贈一枝春。」我這效顰之舉，不過是心頭的思念牽掛。

下次再訪三蘇祠，不知何年何月，即使還能遇見黃扇飛舞，也不是同一片被我呵護過的落葉。無法重來，無法複製，無法替換。

我輾轉反側，愈是憐惜，放心不下，愈是自責輕忽。「貴重物品請隨身攜帶」——如果那扇銀杏葉那麼重要，我怎麼隨便夾在書裡，把書塞進行李箱？明明當時草率而為，如今或許失去，卻又珍視異常？

再想到法國導演班諾．賈克（Benoît Jacquot）的電影《女人出走》（*Villa Amalia*）裡的女主角，在情感受創之後拋棄所有，讓一切歸零，重新認識自我——人生，有什麼非擁有不可的東西嗎？

恍惚間，接到機場的電話通知，行李找到了！

原來還在飛機裡沒卸下。

友人說：「你的行李還不想回家。」

我奉上夾著那片銀杏葉的小書《Emily的抽屜》，和他相視而笑。

延伸閱讀

蘇軾〈秀州報本禪院鄉僧文長老方丈〉（一〇七二年）

萬里家山一夢中，吳音漸已變兒童。每逢蜀叟談終日，便覺峨眉翠掃空。師已忘言真有道，我除搜句百無功。明年採藥天臺去，更欲題詩滿浙東。

蘇軾〈永遇樂〉（一〇七八年）

彭城夜宿燕子樓，夢盼盼，因作此詞。一云徐州夜夢覺，此登燕子樓作。

明月如霜，好風如水，清景無限。曲港跳魚，圓荷瀉露，寂寞無人見。紞如三鼓，鏗然一葉，黯黯夢雲驚斷。夜茫茫，重尋無處，覺來小園行徧。　天涯倦客，山中歸路，望斷故園心眼。燕子樓空，佳人何在？空鎖樓中燕。古今如夢，何曾夢覺，但有舊歡新怨。異時對，黃樓夜景，為余浩歎。

2017年三蘇祠銀杏

陰影的背面

失而復得的事情，東坡也經歷過，是掘自故宅地底的一方石頭，見於〈天石硯銘并敘〉（順便一提，因為避諱祖父「蘇序」的名字，東坡的詩文裡把「序」寫成「敘」，或是「引」）：

軾年十二時，於所居紗縠行宅隙地中，與群兒鑿地為戲。得異石，如魚，膚溫瑩，作淺碧色。表裏皆細銀星，扣之鏗然。試以為硯，甚發墨，顧無貯水處。先君曰：「是天硯也。有硯之德，而不足於形耳。」因以賜軾，曰：「是文字之祥也。」軾寶而用之，且為銘曰：「一受其成，而不可更。或主於德，或全於形。均是二者，顧予安取。仰唇俯足，世固多有。」

這一方天石硯，有如東坡的傳家之寶。他十二歲時在紗縠行的空地玩耍，挖出了一塊形狀像魚，摸起來有如皮膚溫和瑩潤的淺綠色石頭。石頭上有細小星星的花紋，敲打有鏗鏗的聲音。他試著把這塊石頭做為硯臺，發墨效果很好，美中不足的是，沒有凹處能夠存水。父親蘇洵告訴他：「這是一方天然的硯，材質優異，就是外形不完善而已。」認為得到這塊奇石是對寫作的吉祥徵兆。

蘇洵為這方硯石刻了凹處，讓東坡能用來磨墨。東坡寫了銘文，思考「德」和「形」難以兩全，讓人聯想起《莊子．德充符》裡說的道理。世上很多人為存活而仰人鼻息，苟且偷生，東坡自勉

「一受其成，而不可更」，堅持初心。

宋神宗元豐二年（一〇七九年）發生了烏臺詩案，東坡下獄受審，他的家庭受到打擊，書籍也零亂散失。第二年，東坡被貶到黃州，想找這方硯石但找不到，以為弄丟了。元豐七年（一〇八四年）四月，他離開黃州要往貶所汝州，坐船經過當塗的時候，竟然在書箱裡發現它了！東坡非常高興，把它交給二兒子蘇迨和幼子蘇過。硯匣的材質雖然很普通，但是這方硯是父親親手刻製，再請工人完成，深富紀念意義的啊！

十二歲以前，父親大部分在外遊學，東坡對父親的描述始於十二歲以後的印象。直到中年，甚至老年，父親的影子還在夢中。舉兩個例子，一是發生在一〇九三年，東坡五十七歲時寫的，〈夢南軒〉：

> 元祐八年八月十一日，將朝尚早，假寐，夢歸紗縠行宅，遍歷蔬圃中。已而坐於南軒，見莊客數人，方運土塞小池，土中得兩蘆菔根。客喜，食之。予取筆作一篇文，有數句云：「坐於南軒，對修竹數百，野鳥數千。」既覺，惘然懷思久之：南軒，先君名之曰「來風」者也。

準備好覲見皇帝，時間還早，東坡邊等候邊打盹，不知不覺夢回故居紗縠行。家裡菜圃依舊，客人吃了填池塘挖的土裡長的蘿蔔根，東坡則坐在父親命名為「來風軒」的南軒提筆作文，「吃蘿蔔根」和「作文」這兩件事情似乎沒有關聯，其實都隱然指向父親——父親為居室命名；客人可能是父親的朋友。現在三蘇祠「來鳳軒」用的是梅堯臣給蘇洵的詩〈題老人泉寄蘇明允〉：「日月不知老，家有雛鳳凰。」

這個夢裡父親沒有出現，四年後（一〇九七年）抵達貶謫地海南島儋州十多天，夢裡的父親即將來檢查學習的進度，應該讀完整部《春秋》，因為貪玩只粗略剛讀到桓公和莊公部分，受緊張的情緒嚇醒，猶如被釣上的魚惴惴不安：

> 夜夢嬉游童子如，父師檢責驚走書。計功當畢《春秋》餘，今乃粗及桓莊初。怛然悸寤心不舒，起坐有如掛鉤魚。我生紛紛嬰百緣，氣固多習獨此偏。棄書事君四十年，仕不顧留書繞纏。自視汝與丘孰賢，《易》韋三絕丘猶然，如我當以犀革編。

東坡因著這個「惡夢」，想起要盡力繼承父親的遺志，研治《周易》，終於完成《東坡易傳》。

讀到東坡寫自己的「童年陰影」，我有時反而很快慰，有一種窺知好學生的「缺憾」的阿Q心理。類似的讀書考試惡夢我至今沒少做，腦袋空空呆望著數學考卷，身後轟轟響的冷氣機滴水成河，浸濕我的雙腳……。

蘇軾〈天石硯銘并敘〉（一〇八四年）

軾年十二時，於所居紗縠行宅隙地中，與群兒鑿地為戲。得異石，如魚，膚溫瑩，作淺碧色。表裏皆細銀星，扣之鏗然。試以為硯，甚發墨，顧無貯水處。先君曰：「是天硯也。有硯之德，而不足於形耳。」因以賜軾，曰：「是文字之祥也。」軾寶而用之，且為銘曰：「一受其成，而不可更。或主於德，或全於形。均是二者，顧予安取。仰唇俯足，世固多有。」

元豐二年秋七月，予得罪下獄，家屬流離，書籍散亂。明年至黃州，求硯不復得，以為失之矣。七年七月，舟行至當塗，發書笥，忽復見之。甚喜，以付迨、過。其匣雖不工，乃先君手刻其受硯處，而使工人就成之者，不可易也。

蘇軾〈夢南軒〉（一〇九三年）

元祐八年八月十一日，將朝，尚早，假寐，夢歸縠行宅，遍歷蔬圃中。已而坐於南軒，見莊客數人，方運土塞小池，土中得兩蘆菔根。客喜食之。予取筆作一篇文，有數句云：「坐於南軒，對脩竹數百，野鳥數千。」既覺，惘然懷思久之。南軒，先君名之曰「來風」者也。

蘇軾〈夜夢并引〉

（一〇九七年）

七月十三日，至儋州十餘日矣，澹然無一事。學道未至，靜極生愁。夜夢如此，不免以書自怡。

夜夢嬉游童子如，父師檢責驚走書。計功當畢《春秋》餘，今乃粗及桓莊初。怛然悸寤心不舒，起坐有如掛鈎魚。我生紛紛嬰百緣，氣固多習獨此偏。棄書事君四十年，仕不顧留書繞纏。自視汝與丘孰賢，《易》韋三絕丘猶然，如我當以犀革編。

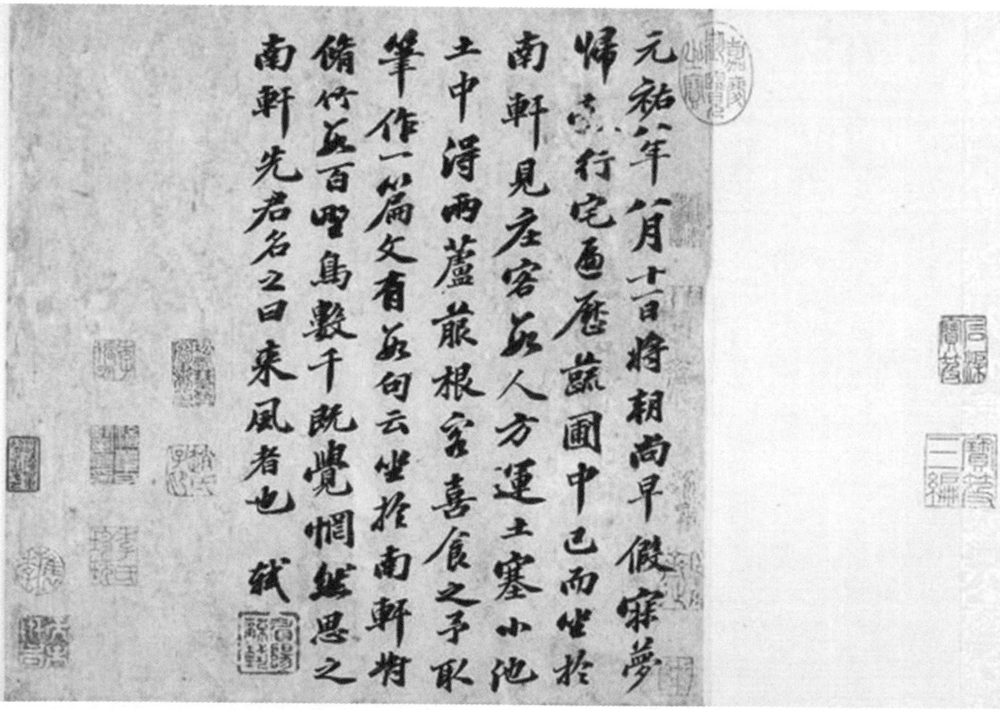

蘇軾《南軒夢語》（臺北故宮博物院藏）

踏青

友人說要帶我去「螞蟻山」。我望文生義，山上很多螞蟻嗎？新手駕駛，他開在土石崎嶇的坡道，時而張望路標。怎不靠衛星定位指引呢？是這「螞蟻山」太小？沒沒無聞？見他雙手緊握方向盤，我不敢多嘴。

他搖下車窗，用四川方言問路，還是「螞蟻山」。

「蛤蟆的蟆，周敦頤的頤。」他說。

蟆頤。我複述著。好特別，又好像曾經在哪兒看過這兩個字。

不是螞蟻，是蛤蟆。

「那個周敦頤的頤……？」沒讀過宋代理學的話，恐怕連這個字也寫不出來。

「頤就是下巴。」他騰出右手朝自己的下巴比了比。

蛤蟆的下巴的山。他說：「山的樣子像蛤蟆的下巴。」

我一時想不出蛤蟆的下巴是尖是圓，取這名字的人真有想像力。

「這是東坡兄弟小時候踏青的地方。」聊著聊著，到了古木蓊鬱的山間。朝前方隱約的宮觀步行，我想起來，東坡和弟弟子由都寫了踏青的詩，用手機上網一查就曉得了。

東坡的詩題目是〈和子由踏青〉，「和」的意思是「唱和」，也就是子由先寫了一首〈踏青〉的詩，東坡依韻附和。子由詩的題目是〈記歲首鄉俗寄子瞻二首〉，子瞻是東坡的字，古人不會直接稱對方的「名」，比如蘇軾姓蘇名軾字子瞻，四十三歲被貶謫到黃州以後，自號「東坡居士」，子由的這首詩寫於一〇六三年，他二十五歲，東坡二十七歲。

〈記歲首鄉俗寄子瞻二首〉，一是〈踏青〉；一是〈蠶市〉，題目裡的「寄」字顯示那時兄弟倆分居二處，東坡在陝西鳳翔任簽判，是「正」和「從」總共九品十八位階裡「正八品」的文書官職，也是東坡接受的第一個正式職務。兄弟倆從一〇六一年年底分離，東坡到鳳翔工作，弟弟留在京師侍奉父親，到寫〈踏青〉詩的時候，已經是第二個沒有共度的新年。

子由怎會先寫〈踏青〉詩給哥哥呢？原來，在那之前，東坡先寫了〈饋歲〉、〈別歲〉和〈守歲〉詩給子由，懷念家鄉歲暮的風俗，子由都分別回應了唱和詩。哥哥寫了「歲暮鄉俗」，子由便寫「歲首鄉俗」，回憶家鄉正月七日的踏青活動和二月十五日的蠶市買賣。

《集注分類東坡詩》裡，宋代趙次公的注解引用了子由〈踏青〉詩的序文：「眉之東門十數里，有山曰蟆頤。山上有亭榭松竹，山下臨大江。每正月人日，士女相與遊嬉飲食於其上，謂之踏青也。」（這段序文未見於今本蘇轍《欒城集》）蟆頤山就在眉山市區的東邊，隔著岷江（這一段也叫「玻璃江」）。子由記憶裡的蟆頤山踏青是：

江上冰消岸草青，三三五五踏青行。浮橋沒水不勝重，野店壓糟無復清。松下寒花初破萼，谷中幽鳥漸嚶鳴。洞門泉脈龍睛動，觀里丹池鴨舌生。山下瓶罌沾稚孺，峰頭鼓樂聚簪纓。縞裙紅袂臨江影，青蓋驊騮踏石聲。曉去爭先心蕩漾，莫歸誇後醉從橫。最憐人散西軒靜，曖曖斜陽著樹明。

冰雪融解，江岸的青草翠綠迎春，人們乘船橫渡，走過可能是木板搭建的浮橋，登上蟆頤山。山下山上，平民百姓和達官顯貴都盡情飲酒作樂。蟆頤觀底的老翁泉水流潺潺，水邊的鴨舌草欣欣向榮，這歡鬧的景象在人散之後恢復寧靜，是子由最感舒適的時候。

子由好靜，東坡則欣賞人氣喧騰：

東風陌上驚微塵，遊人初樂歲華新。人閒正好路旁飲，麥短未怕遊車輪。城中居人厭城郭，喧闐曉出空四鄰。歌鼓驚山草木動，簞瓢散野烏鳶馴。何人聚眾稱道人，遮道賣符色怒嗔。宜蠶使汝繭如甕，宜畜使汝羊如麕。路人未必信此語，強為買符禳新春。道人得錢徑沽酒，醉倒自謂吾符神。

東坡描寫了一個自稱道人的吹牛販子，他攔住遊客強賣平安符，說能保祐家裡出大蠶繭和大肥羊。如果不買他的平安符，還會擺現生氣難看的臉色。大過年的，遊客不想破壞興致，就讓那位「道人」大賺一筆，他拿錢買酒，喝得酩酊大醉，倒臥路邊，還喃喃地說自己是「符神」。

我到蟆頤山，沒有符神，只見秋意。蟆頤觀重瞳殿前方有石階斜坡，坡頭拱券上有「老人泉」字樣，青苔濕滑，想來泉水豐沛。蟆頤觀後拾級登高，岷江在望，這是東坡兄弟想念的風景。

蘇轍〈記歲首鄉俗寄子瞻二首〉之一〈踏青〉（一〇六三年）

江上冰消岸草青，三三五五踏青行。浮橋沒水不勝重，野店壓糟無復清。松下寒花初破萼，谷中幽鳥漸嚶鳴。洞門泉脈龍睛動，觀裏丹池鴨舌生。山下瓶罌沾稚孺，峰頭鼓樂聚簪纓。縞裙紅袂臨江影，青蓋驊騮踏石聲。曉去爭先心蕩漾，莫歸誇後醉從橫。最憐人散西軒靜，曖曖斜陽著樹明。

蘇轍〈記歲首鄉俗寄子瞻二首〉之二〈蠶市〉（一〇六三年）

枯桑舒牙葉漸青，新蠶可浴日晴明。前年器用隨手敗，今冬衣著及春營。傾困計口賣餘粟，買箔還家待種生。不惟箱篚供婦女，亦有鉏鎛資男耕。空巷無人鬥容冶，六親相見爭邀迎。酒肴勸屬坊市滿，鼓笛繁亂倡優獰。蠶叢在時已如此，古人雖沒誰敢更？異方不見古風俗，但向陌上聞吹笙。

蘇軾〈和子由踏青〉（一〇六三年）

東風陌上驚微塵，遊人初樂歲華新。人閑正好路傍飲，麥短未怕遊車輪。城

四川眉山蟆頤山俯瞰岷江（攝於2017年）

中居人厭城郭，喧闐曉出空四鄰。
歌鼓驚山草木動，簞瓢散野烏鳶馴。
何人聚眾稱道人，遮道賣符色怒嗔。
宜蠶使汝繭如甕，宜畜使汝羊如麕。
路人未必信此語，強為買服禳新春。
道人得錢徑沽酒，醉倒自謂吾符神。

蘇軾〈和子由蠶市〉（一〇六三年）

蜀人衣食常苦艱，蜀人遊樂不知還。千人耕種萬人食，一年辛苦一春閑。閑時尚以蠶為市，共忘辛苦逐欣歡。去年霜降斫秋荻，今年箔積如連山。破瓢為輪土為釜，爭買不啻金與紈。憶昔與子皆童丱，年年廢書走市觀。市人爭誇鬬巧智，野人喑啞遭欺謾。詩來使我感舊事，不悲去國悲流年。

蘇洵求子

蟆頤觀又叫重瞳觀，據說始建於唐代，目前見到的是明清修建的格局。我在殿宇附近看到「蘇洵求子處」、「蘇洵手植樹」的丹書石碑，覺得挺訝異，不知道是什麼故事？

關於東坡出生的傳說，比較著名的是南宋張端義《貴耳集》裡記載的：

蜀有彭老山，東坡生則童，東坡死復青。

還有南宋謝維新《古今合璧事類備要》記載：

蘇洵生蘇軾、轍，以文章名，其後二子繼之，故時人謠曰：「眉山生三蘇，草木盡皆枯。」

這兩條資料都為突顯東坡的靈氣特秀，說他吸取了天地的精華而生。東坡生於農曆十二月，那時天寒地凍；去世於農曆七月，那時剛入初秋，彭老山的草木隨季節枯榮，好像也合理——這當然是和古人抬槓的話。不世出的人才，需要有非凡的事蹟來幫襯他的偉大奇俊，看來和大自然抗衡最能增加他的英傑功力。

人的生死影響家鄉草木的枯榮，那畢竟還是帶著原始樸素的「天人感應」色彩。東坡是肉身實骨，父母所生，程夫人懷孕時，曾經夢見一位高個子一隻眼睛失明的僧人來家裡，這牽引東坡前身是五祖戒禪師的故事，暫且不細談。和蟆頤觀產生聯繫的是蘇洵膜拜張仙求子。

蘇洵有一篇文章〈題張僊（仙）畫像〉：

洵嘗於天聖庚午重九日至玉局觀無礙子卦肆中見一畫像，筆法清奇，乃云：「張僊也。有感必應。」因解玉環易之。洵尚無子嗣，每旦必露香以告，逮數年，既得軾，又得轍，性皆嗜書。

「天聖庚午」是公元一〇三〇年，蘇洵二十二歲，和程夫人結婚三年，生有一女，不久夭折。玉局觀在成都，蘇洵用玉環換了一幅卦算館的張仙畫像，每天早晨虔誠燒香膜拜，終於有了兩個愛讀書的兒子。

我們不知道這靈驗的張仙是何許人，蘇洵的文字也沒有形容張仙的形貌長相。從他的敘述可知，他是先被畫像的「筆法清奇」所吸引，才從店主人無礙子那裡知曉這像主是張仙，「有感必應」。可以向張仙祈求的不一定是生子，而生子恰是蘇洵那時的願望，他求子得子，題寫畫像記事。

「送子張仙」的來歷有幾種說法，一說是後蜀末代君王孟昶。花蕊夫人張掛亡夫孟昶的畫像，宋太祖問她所拜何人？她說是送子張仙。

另一說是五代張遠霄。蟆頤觀殿前明代成化十三年（一四七七年）的石刻碑記依稀可讀，內容說雙眼裡有四個瞳子的四目仙翁賣給張遠霄竹弓和鐵彈，讓他為人除疫避害，並認為蘇洵題寫的就是《張仙挾彈圖》。

還有一種說法，認為受古人生兒子「懸弧」的影響，弧就是弓。《禮記・內則》：「子生，男子設弧於門左；女子設帨於門右。」生兒子便在門的左邊掛弓；生女兒就在門右邊掛佩巾，叫「懸帨」。「弓」加「長」為姓氏「張」，挾彈的「彈」和誕生的「誕」同音，於是就有「張仙挾彈」的形象。

我覺得張仙保祐的是生兒子，他挾帶的「彈」還有指涉睪丸的意味，你看韓國傳統習俗，家裡生了兒子的話，要在門上掛草編的禁繩，禁繩插著辣椒，不也象徵男性生殖器嗎？

東坡有個長他兩歲的哥哥，不幸五歲就夭折了，蘇洵在〈題張僊（仙）畫像〉裡完全沒提這個名叫「景先」的長子，兩個優秀好學的兒子已經讓他心滿意足了。別以為蘇洵只愛兒子，東坡的姊姊八娘婚姻不幸福，死於青春年華，蘇洵憤怒哀傷，不惜與八娘的婆家決裂，儘管那是妻子的娘家。

一個二十七歲才甘願從體制外的遊歷山川、結交八方，轉向讀書科舉的男人，考運不如自己的兩個兒子，心中如何五味雜陳？蘇洵和兒子並稱「三蘇」，在歷史的地位總是以身為兩個成材的兒子的父親被人認識。他拜的張仙賜給他兒子；他的兒子聲名使得張仙的神力廣大。張仙如果是張遠霄，他花三百千向四目仙翁買的竹弓和鐵彈，真是回報率很高的投資啊！

左｜四川眉山蟆頤觀（攝於2017年）；右｜四川眉山蟆頤觀蘇洵求子處（攝於2017年）

延伸閱讀

蘇洵〈題張僊（仙）畫像〉（一〇四八年）

洵嘗於天聖庚午重九日至玉局觀無礙子卦肆中見一畫像，筆法清奇，乃云：「張僊也。有感必應。」因解玉環易之。洵尚無子嗣，每旦必露香以告，逮數年，既得軾，又得轍，性皆嗜書。乃知真人急於接物，而無礙子之言不妄矣。故識其本末，使異時祈嗣者於此加敬云。

青神

青神

青神縣現在屬四川省眉山市，在眉山市以南約四十公里。「青神」的意思是「青衣神」，也就是古代神話裡的蜀王蠶叢，蠶叢穿著青色的衣服，教人蠶桑。距離青神北邊一百七十公里的廣漢市三星堆考古出土的青銅像，眼睛直筒突出，被認為是「蠶叢縱目」的形象。

是外婆家，也是前後兩任妻子王弗和王閏之的家鄉，蘇軾青年時代多次去過青神。一〇六八年蘇軾離開眉山再未回鄉，一一〇〇年「蘇門四學士」之一的黃庭堅到青神拜望姑母，接受張浩的請託，為蘇軾的書蹟《黃州寒食帖》題跋。北宋書法四大家蘇（軾）、黃（庭堅）、米（芾）、蔡（襄）有兩家的墨寶在同一件作品上，極為難能可貴。

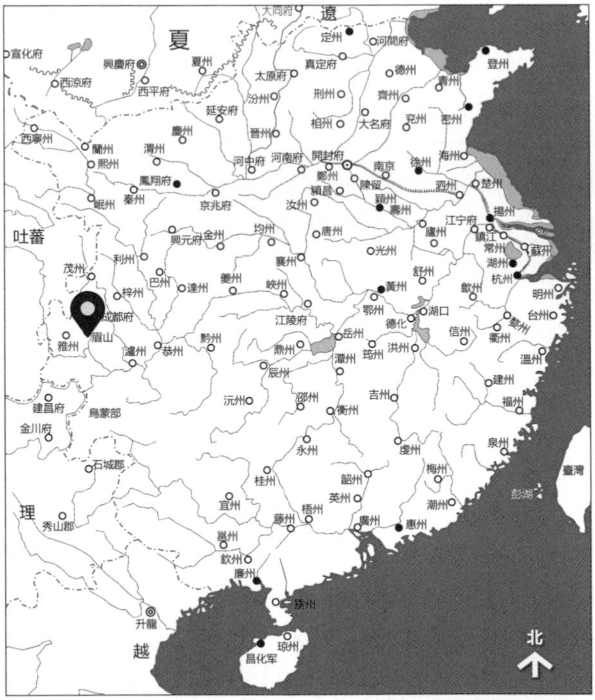

說不

去過兩次青神的中岩寺，第一次在一九九七年，還沒有手機，登上中岩寺，顧不得參拜和觀景，急著給家裡打電話。手指插進紅色的電話撥號孔，可能撥得太快，拉動了機座，惟恐要從桌面扯落。

爸爸接的。

「我在青神。」爸爸聽不懂，一直「啊？啊？」地大聲問。

「就是蘇東坡老婆娘家。」我說：「在四川。」

「妳去人家娘家幹啥？」爸爸說。

我來看傳說中的「喚魚池」呀。東坡給起的名，那金魚可好玩了，你拍拍手，魚兒會成群結隊游過來，水邊還有東坡和他第一任夫人的塑像。山壁上有唐代佛像石刻，那些字看不清楚了……。

這些，好長好長的話，我只說：「沒什麼，我都好。」就掛斷電話。

二十年後，爸爸不在了。到青神中岩寺下，拍拍手，魚兒游來。水邊塑像整理得益發清潔，郎才女貌，一對佳偶。我拾級上山，半休業的餐館牆面幾乎脫落的塑料布廣告還寫著：這裡是北宋大詩人黃庭堅吃飯休息處。山下的岷江，一路流經蟆頤山前。看得到程家嘴嗎？瑞草橋呢？

東坡〈與劉宜翁使君書〉說：「軾齠齔好道，本不欲婚宦，為父兄所强，一落世網，不能自逭。」他少時從道士張易簡讀書，對於方外之術很好奇，不想成家立業，無奈接受父親和家族兄長的安排，過著世俗的生活。

一〇五四年，十八歲的東坡娶青神鄉貢進士王方的女兒，芳齡十六歲的王弗為妻。結婚五年，生長子蘇邁。王弗侍奉公婆，相夫教子十一年，於一〇六五年在京師去世。東坡二十九歲喪偶，蘇邁時年七歲，蘇洵念及王弗對婆婆程夫人的恭孝，告訴東坡以後要將王弗歸葬眉山。不到一年，蘇洵也在京師過世，朝廷撫卹東坡，讓他用官船扶兩靈柩返鄉安葬。歐陽脩為蘇洵作〈故霸州文安縣主簿蘇君墓誌銘〉；東坡親自寫〈亡妻王氏墓誌銘〉。

墓誌銘這種悼念死者的文字本來是刻在石板上隨棺木埋在墓裡，讓後人知道墓主的身分，所以會詳細記錄死者的生平和墓地的位置。墓誌銘由散文和韻文的「銘」兩部分組合，〈亡妻王氏墓誌銘〉符合文體的規範，嵌入夫妻倆生活的一些細節，描繪了王弗二十七年的生命經歷。

蘇洵編修的族譜把家世上推到唐代的蘇味道，蘇味道是河北趙州欒城人，所以東坡自稱「趙郡蘇軾」。有的作者喜歡強調東坡和王弗是自由戀愛，從墓誌銘看來，東坡結婚之初並不曉得王弗的文化素養，她非但能讀書，還能通解和記憶，是個聰穎又嫻靜的女性。

《禮記．祭統》說：「夫銘者，一稱而上下皆得焉耳矣。是故，君子之觀於銘也，既美其所稱，又美其所為。」指出銘文的內容要名符其實，用行為實例來表揚書寫對象。王弗的名字「弗」，意思是「不」，有勸止的涵意。你看她多次勸告東坡明辨利害，謹言慎行，在〈記先夫人不發宿藏〉裡，用程夫人的身教舉措來阻止東坡開挖鳳翔官舍的土地。貫徹蘇洵〈名二子說〉裡提醒東坡要懂得「外飾」的道理。王弗把興沖沖往前衝的東坡往後拉——拉——「不！不！」，她既是伴侶妻子，又扮演著父母一般督導者的角色，如今父母和妻子都相繼離世，往後拉扯他的，是官場的風浪。

蘇軾〈亡妻王氏墓誌銘〉（一〇六六年）

治平二年五月丁亥，趙郡蘇軾之妻王氏卒於京師。六月甲午，殯於京城之西。其明年六月壬午，葬於眉之東北彭山縣安鎮鄉可龍里先君先夫人墓之西北八步。軾銘其墓曰：

君諱弗，眉之青神人，鄉貢進士方之女。生十有六年，而歸于軾。有子邁。君之未嫁，事父母；既嫁，事吾先君、先夫人。皆以謹肅聞。其始，未嘗自言其知書也。見軾讀書，則終日不去，亦不知其能通也。其後軾有所忘，君輒能記之。問其他書，則皆略知之。由是始知其敏而靜也。從軾官于鳳翔，軾有所為於外，君未嘗不問知其詳。曰：「子去親遠，不可以不慎。」日以先君之所以戒軾者相語也。軾與客言於外，君立屏間聽之，退必反覆其言曰：「某人也，言輒持兩端，惟子意之所嚮，子何用與是人言？」有來求與軾親厚甚者，君曰：「恐不能久。其與人銳，其去人必速。」已而果然。將死之歲，其言多可聽，類有識者。其死也，蓋年二十有七而已。始死，先君命軾曰：「婦從汝於艱難，不可忘也。他日汝必葬諸其姑之側。」未朞年而先君沒，軾謹以遺令葬之。銘曰：

君得從先夫人于九原，余不能。嗚呼哀哉！余永無所依怙。君雖沒，其有與為婦何傷乎？嗚呼哀哉！

上｜四川青神
中｜四川青神喚魚池蘇軾與王弗像（攝於2017年）
下｜四川眉山三蘇墳王弗墓（攝於2017年）

無佛處稱尊

如果我們把作品中涉及的人都稱為「朋友」，你曉得蘇軾的「朋友圈」裡有多少人呢？我曾經拿這個問題在上海的演講中讓聽眾們猜，九百人？一千三百？一千八百？大部分的聽眾都猜是九百人，這大概是用現今的網路社群媒體想法推測的結果。

根據孔凡禮先生在《蘇軾年譜》的統計，答案是一千三百餘人！

在一千三百多人當中，我想，稱得上平生知己的，除了弟弟蘇轍，還有黃庭堅（號山谷道人）。黃庭堅比蘇軾小九歲，後人並稱他倆為「蘇黃」。

在蘇黃二人還沒見面之前，蘇軾就讀過黃庭堅的詩文。一次是神宗熙寧五年（一〇七二年），在湖州知州孫覺（莘老）處初讀，十分欣賞。孫覺是黃庭堅的岳父。另一次是熙寧十年（一〇七七年），蘇軾在齊州，於黃庭堅母舅李常（公擇）處讀到黃庭堅的作品，印象更為深刻。

元豐元年（一〇七八年），蘇軾在徐州，黃庭堅任北京（河北大名）國子監教授，作〈上蘇子瞻書〉附〈古詩二首上蘇子瞻〉。蘇軾回信〈答黃魯直書〉，表示兩人惺惺相惜，不必拘謹禮節。信末附〈次韻黃魯直見贈古風二首〉，應和黃庭堅的贈詩，沒想到詩裡「紛紛不足慍，悄悄徒自傷」的句子，用了《詩經》「憂心悄悄，慍於群小」的寓意，譏諷當時的政壇小人，把黃庭堅捲入了烏臺詩案。

還沒見過蘇軾本尊，就因為被捲進烏臺詩案，黃庭堅被判罰銅二十斤。當個正八品的著作佐郎，黃庭堅每月正俸祿一萬七千文，二十斤銅相當於二千四百文，也是失血破財了。

蘇黃初次相見的時間有兩種說法，一說是元豐六年（一〇八三年）九月在光州（今河南光山）大蘇山淨居寺；一說在哲宗元祐元年（一〇八六年）秘書省，當年山谷四十二歲，東坡五十歲。他們在京師共處到一〇八九年，東坡到杭州任職。哲宗紹聖元年（一〇九四年）七月初，山谷與東坡相遇於彭蠡湖（鄱陽湖），灑淚作別，竟成永訣。

在「天下第三行書」——蘇軾的《黃州寒食帖》後面，有黃庭堅在一一〇〇年於四川青神的跋語：

> 東坡此詩似李太白，猶恐太白有未到處。此書兼顏魯公、楊少師、李西臺筆意。試使東坡復為之，未必及此。它日東坡或見此書，應笑我於無佛處稱尊也。

「無佛處稱尊」是什麼意思？我在《書藝東坡》裡研究指出：這是山谷「以有法說無法」的方便行事。「佛」就是「世尊」，既然沒有佛，哪裡來的世尊？兩相消解，化為大空，無須語言文字而心傳。可是收藏《黃州寒食帖》的張浩是舊友，張浩從距離青神二百多公里的居所梓州鹽亭，帶來三件東坡墨寶，殊勝因緣，怎能謝卻張浩的好意，不留下一些贅辭呢？山谷於紹聖二年（一〇九五年）因修纂《神宗實錄》得罪朝廷，被貶黔州（四川彭水）。元符元年（一〇九八年）遷戎州（四川宜賓）。元符三年（一一〇〇年）得赦後，到青神探望姑姑，於是有緣一覽東坡墨寶。

山谷應該已經得知東坡從海南島被赦還，心想東坡日後可能會看見自己的題跋，所以既從詩歌的維度稱讚《寒食帖》的詩勝過李白；又從書法的脈絡認為筆法堪比顏真卿、楊凝式和李建中。

《寒食帖》裡，東坡寫道：「君門深九重，墳墓在萬里。」東坡所在的黃州（湖北黃岡）距離埋葬父母和第一任妻子王弗的老家蘇墳山有一千二百六十二公里。宋代人在寒食節，也就是冬至過後一百零五天吃冷食、掃墓祭祖。東坡被貶黃州，「本州安置」，意思是不能隨意離開貶所，在苦雨纏綿的寒食節，無法返鄉掃墓，東坡的沮喪低落情緒，表現在書法的筆墨轉折裡。

山谷應該是讀到了「君門深九重，墳墓在萬里」的詩句，想到遠在廣州的東坡，於是去拜謁了蘇洵的墓。李之儀《跋山谷帖》說：「（山谷）既得罪，遷黔南，徙戎，凡五六年而後歸。展轉嘉眉，謁蘇明允墓。」

二〇一七年十一月，我拿著以水代酒的紙杯和一枝黃菊花，在蘇洵和程夫人的合葬墓前跪拜，我輕聲地朝墓碑說：「謝謝你們生育了蘇東坡，謝謝你們養成了一個給予世間溫暖力量的詩人。」

因東坡受罰，無怨無悔。為東坡盡心，天涯寄情。一千三百人中，得山谷一知己，是尊是佛，無礙稱名。

黃庭堅〈上蘇子瞻書〉（一〇七八年）

……「伏惟閣下學問文章度越前輩，大雅愷弟，約博後來。立朝以直言見排退，補郡輒上課最，可謂聲實相當，內外稱職。凡此數者，在人為難兼，而閣下所蘊，海涵地負，特所見於一州一國者耳。惟閣下之淵源如此，而晚學之士，不願親炙光烈，以增益其所不能，則非人之情也……

黃庭堅〈古風二首上蘇子瞻〉（一〇七八年）

江梅有佳實，託根桃李場。桃李終不言，朝露借恩光。孤芳忌皎潔，冰雪空自香。古來和鼎實，此物升廟廊。歲月坐成晚，烟雨青已黃。得升桃李盤，以遠初見嘗。終然不可口，擲置官道傍。但使本根在，棄捐果何傷。

青松出澗壑，十里聞風聲。上有百尺絲，下有千歲苓。自性得久要，為人制頹齡。小草有遠志，相依在平生。醫和不並世，深根且固蒂。人言可醫國，何用太早計。小大材則殊，氣味固相似。

蘇軾〈答黃魯直書〉（一〇七八年）

軾頓首再拜魯直教授長官足下。軾始見足下詩文於孫莘老之坐上，聳然異之，以為非今世之人也。莘老言：「此人，人知之者尚少，子可為稱揚其名。」軾笑曰：「此人如精金美玉，不即人而人即之，將逃名而不可得，何以我稱揚為？」然觀其文以求其為人，必輕外物而自重者，今之君子莫能用也。

其後過李公擇於濟南，則見足下之詩文愈多，而得其為人益詳，意其超逸絕塵，獨立萬物之表，馭風騎氣，以與造物者遊，非獨今世之君子所不能用，雖如軾之放浪自棄，與世闊疏者，亦莫得而友也。

今者辱書詞累幅，執禮恭甚，如見所畏者，何哉？軾方以此求交於足下，而懼其不可得，豈意得此於足下乎？喜愧之懷，殆不可勝。然自入夏以來，家人輩更臥病，忽忽至今，裁答甚緩，想未深訝也。《古風》二首，託物引類，真得古詩人之風，而軾非其人也。聊復次韻，以為一笑。秋暑，不審起居何如？未由會見，萬萬以時自重。

蘇軾〈次韻黃魯直見贈古風〉二首（一〇七八年）

其一

佳穀臥風雨，稂莠登我場。陳前漫方丈，玉食慘無光。大哉天宇間，美惡更臭香。君看五六月，飛蚊殷迴廊。茲時不少假，俯仰霜葉黃。期君蟠桃枝，千歲終一嘗。顧我如苦李，全生依路傍。紛紛不足慍，悄悄徒自傷。

其二

空山學仙子，妄意笙簫聲。千金得奇藥，開視皆豨苓。不知市人中，自有安期生。今君已度世，坐閱霜中蒂。摩挲古銅人，歲月不可計。閬風安在哉，要君相指似。

蘇軾《寒食帖》張縯題跋（一一八〇年或一一八二年以後）

東坡老仙三詩，先世舊所藏。伯祖永安大夫嘗謁山谷於眉之青神，有攜行書帖，山谷皆跋其後，此詩其一也。老仙文高筆妙，粲若霄漢雲霞之麗，山谷又發揚蹈厲之，可為絕代之珍矣。昔曾大父禮院官中秘書，與李常公擇為僚。山谷母夫人，公擇女弟也。山谷與永安帖自言：識先禮院於公擇舅坐上，由是與永安游好，有先禮院所藏昭陵御飛白記及曾叔祖盧山府君志，名皆列山谷集。惟諸跋世不盡見。此跋尤恢奇，因詳著卷後。永安為河南屬邑，伯祖嘗為之宰云。三晉張縯季長甫。懿文堂書

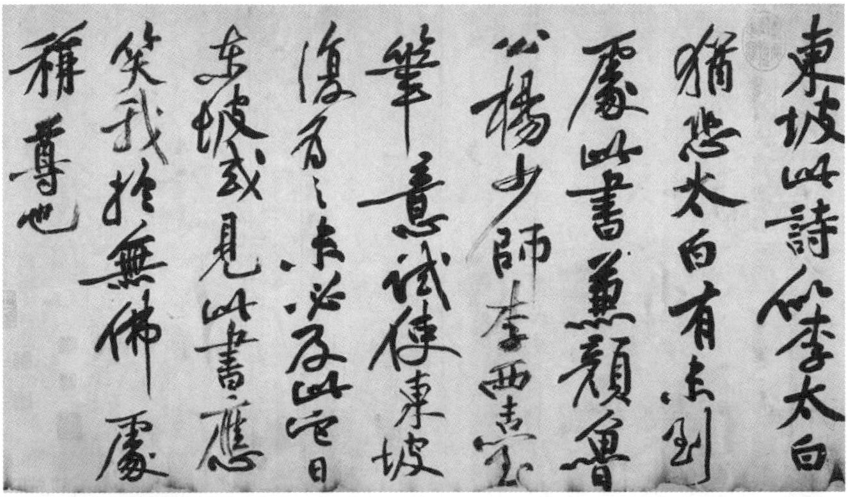

上｜蘇軾《寒食帖》黃庭堅題跋（臺北故宮博物院藏）

下｜四川青神喚魚池飯莊（攝於2017年）

四遇三星堆

本來沒有刻意要去看四川來的三星堆文物展。

在此之前，一九九八年舊金山「中國考古的黃金時代」展覽中初次驚豔，便為其中神祕而巨大的銅製人形面具（？）讚嘆不已。酷似好萊塢電影中外星來的「小可愛」魔怪的三角形耳朵，菱形的眼睛，縱突的眼珠（？），誇張的扁平大嘴，彷彿露出微笑的莫測高深表情，與印象裡貴為國之鼎器的青銅製品完全迥異的風采。

不能說是美，不能僅從表相去解釋，雖然耳下有孔，也不一定就如學者所推測的，是先民祭祀用的面具。試想：要有多大力氣，才能扛得動這青銅面具？祭師或巫者，戴著這面具扮演神靈嗎？也就是說，這就是人們想像的，神靈的容貌？

極古老，紀元前十二至十四世紀，卻也極新穎，帶著超現實的造型，令人興奮的，發現文化中也有常規秩序之外的「怪力亂神」，豐富多樣，但又嚴肅誠懇。一九九九年，臺北故宮博物院的「三星堆傳奇：華夏古文明的探索」展覽裡，你所不知道的「中華文化」，「外星人」降臨地球的紀念似的，好一派耀眼奇景。那次展出的「三星堆」古文物比在舊金山時看過的還多，「探索」的意味十足。

二〇〇一年去四川開會，有學者邀集會後去九寨溝，並且到廣元的三星堆遺址「實地考察」。那次的旅程非常長，從北京香山開完會，飛到成都和臺灣來的旅行團會合，前往夢寐以求的西藏。

好容易在意志、毅力，以及藥物、食品（黑糖水）的控制之下，適應了高海拔造成的種種身體反應，帶著完成心願，法喜充滿的愉悅，宛如自仙鄉重返凡間，在眉山的東坡故里，卻發生了暈眩欲嘔的症狀。在平地也會有「高山症」的情形，真是始料未及。

難道我的身體在終於克服困難之後，變成了如同藏民一般的柔韌堅強，合乎了高山生活的節奏和品質，反而不能習慣原來的平地氣壓，連呼吸空氣的方式、飲食的形態都忘了？

支撐著度過會議期間，很多時候昏昏欲睡，對於會後去三星堆遺址博物館，感到興趣缺缺。倒是九寨溝心嚮往之，聽說最近道路比較平坦順暢，路程沒有以前那麼辛苦了。

好吧。就衝著九寨溝，再欣賞一回三星堆的青銅巨人。

幸虧我對三星堆古文物沒抱多大期待，心想頂多再三會面，瞧瞧那挖出驚世奇物的土丘，青銅巨人的謎底不會就在遺址揭曉。我也不是研究古器物的專家，沒有學術上探勘的任務和自許，三星堆遺址博物館不過是旅遊九寨溝返程的休息停留點。

到了三星堆遺址博物館，老實說，真應了那句陳腔濫調：「相見不如懷念。」美好的三星堆印象，全被那些裝飾得有如聖誕節的閃亮小燈泡，一眨一眨的紅光黃光，裝神弄鬼的怪異氣氛給徹底瓦解了。

怎麼會這樣？

在別處觀覽三星堆古文物都沒有的光怪陸離作風，在古文物的老家，反而準備上演《聊齋》似的。更料想不到的是，明明是自己收藏著，卻拿複製品展示給觀眾看，說嚴重一點，不遠千里而去的旅客，真有受騙上當的感覺。這可不是我信口雌黃，一位研究青銅器的臺灣教授後來告訴我，除了博物館標示為複製品的展物，一些沒有標示的物件也是複製的，她曾經對博物館表達過「抗議」，當然，結果一點用也沒有。

是因為真品都在專家研究中？保養維護中？出國巡迴亮相中？

或許，換個角度想，中國複製古文物的技術已經高超精良得真偽莫辨？難怪博物館外的廣場沿路都在賣青銅人像的複製品，可惜我嫌行李太重，只選了一個掌心大小的，又不諳此道，否則挑個大件的，當成擺設，一定也挺唬人。

新加坡亞洲文明博物館要展出三星堆古文物的消息我去年（二〇〇六年）就聽說了，沒有特別想去看。在課堂上鼓勵學生們把握這「第一次在東南亞展示」的機會，印證上學期放映的投影片，所謂「蠶叢縱目」，有此一說，見三星堆青銅人像面具可知。

從新加坡河畔不知不覺散步到亞洲文明博物館，地圖上畫的距離比實際走來還遠。記得之前在博物館一樓臨河的餐廳露臺吃過飯，新年期間不知是否營業。

走進博物館，六點多了竟然還燈火通明，有一種「三星堆古文物期待我去探望他們」的幻想心情。決定先填飽肚子，臨河的餐廳就著舞獅的鑼鼓吃越南菜。習習涼風，吹得桌上的燭火如輕擺柳腰的舞女。

還是那些青銅人像最吸引我，四度相見，我不大讀解說文字，只單純地欣賞他們的造型。學者以前說耳垂上的孔可以證明這些是面具。我看著，怎麼也像耳環的孔洞，厚實的大耳，掛的是玉耳環？

那是一張張的臉，想像或寫實，變形誇大的臉。

夜晚的博物館有點詭譎，這些可能用來祭祀或做陪葬的明器的物品，件件都有耐人尋味之處。

其中一件的後腦刻意鑿了缺口，好像被鈍器捅了一道，血和腦漿從那個破洞汩汩流出，直到不支死去。

陰氣從玻璃櫃裡滲出似的，青銅人的微笑。我仔細前後端詳，櫃子裡鏡面反映出我的臉。

很想像青銅人一樣露出微笑。

沒有文字，記憶就是一片空白嗎？沒有紀錄，猜謎的遊戲可以一直玩下去，青銅人一副「我不告訴你」的洋洋得意。

曾經發生的事，失去了載體，日後追求意義也可以說是毫無意義。

掩埋與焚燬的那當下，便是意義的完成，千代萬年，再沒有別的。

延伸閱讀

李白〈蜀道難〉

噫吁嚱！危乎高哉！蜀道之難難於上青天！蠶叢及魚鳧，開國何茫然！爾來四萬八千歲，不與秦塞通人煙。西當太白有鳥道，何以橫絕峨眉巔。地崩山摧壯士死，然後天梯石棧方鉤連。上有六龍回日之高標，下有衝波逆折之回川。黃鶴之飛尚不得過，猨猱欲度愁攀援。

青泥何盤盤，百步九折縈巖巒。捫參歷井仰脅息，以手撫膺坐長歎。問君西遊何時還？畏途巉巖不可攀。但見悲鳥號古木，雄飛雌從繞林間。又聞子規啼夜月，愁空山。

蜀道之難，難於上青天，使人聽此凋朱顏。連峯去天不盈尺，枯松倒掛倚絕壁。飛湍瀑流爭喧豗，砯崖轉石萬壑雷。其險也如此，嗟爾遠道之人，胡為乎來哉！劍閣崢嶸而崔嵬，一夫當關，萬人莫開。所守或匪親，化為狼與豺。朝避猛虎，夕避長蛇。磨牙吮血，殺人如麻。錦城雖云樂，不如早還家。蜀道之難，難於上青天，側身西望長咨嗟！

上｜四川廣漢三星堆出土青銅黃金面罩頭像（攝於 2007 年）
下｜四川廣漢三星堆出土青銅頭像（攝於 2007 年）

樂山

嘉州／樂山

一〇五九年，蘇軾服母喪結束，再度出蜀前往京師。和一〇五六年父子三人走陸路經長安到達汴梁不同，這一次，家裡已經沒有需要照顧的長輩，他們攜家帶眷，包括蘇軾的妻子王弗、新生的長子蘇邁、蘇轍的妻子史氏、乳母任氏、保母楊氏等等。他們先走水路，後接陸路。從眉山往南到嘉州（今四川樂山），順流而下，經長江三峽到江陵，然後行陸路，一路覽景訪友，花了四個月（一〇五九年十月至隔年二月）才到京師。

老大說了算

佛是一座山；山是一尊佛。岷江、青衣江和大渡河三江交匯於樂山大佛腳下，三水竟然青、綠、碧，三色分明。我站在船頭，經年日曬雨淋的大佛在鏡頭裡無喜無悲。要參透「是非成敗轉頭空」，得付出人生的代價，也許，即使人生盡處，還是紅塵滾滾。

看著這流水逝去的，還有一雙神采暗淡的凹陷眼。他長於拉弓射箭的手，現在記記稅務的帳目，可能還撥撥算盤珠子。沒有人在乎他曾經馳騁沙場立下的汗馬功勞，有功不賞，讓他沒有旅費還鄉，無奈淪落至此。他對著兩個青年過客訴說當年勇，不禁涕淚縱橫。青年驚異好奇，義憤填膺，用他的名字為題，寫下了詩篇——〈郭綸〉。

東坡寫的是七言詩：

> 河西猛士無人識，日暮津亭閱過船。路人但覺驄馬瘦，不知鐵槊大如椽。因言西方久不戰，截髮願作萬騎先。我當憑軾與寓目，看君飛矢射蠻氈。

蘇轍的詩序交代了郭綸的背景：「綸本河西弓箭手，屢戰有功，不賞。自黎州都監官滿，貧不能歸，權嘉州監稅。」他洋洋灑灑的五言古詩激昂慷慨地記錄一場場出生入死的戰役，為郭綸鳴不平：

郭綸本蕃種，騎鬥雄西戎。流落初無罪，因循遂龍鍾。嘉州已經歲，見我涕無窮。自言將家子，少小學彎弓。長遇西鄙亂，走馬救邊烽。手挑丈八矛，所往如投空。平生事苦戰，數與大寇逢。……

眼前落魄的郭綸在人生的谷底徘徊，蘇家兄弟都非常積極地推崇這位英雄人物，期許他重振威風。兄弟倆的樂觀投射自己準備去京師參加制科考試，為朝廷建功立業的鴻圖指日可待的壯心。他們用詩歌為郭綸立傳，也許還拿了李白的「天生我材必有用」來鼓舞郭綸。郭綸後來怎麼了？萍水相逢，故事沒有進行到結尾，但也可能，兄弟倆見到的郭綸就已經在故事的尾聲。〈郭綸〉是目前所見東坡兄弟最早的同題詩作，我們很容易從文字的風格和敘事的筆法推衍印證他們的文學特色——東坡善於小中見大，以烘托、對比的方式刻畫人物的特徵。子由善於發表議論，事理層次分明，正氣凜然。

蘇轍認為郭綸的失意歸因於「有功不賞」，他在詩的序文和內文裡一再提到，這應該也是郭綸心裡的糾葛，出自郭綸個人的判斷。過去我也同情這位末路英雄，年歲漸長，見識多了辦公室政治，我在自己的日記裡寫下：「要緊的不是你的自我感覺良好，是人家怎麼看你，在人家的眼裡，你到底值多少？」朝廷將郭綸安插到嘉州擔任監稅，就是朝廷給予的「賞」，郭綸看不上這「人才垃圾場」似的「賞」，於是期待落空，悶悶不樂。要說郭綸受到不公平的待遇嗎？所有自認懷才不遇、沉寂下僚的人都會指陳「正義」沒有在「正確」的位置。

我這麼說或許很殘酷，但是經過切膚之痛才領悟。我們都像郭綸努力過、奮勇過，可惜得到的回報讓我們感到卑微。郭綸「不幸」嗎？當然不是！他的「不幸」感動兩位青年才俊，他的名字列在兩大詩人的詩篇首章，難道不是一種「幸運」嗎？蘇轍不知道，郭綸不甘心擔任的監稅小官，後來他因兄長的「烏臺詩案」牽連，一樣被扔進「人才垃圾場」，被貶為筠州監酒稅。「資源回收」的概念和做法還是好的，只要不銷磨志氣，蘇轍最終官拜門下侍郎（副宰相，正二品），安享終老。

延伸閱讀

蘇軾〈初發嘉州〉（一〇五九年）

朝發鼓闐闐，西風獵畫旃。故鄉飄已遠，往意浩無邊。錦水細不見，蠻江清可憐。奔騰過佛腳，曠蕩造平川。野市有禪客，釣臺尋暮煙。相期定先到，久立水潺潺。

蘇軾〈郭綸〉（一〇五九年）

河西猛士無人識，日暮津亭閱過船。路人但覺驄馬瘦，不知鐵槊大如椽。因言西方久不戰，截髮願作萬騎先。我當憑軾與寓目，看君飛矢集蠻氈。

蘇轍〈郭綸〉

郭綸本蕃種，騎鬥雄西戎。流落初無罪，因循遂龍鍾。嘉州已經歲，見我涕無窮。自言將家子，少小學彎弓。長遇西鄙亂，走馬救邊烽。手挑丈八矛，所往如投空。平生事苦戰，數與大寇逢。昔在定川寨，賊來如群蜂。萬騎擁酋帥，自謂白相公。揮兵取其元，模糊腥血紅。戰勝士氣振，赴敵如旋風。蚩蚩氈裘將，不信勇且忠。遙語相勸誘，一矢摧厥胸。短兵接死地，日落沙塵蒙。馳歸不敢息，馬口銜折鋒。誰知八尺軀，脫命萬死中。忽聞南蠻叛，羽檄行匆匆。將兵赴危難，瘴霧不辭衝。行經賀州城，寂寞無人蹤。攀堞莽不見，入據為築墉。一旦賊兵下，百計燒且攻。三日不能陷，救至遂得通。崎嶇有成績，元帥多異同。有功不見賞，憔悴落巴賨。已矣復誰信，言之氣恟恟。予不識郭綸，聞此為斂容。一夫何足言，竊恐悲群雄。此非介子推，安肯不計功。郭綸未嘗敗，用之可前鋒。

上｜四川樂山大佛傳蘇軾題字（攝於2009年）

下｜四川樂山大佛（攝於2009年）

為什麼李白、杜甫不是千年英雄？

公元二〇〇〇年，法國第二大全國日報《世界報》（*Le Monde*）為迎接千禧年特別製作專題，記者讓——皮埃爾・朗日里耶（Jean-Pierre Langellier）選取十二位生活跨越公元一〇〇〇年的世界人物，名為「千年英雄」（Les héros de l'An Mil）。其中，唯一獲選的中國人是蘇東坡。此後，在華文語境裡，「千年英雄蘇東坡」成為標誌蘇東坡國際地位和終身成就的榮耀，甚至於以「蘇東坡是國際認定的千年英雄」為前提，指出蘇東坡優於李白、杜甫的偉大。

評價人的標準很多，往往指標之間是「相對」的衡量；文學藝術更難有「絕對」的判定。李白、杜甫、蘇東坡並不是一起參加馬拉松長跑的運動員，誰能一眼看出哪一位是先馳得點？是優勝劣敗的結果？

為什麼李白、杜甫不是「千年英雄」？原因其實很簡單，他們出生於公元一〇〇〇年以前，不在《世界報》選取的時代範圍之內，也就是說，沒有「參賽資格」。

那麼，獲選《世界報》的十二位「千年英雄」是哪些人？他們有什麼特色？蘇東坡在他們之中，具有什麼意義呢？

《千年英雄》（*Les Héros de l'An Mil*）一書在二〇〇〇年九月出版，十二位英雄依序為：

Raoul Glaber（Rodulfus or Ralph Glaber）（九八五—一〇四七），法國僧侶，歷史學家。

Gerbert d'Aurillac（Sylvestre II）（九五〇—一〇〇三），教宗思維二世，法國占星象。

Otton III（九八〇—一〇〇二）奧托三世，神聖羅馬帝國皇帝。

Guy d'Arezzo（Guido of Arezzo）（九九一／九九二年—一〇三三年之後），義大利中世紀音樂理論家，常被認為是現代音樂記譜法（五線譜）的發明者。

Etienne Ier de Hongrie（九六九—一〇三八）聖史蒂芬一世，匈牙利阿爾帕德王朝大公和第一位國王。

Olaf Ier de Norvège（Olaf Tryggvason）（一〇九九—一一一五）奧拉夫一世，挪威國王。

Basil II Porphyrogenitus（九五八—一〇二五）巴西爾二世，馬其頓王朝的東羅馬帝國皇帝。

Al-Mansur（九三八—一〇〇二），西班牙安達盧西亞軍事政治家。

Ibn Sina（九八〇—一〇三七）伊本·西那。中世紀波斯哲學家、醫學家、自然科學家、文學家。

Mahmud de Ghazna（九七一—一〇三〇）伽色尼王國最著名的英明帝王。今屬阿富汗。

蘇東坡（一〇三七—一一〇一）。

Murasaki Shikibu（約九七八—一〇一六）紫式部。日本小說《源氏物語》作者。

這份名單的人物來自歐洲和亞洲，含括了政治、軍事、宗教、醫學、藝術、文學、歷史、哲學等等方面的卓越長才，大部分是出生於十世紀，也就是生存跨越過第一個千禧年的人。其中，只有紫式部是女性。蘇東坡做為「學者型官員」、詩人、書畫家，可以說是十二位「千年英雄」裡全面發展又出類拔萃的一位。

過去我只曉得蘇東坡對東亞的影響，以及英語學術圈的研究概況。二〇一七年十一月二十三日，在第八屆（眉山）東坡文化節開幕主題演講中，Jean-Pierre Langellier 敘述了當年選取十二位「千年英雄」的機緣和背景，盛讚蘇東坡的天才和人道精神。他還談到蘇東坡在法國的知音：作家克勞德・羅伊（Claude Roy）寫了小說《千年之前的朋友》（*L'ami qui venait de l'An Mil*，一九九四年出版），從友誼和情感認識蘇東坡。漢學家Patrick Carré寫蘇東坡貶謫黃州的著作《永垂不朽》（*L'Immortel*，一九九二年出版）。我猜想，用法語誦讀蘇東坡的詩詞，一定又別有情調吧？

換一個角度想，「千年英雄」所推崇的，不僅僅是某一生命個體所發揮的，對當時有益的事物、言論、措施，對人類文明的貢獻；而是基於他的才能智識，回應了所處的時代與生活，使得千年以後的我們，既回溯過往，觀察一千年的歷史變化，進一步思考「人」的價值。這「人」的價值，超越人種和語言文化，達到「人同此心」。

所以，別再糾結李白、杜甫為什麼不被法國人選為「千年英雄」啦！他們可是「千年英雄」以前的「英雄」呢！

蘇軾心目中的「英雄」是怎樣的呢？我們從他評價孔融（北海）、諸葛亮、曹操（魏武帝）的文章，可以看出一些想法：

一、英雄具有勇氣、擔當和不怕死的特質：「臨難不懼，談笑就死為雄」。

二、世人以成敗論英雄，無可厚非。曹操可稱為英雄。

三、曹操臨終前流露了真性情：「平生奸偽，死見真性」。他在赤壁之戰之所以失敗是因為「魏武長于料事，而不長于料人」；「重發於劉備而喪其功，輕為於孫權而至於敗」，也就是誤判形勢，施力不當。諸葛亮比曹操重視仁義，可是不能掌握時勢，終究還是缺失。

延伸閱讀

蘇軾〈孔北海贊并敘〉（作年未詳）

文舉以英偉冠世之資，師表海內，意所予奪，天下從之，此人中龍也。而曹操陰賊險狠，特鬼蜮之雄者耳。其勢決不兩立，非公誅操，則操害公，此理之常。而前史乃謂公負其高氣，志在靖難，而才疏意廣，訖無成功，此蓋當時奴婢小人論公之語。公之無成，天也。使天未欲亡漢，公誅操如殺狐兔，何足道哉！世之稱人豪者，才氣各有高庳，然皆以臨難不懼，談笑就死為雄。操以病亡，子孫滿前而咿嚶涕泣，留連妾婦，分香賣履，區處衣物，平生姦偽，死見真性。世以成敗論人物，故操得在英雄之列。而公見謂才疏意廣，豈不悲哉！操平生畏劉備，而備以公知天下有己為喜，天若胙漢，公使備，備誅操無難也。予讀公所作〈楊四公贊〉，嘆曰：方操害公，復有魯國一男子慨然爭之，公庶幾不死。乃作〈孔北海贊〉曰：

晉有羯奴，盜賊之靡。欺孤如操，又羯所耻。我書《春秋》，與齊豹齒。文舉在天，雖亡不死。我宗若人，尚友千祀。視公如龍，視操如鬼。

蘇軾〈諸葛亮論〉（一〇六〇年應制科試前）

取之以仁義，守之以仁義者，周也；取之以詐力，守之以詐力者，秦也。以秦之所以取取之，以周之所以守守之者，漢也；仁義詐力雜用以取天下者，此孔明之所以失也。

曹操因衰乘危，得逞其姦，孔明耻之，欲信大義於天下。當此時，曹公威震四海，東據許、兗，南牧荊、豫，孔明之恃以勝之者，獨以其區區之忠信，有以激天下之心耳。夫天下廉隅節概慷慨死義之士，固非心服曹氏也，特以威劫而強臣之，聞孔明之風，宜其千里之外有響應者，如此則雖無措足之地，而天下固為之用矣。且夫殺一不辜而得天下，有所不為，而後天下忠臣義士樂為之死。劉表之喪，先主在荊州，孔明欲襲殺其孤，先主不忍也。其後劉璋以好逆之至蜀，不數月，扼其吭、拊其背而奪之國。此其與曹操異者幾希矣。曹、劉之不敵，天下之所共知也。言兵不若曹操之多，言地不若曹操之廣，言戰不若曹操之能，而有以一勝之者，區區之忠信也。孔明遷劉璋，既已失天下義士之望，乃始治兵振旅，為仁義之師，東嚮長驅，而欲天下響應，蓋亦難矣。

曹操既死，子丕代立，當此之時，可以計破也。何者？操之臨終，召丕而屬之植，未嘗不以譚、尚為戒也。而丕與植終於相殘如此。此其父子兄弟且為寇讎，而況能以得天下英雄之心哉？此有可間之勢，不過捐數十萬金，使其大臣骨肉內自相殘，然後舉兵而伐之，此高祖所以滅項籍也。孔明既不能全其信義，以服天下之心，又不能奮其智謀，以絕曹氏之手足，宜其屢戰而屢卻哉！

故夫敵有可間之勢而不間者，湯、武行之為大義，非湯、武而行之為失機。此仁人君子之大患也。呂溫以為孔明承桓、靈之後，不可彊民以思漢，欲其播告天下之民，且曰「曹氏利汝吾事之，害汝吾誅之。」不知蜀之與魏，果有以大過之乎？苟無以大過之，而又決不能事魏，則天下安肯以空言諫動哉？嗚呼！此書生之論，可言而不可用也。

蘇軾〈魏武帝論〉（一〇六一年）

世之所謂智者，知天下之利害，而審乎計之得失，如斯而已矣。此其為智猶有所窮。惟見天下之利而為之，惟其害而不為，則是有時而窮焉，亦不能盡天下之利。古之所謂大智者，知天下利害得失之計，而權之以人。是故有所犯天下之至危，而卒以成大功者，此以其人權之。輕敵者敗，重敵者無成功。何者？天下未嘗有百全之利也，舉事而待其百全，則必有所格，是故知吾之所以勝人，而人不知其所以勝我者，天下莫能敵之。

昔者晉荀息知虢公必不能用宮之奇，齊鮑叔知魯君必不能用施伯，薛公知黥布必不出於上策。此三者，皆危道也，而直犯之。彼不知用其所長，又不知出吾之所忌，是故可以冒害而就利。自三代之亡，天下以詐力相并，其道術政教無以相過，而能者得之。當漢氏之衰，豪傑并起而圖天下，二袁、董、呂，爭為強暴，而孫權、劉備，又已區區於一隅，其用兵制勝，固不足以敵曹氏。然天下終於分裂，訖魏之世，而不能一。

蓋嘗試論之。魏武長於料事，而不長於料人。是故有所重發而喪其功，有所輕為而至於敗。劉備有蓋世之才，而無應卒之機。方其新破劉璋，蜀人未附，一日而四五驚，斬之不能禁。釋此時不取，而其後遂至於不敢加兵者終其身。孫權勇而有謀，此不可以聲勢恐喝取也。魏武不用中原之長，而與之爭於舟楫之間，一日一夜，行三百里以爭利，犯此二敗以攻孫權，是以喪師於赤壁，以成吳之強。且夫劉備可以急取，而不可以緩圖。方其危疑之間，卷甲而趨之，雖兵法之所忌，可以得志。孫權者，可以計取，而不可以勢破也，而欲以荊州新附之卒，乘勝而取之。彼非不知其難，特欲僥幸於權之不敢抗也。此用之於新造之蜀，乃可以逞。故夫魏武重發於劉備而喪其功，輕為於孫權而至於敗。此不亦長於料事而不長於料人之過歟？

嗟夫！事之利害，計之得失，天下之能者舉知之，知之而不能權之以人，則亦紛紛焉或勝或負，爭為雄強，而未見其能一也。

楊慎〈臨江仙〉

滾滾長江東逝水，浪花淘盡英雄；是非成敗轉頭空，青山依舊在、幾度夕陽紅。　白髮漁樵江渚上，慣看秋月春風；一壺濁酒喜相逢，古今多少事、都付笑談中。

重慶

渝州／重慶

蘇洵父子全家一〇五九年出蜀入京，結合了水路和陸路，離開嘉州（樂山）之後，順江經戎州（今四川宜賓市）、瀘州（今四川瀘州）、渝州（今重慶市）、涪州（今重慶市涪陵區）、忠州（今重慶市忠縣）、萬州（今重慶市萬州區）、夔州（今重慶市奉節縣），然後入三峽，出峽後繼續江行，經過峽州（今湖北宜昌市），到達江陵。在江陵改行陸路北上抵達京師。

重慶棒棒軍

在這個世界上，想當自己的主子，不睬老闆臉色的人比比皆是，如果你身懷一技之長，懂得拋鍋弄鏟、理面修容，或是駕駛車輛、搬有運無，總有混一口飯吃的地方，但是假使你只空有一身氣力和殺不完的時間，別擔心，到重慶去！

三千萬人口的重慶，在一九九七年挺出風頭，三峽大江截流的消息吸引來排山倒海的遊客，順水而下的起點，逆流而上的終點，總之，往返於長江總會停靠重慶。這還不風光，重慶人引以為傲的「雙重喜慶」是：「香港回歸祖國」、「重慶升格為直轄市」，尤其是後者，遠在西南一隅，自抗戰勝利之後便交出「陪都」的席次，退居黯然的二線，終於再以驚人的人口數量拉上了與北京、上海和天津並列的地位。在中國大陸，遇見新朋友猜他是四川人準沒錯，想想，僅僅四川就有上億人，機率怎麼不大？

「嘉陵江」、「沙坪壩」，往昔小說戲劇裡頭耳熟能詳的地方全到了眼前，一時目眩神馳——當然暈頭轉向啦，重慶實在夠熱的，都九月底了，氣溫還可以竄上攝氏三十幾甚至四十度，江上的煙霧全是蒸騰的水氣，揮汗如雨的重慶人連說話也比溫軟的成都人急切煩躁，有時熱得超乎人體所能承受，學校還放「暑」假，下午早早就放孩子回家，極度奢侈的冷氣機恐怕是重慶小朋友寫給聖誕老公公最為渴望的禮物吧！不過熱歸熱，買得起冷氣卻未必繳得起電費，難怪旅行成都時遇見的重慶老夫婦講起他們住的八十元人民幣一晚的小賓館會如癡如醉，宛若天堂——「極冷的空調」、「無限量供應的衛生紙」、「一次性的盥洗用具」……不是有個諷刺的笑話這麼說嗎？南京、武漢和重慶三大火爐的老百姓是不怕死後下地獄煎油鍋的，因為他們生前就活在油鍋裡！

赭紅泥土的山城處處可見舊時的防空洞，除了部分封閉的，大都已經改為民宅、商鋪、工廠，或者油庫，所謂的「重慶精神」已被「紅岩精神」的標語口號取代，吃苦耐勞，勤奮堅忍的特質依然一致吧，我想。

地狹人稠，每天有千萬人穿流於蜿蜒的山路，不像其他城市裡大量的自行車，街邊販售自行車的商店窗明几淨，店裡陳售的是最新款的越野車，歪著腦袋想一想，可不是嗎？不是有閒錢、有閒工夫、努力鍛鍊身體的人，誰能對付得了那行行重行行，上山下坡，沒完沒了的路程？重慶人自稱住在「堵城」，市公車擠得水洩不通，出租車猛撳喇叭，蹲在路旁吸煙的「棒棒軍大兄」好整以暇地吐了一口黃痰，道：「急個什麼勁？反正十路九堵，另一條還在挖挖補補咧！」

「棒棒軍」大多是鄉間失業的農民，或是被迫下崗的工人，掄著一根木棒，重慶大街上討生活，乍見棒棒軍大兄時簡直把我嚇得花容失色。話說那日初到重慶港，還未下遊覽車，棒棒軍便抓著棍棒蜂擁而上，導遊小姐要我們小心提好個人行李，千萬別隨便輕易交給棒棒軍，大家一團混亂，我沒聽清楚她的話，只是心頭一驚，道是盲流來襲，七手八腳拖著旅行箱，踉踉蹌蹌來到碼頭，同車的客人都陸續登船了，剩下我一人呆立無所適從，導遊的乾女兒陪我等她乾媽去聯繫，聽說我搭的船明天早上才到，熙熙攘攘的人群，喧囂鼎沸，一股熟悉而又陌生的恐懼感籠頭罩下，好似只要一回首，前世逃難的經歷就要重來。不停前來詢問或圍觀的棒棒軍讓我更貼近陪伴我的女孩，女孩對他們兇怒斥喝，用重慶話叫他們滾遠一些，我才弄懂他們原來是城市佻伕，想替我把行李扛上船，賺取工資。

女孩年約十四、五歲，留著中分的齊耳短髮，兩邊乖乖地別了一對水藍色的塑膠髮夾，笑起來脣角一雙深深的小酒窩，十分甜美可愛。我們才正聊著她最喜愛的《幾度夕陽紅》連續劇，棒棒軍發現躲在角落的我倆，將我們團團包圍，見她突然變得兇悍，手岔腰際，瞪視面前三五個棒棒軍大漢，連聲轟走他們而毫無懼色，令我吃驚。

雖然是天光尚明的傍晚，棒棒軍蓄勢待發的氣焰，像跳躍於左右的火球，隨時可能爆炸。他們淌著汗的身軀在我旁邊冒著熱氣，酸臭味與尼古丁混合，長而彎曲的汙穢指甲捲繞著棍繩，餓狼般的眼睛東張西望，探頭進出租車、敲打著大巴士，車子尚未停妥，旅人還沒站穩，他們就爭先恐後一攏而至，有時拉扯客人的行李，狀似搶奪；有時逮住了目標，糾纏不休。需要協助的客人還得大費唇舌，你來我往討價還價一番。一旦談成，棒棒軍用木棍一挑，箭步如飛，行李的主人在泥濘的路上跳腳追趕，真叫人替他捏一把冷汗。

這樣的營生，完全是「靠山吃山」而來，山城的階梯令背負行李的旅人或上街購物的市民望之卻步，環伺在旁的棒棒軍比出租車還便宜，狹巷小弄，來去自如，又不虞塞車，送貨到府，服務到家，的確方便。

然而，為什麼大庭廣眾之下，灼如烈熾的棒棒軍會如此令我心生畏懼呢？是由於他們吃飯的傢伙狀似武器？為了避免「破財」的諱氣，棒棒軍使的不是剖成兩半的扁擔，而是長度相當的材頭木棍，他們似乎各憑本事招攬生意，又像是有組織的部隊分散攻擊，非常「雄性」的棒棒軍擊中了我疲憊旅情的脆弱神經。導遊小姐和她的乾女兒帶我找了一家頗具規模的飯店投宿，並答應明天一早派人帶我上船，我婉謝了她們領我去嘗道地重慶麻辣火鍋的邀請，卸下防衛之後的倦意讓我不能飲食，不能思想。

站在十樓的窗前，只有靛藍不見星斗的天空和重慶港的霓虹燈隱約在望。我拉上窗簾，和衣倒頭便睡，晚安！三千萬重慶同胞，晚安！棒棒軍大兄，明兒早晨，你們是否也在碼頭送我？

延伸閱讀

蘇軾〈渝州寄王道矩〉（一〇五九年）

曾聞五月到渝州，水拍長亭砌下流。惟有夢魂長繚繞，共論唐史更綢繆。舟經故國歲時改，霜落寒江波浪收。歸夢不成冬夜永，厭聞船上報更籌。

東坡的渝州（重慶）印象來自青神的友人王道矩。王道矩和他談過五月的渝州景致，待自己親身體驗，卻是迥然的風光——沒有拍擊長亭下的波浪，而是結霜停滯的江水。這裡是舊友的故地，自己「在場」，但是和舊友提供的經驗斷裂。彌補斷裂，聯繫過去與現在的紐帶，是兩人共同討論唐史的往事。夢魂回到往事的情境，彷彿一切如故；可嘆的是旅夜漫漫，報時的更聲回響於舟船。

成如容易卻艱辛

在嘉州認識落寞的異族弓箭手郭綸；在渝州懷想友人王道矩，前往京師的四個月行程，蘇洵父子見聞增廣，眼界大開，時時書寫記錄。從眉山到江陵期間共寫了一百篇，合為《南行集》，東坡作〈敘〉。其後江陵到京師途中又完成了七十三篇，合為《南行後集》，子由作〈引〉，並將東坡作敘的集子稱為《南行前集》，前後合稱《南行集》。《南行集》和子由的引文今不存，我們只能分別從他們三位個人的文集裡摘取，找到包括東坡〈南行前集敘〉大約一百五十一篇，一窺全書的原貌。

在〈南行前集敘〉裡，東坡道出寫作的初衷——「不得不然」，不是刻意「作文」，而是受到山川（自然）、風俗（文化）、賢人君子（人物）所觸動發出的感嘆。這個觀點和《詩經（毛詩）．大序》說的「情動於中而形於言」相通，且更強調水到渠成，天然不假外求的自由狀態。

東坡說他受到父親的影響，所謂「自少聞家君之論文，以為古之聖人有所不能自已而作者」，蘇洵論文的主張見於他一〇四九年寫的〈仲兄字文甫說〉。蘇洵的二兄蘇渙本來字「公群」，蘇洵從《易經．渙卦》六四爻辭讀到「群」的涵義，認為字「公群」有自命聖人之感，於是蘇渙請他改字。蘇洵根據《易經．渙卦》象曰：「風行水上，渙。」高談闊論「風」和「水」相遇成「文」的道理，為二兄取字「文甫」。

蘇洵指出：風水相遇生成的「文」是天下至「文」。風拂水面形成波紋，不是風要製造波紋，也不是水想顯現波紋，毫無勉強刻意，波紋就形成了。把水的波紋引申到文章的「文」，同樣的，寫作也應該無壓力、無負擔，好文章自然成型。

用水比喻寫作的例子還見於東坡的〈自評文〉（〈論文〉）：

> 吾文如萬斛泉源，不擇地皆可出，在平地滔滔汩汩，雖一日千里無難。及其與山石曲折，隨物賦形，而不可知也。所可知者，常行於所當行，常止於不可不止，如是而已矣。其他雖吾亦不能知也。

「常行於所當行，常止於不可不止」的提法直到東坡臨終前數月，還用來褒揚一位青年推官謝民師，可見他所堅持。如果只看《南行集》的作品，會發現敘文裡談的自然生成寫作畢竟只是理想，至少東坡兄弟倆是極把寫作當回事，努力為之的，否則就不必有許多同題和次韻唱和的作品。

頂厲害的一首，光看詩題就挺有摩拳擦掌的意味：〈江上值雪效歐陽體限不以鹽玉鶴鷺絮蝶飛舞之類為比仍不使皓白潔素等字，次子由韻〉，既然是東坡次韻，可見是子由先出招。子由提議學歐陽脩在仁宗皇祐二年（一〇五〇年）作〈雪〉，詩題下注明：「在潁州作。玉、月、梨、梅、練、絮、白、舞、鵝、鶴、銀等字皆請勿用。」意思是避免使用平常形容雪景的字眼，子由也挑了一些形容詞和比喻詞做為禁用字眼，兄弟倆這種刻意又燒腦的深度練習，誰相信是「非勉強所為之文」啊！

蘇軾〈南行前集叙〉（一〇五九年）

夫昔之為文者，非能為之為工，乃不能不為之為工也。山川之有雲霧，草木之有華實，充滿勃鬱，而見於外。夫雖欲無有，其可得耶！自少聞家君之論文，以為古之聖人有所不能自已而作者。故軾與弟轍為文至多，而未嘗敢有作文之意。己亥之歲，侍行適楚，舟中無事，博弈飲酒，非所以為閨門之歡，而山川之秀美，風俗之樸陋，賢人君子之遺跡，與凡耳目之所接者，雜然有觸於中，而發於詠歎。蓋家君之作與弟轍之文皆在，凡一百篇，謂之《南行集》。將以識一時之事，為他日之所尋繹，且以為得於談笑之間，而非勉強所為之文也。

時十二月八日，江陵驛書。

蘇洵〈仲兄字文甫說〉（一〇四九年）

洵讀《易》至《渙》之六四曰：「渙其羣，元吉。」曰：嗟夫，羣者，聖人所欲渙以混一天下者也。蓋余仲兄名渙，而字公羣，則是以聖人之所欲解散滌蕩者以自命也，而可乎？他日以告，兄曰：「子可無為我易之？」洵曰：「唯。」既而曰：請以文甫易之，如何？

且兄嘗見夫水之與風乎？油然而行，淵然而留，渟洄汪洋，滿而上浮者，是水也，而風實起之。蓬蓬然而發乎太空，不終日而行乎四方，蕩乎其無形，飄乎其遠來，既往而不知其迹之所存者，是風也，而水實形之。今夫風水之相遭乎大澤之陂也，紆餘委虵，蜿蜒淪漣，安而相推，怒而相凌，舒而如雲，蹙而如鱗，疾而如馳，徐而如徊，揖讓旋辟，相顧而不前，其繁如縠，其亂如霧，紛紜鬱擾，百里若一，汩乎順流，至乎滄海之濱，磅礴洶涌，號怒相軋，交橫綢繆，放乎空虛，掉乎無垠，橫流逆折，濆旋傾側，宛轉膠戾，回者如輪，縈者如帶，直者如燧，奔者如燄，跳者如鷺，躍者如鯉，殊狀異態，而風水之極觀備矣！故曰：「風行水上渙。」此亦天下之至文也。

然而此二物者豈有求乎文哉？無意乎相求，不期而相遭，而文生焉。是其為文也，非水之文也，非風之文也，二物者非能為文，而不能不為文也。物之相使而文出於其間也，故曰：此天下之至文也。今夫玉非不溫然美矣，而不得以為文；刻鏤組繡，非不文矣，而不可以論乎自然。故夫天下之無營而文生之者，唯水與風而已。

昔者君子之處於世，不求有功，不得已而功成，則天下以為賢；不求有言，不得已而言出，則天下以為口實。嗚呼，此不可與他人道之，唯吾兄可也。

歐陽脩〈雪〉（一〇五〇年）

時在潁州作。玉、月、梨、梅、練、絮、白、舞、鵝、鶴、銀等字，皆請勿用。

新陽力微初破萼，客陰用壯猶相薄。朝寒稜稜鋒莫犯，暮雪緌緌止還作。驅馳風雲初慘淡，炫晃山川漸開廓。光芒可愛初日照，潤澤終為和氣爍。美人高堂晨起驚，幽士虛窗靜聞落。酒壚成徑集瓴甖，獵騎尋蹤得狐貉。龍蛇掃處斷復續，猊虎團成呀且攫。共貪終歲飽麰麥，豈恤空林饑鳥雀。沙堤朝賀迷象笏，桑野行歌沒芒屩。乃知一雪萬人喜，顧我不飲胡為樂。坐看天地絕氛埃，使我胸襟如洗瀹。脫遺前言笑塵雜，搜索萬象窺冥漠。潁雖陋邦文士眾，巨筆人人把矛槊。自非我為發其端，凍口何由開一噱？

王安石〈題張司業詩〉

蘇州司業詩名老，樂府皆言妙入神。看似尋常最奇崛，成如容易卻艱辛。

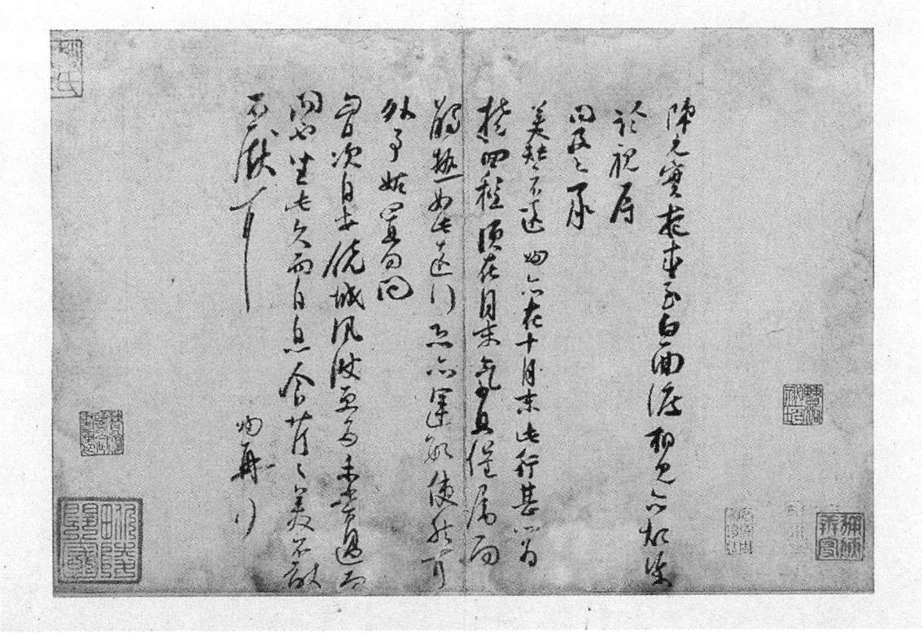

蘇洵《陳元實夜來帖》（臺北故宮博物院藏）（宋眉山蘇氏三世遺翰　冊　宋蘇洵尺牘）

三峽

長江三峽

一〇五九年，蘇洵父子和家眷出蜀入京，沿江而行，進入長江三峽。三峽的萬千氣象，他們登臨了屈原塔、神女廟、以及昭君村、望夫臺、八陣磧等等名勝古蹟。

懸解

和所有趕風潮的人一樣，我也在三峽大壩工程開始的倒數聲中搭上遊輪，來一趟「文化」之旅。先是沒趕得及原先預訂的船班，被迫在重慶過夜，第二天只有「星級」遊輪可以補得上位，我被「海嘯」了一頓，掏光了錢包，買了比本來貴三倍的船票。只怪自己當初考慮不周，買的是不能退換的武漢飛香港的機票，過河卒子，硬著頭皮，不入武漢，回不了家。

遊輪的名字很逗人遐想——「長江公主」，那可不正是指我嗎？悠哉遊哉，「朝辭白帝彩雲間，千里江陵一日還」……。我的公主夢還未酣，就被不潔的伙食和飲水打落凡間。細雨紛飛，我強忍著腹痛，在甲板上望著陡峭的峽壁，滾滾長江東逝水，再不是三國，再不是唐宋，我的船行只有渴望的歸程。

第二天，換乘小船遊歷素有「小三峽」之稱的大寧河。大寧河之奇險更勝三峽，時有驚濤從洞開的「窗戶」潑濺進來——說是「窗戶」實在勉強，除了木條釘成的窗框，什麼遮蔽物也沒有，同船的遊客興致勃勃，穿著保麗龍救生衣搖搖晃晃地擺出勝利的手勢照相，行經低淺的水域，必須以竹篙撐頂而過，並避開巉露的巨岩，坐在船中伸手「窗」外，竟可觸及河底，隨意挑撿卵石，清澈的河水透著沁涼。

不知是船老大的技術太差，還是機械太老舊，別的船隻可以靠馬達衝越的石堆，我們卻危危顫顫，裹足不前，遠遠落後同遊輪的其他小船，船老大吃力地撐著竹篙，幫助推動船身前進，結果後來竟動彈不得，原來是擱淺了！試過十幾回無效之後，船老大用無線電求救，等待救援的一船人彼此攀談起來，「十年修得同船渡」哪！那可不是真巧，一船十來遊客都是臺灣同胞！

既然走不動，河岸邊觀望的五、六個小孩紛紛涉水到我們船沿做起買賣，菊花石、魚化石、恐龍蛋，探頭下水，什麼樣的奇石都有！聰明的同胞說這是船老大故意安排的shopping活動，孩子們也司空見慣這種進退兩難的局面，絲毫沒有要幫忙的意思。

買賣做得差不多了，救兵卻不見蹤影，有人催促船老大快點，他把煙蒂丟向河裡，再拿起沙沙作響的無線電，又過了半個小時，終於來了一艘同樣破舊的小船。船老大扳住那艘船的船頂，將它拉進，跳上船頭，朝我們大吼一聲，大家乖乖地換船，各自坐在同樣的方位，窸窸窣窣，繼續前行。

不到四十分鐘，氣喘噓噓的馬達宣告壽終正寢，群起譁然，濃重的柴油味讓坐在後座的人陸續走避。「是沒油了嗎？」「漏光了？」「馬達燒壞了？」議論間，船老大檢查不出結果，土法煉鋼，把竹篙撐得更彎了。沒有用，十幾二十個人單憑一枝竹篙怎麼撥得動？

船老大滿頭大汗，約莫四十歲的臉上青筋猛爆，再度扯出無線電。

這一回來的船稍微新一些，至少木板座位上加了塑膠墊，船老大讓來船靠近，把我們趕上新船，新船的船老大是個小伙子，使人重新燃起了希望，展開了笑語。一路顛簸，大寧河上早沒有了其他船隻的蹤影，我們向老船老大揮揮手，新的船老大說，再過兩個鐘頭吧！就快到了。

看看那峽谷，看看那古棧道和懸棺的遺跡，大三峽壯闊，小三峽俊美，我早把那位暈船得比誰都厲害的隨船導遊姑娘給忘了，她在臺灣同胞萬金油加綠油精的推推揉揉，以及連翻換船的折騰之下清醒了過來，執起話筒盡了些本分。可惜，真個是好事多磨，我們的船又觸礁了！打橫在河心，這時已經有從目的地回返的船隻，我們這攔路一擋，造成交通大亂，幾個船老大隔空喊話的結果，由靠近河岸的那艘先放下乘客，撐來對岸，接駁我們下船。照這般光景是不能再前進了，否則天黑之前無法回到遊輪。正午早過，大家交互傳遞的餅乾零食也已告罄，「回去吧！」有人說：「早知道這麼危險我就不來玩了！」

但是回去得在對岸登船，水流湍急，岩礁處處，怎麼渡河呢？

船老大說至少得繞過山崗，往上游稍平緩的臺地才能安全登船。順著他的手指仰首眺望，土坡上零星的帆布蓬看似有人煙。我們沿著蔓草橫生的小徑爬上山，大寧河「塞船」的景觀真是不亞於臺北。

雖然饑腸轆轆，大家不顧山村居民叫賣著番薯和麵條，逕自走去。群龍無首，幸而路只有一條，應該不會錯。導遊姑娘又開始身體不適，一位歐巴桑攙扶她走在最後，榮民模樣的老伯提醒大家維持步調不要走散，陣陣豬圈的臭氣飄浮在空中，前頭有人高喊著：「到了！到了！」不曉得船老大約的是不是就是那裡。

愈來愈懷疑，船老大不見蹤影，有人說：「該不會被放鴿子吧！」「別開玩笑了！」又有人回首來時路說：「剛才那一段山路，被洗劫了、被幹掉了都沒人知道……」

河面吹來淡藍的微風，發現自己仍穿著保麗龍救生衣的人尷尬地脫掉。

我身旁一位中年男子從背袋裡找出一把指甲剪，喀喀喀剪起指甲，指甲剪的聲音惹來眾人眼光，

「都什麼時候了，還剪指甲！」

「閒著也是閒著。」那男子說。

東坡在惠州遊松風亭，腳力疲乏，昂首仰觀，松風亭還在高山之上，心憂何時可達，良久，悟道：「此間有什麼歇不得處？」

可不是嗎？

「要不要剪指甲？」

我接過他的剪子，學當地人蹲在河邊，喀、喀、喀、喀……。

延伸閱讀

蘇軾〈記游松風亭〉（一〇九五年）

余嘗寓居惠州嘉祐寺，縱步松風亭下，足力疲乏，思欲就林止息。仰望亭宇尚在木末，意謂如何得到？良久忽曰：「此間有甚麼歇不得處！」由是心若掛鉤之魚，忽得解脫。若人悟此，雖兩陣相接，鼓聲如雷霆，進則死敵，退則死法，當恁麼時也不妨熟歇。

作詩如作戰

蘇軾的〈記游松風亭〉嚴格說來是記載了半途而廢，欲遊松風亭而不達的經歷。這個故事很容易讓人聯想到禪宗的「活在當下」、「放下」、「解脫」的思想。我在三峽大寧河遇阻，蹲在河邊剪指甲的時候也是這麼想。還聯想到可能是從鈴木大拙談禪的書裡讀來的公案，說有個人被猛虎追逐，拚命逃跑，滑到懸崖頂，雙手緊抓著山壁土縫裡露出的藤蔓。他雙腳騰空，抬眼望見面前紅盈盈的漿果，當下心念一轉，伸手朝土縫裡摘了一顆漿果：「好甜！」

然後呢？東坡最終有沒有在休息過後繼續登上松風亭？被猛虎追逐的逃命人有沒有獲救？

二〇〇七年去惠州，注意到東坡曾經活動過的地方並沒有高山。他寓居的嘉祐寺後來是東坡小學（惠州市惠城區學背街一一九號），附近較高的地勢大約二十三米。即使後來他購地築室的白鶴峰（位於東江南岸），海拔也不過十七米。松風亭等於是在小坡上，怎麼年近六十歲的東坡就「足力疲乏，思欲就林止息」了呢？所以他才覺得心有未甘、力有未逮，要寫一篇記文來解釋停歇的正當理由嗎？他舉了一個極端的情況，說戰爭時前進或後退都可能受到生命威脅或軍法制裁，擊鼓咚咚，你不妨停下來歇歇。

人到中老年，懂得捨得應該是某種人生領悟吧。回到三峽舟中二十多歲的東坡，他有沒有像我一樣在三峽受阻呢？

還真有。

就在歸州（秭歸）東南十二公里處，西陵峽北岸的新崩灘。此處又叫「新灘」、「豪三峽」，歷史上曾經多次巨大面積山體滑坡，形成奇險難行的地貌，東坡有〈新灘〉詩描述：「扁舟轉山曲，未至已先驚。白浪橫江起，槎牙似雪城。」他們在新灘因風雪滯留了三天，東坡作〈新灘阻風〉詩記之。

三天沒法前行，東坡說，就待在室內喝酒。東坡不是酒徒，酒徒喝了酒盡興；詩人喝了酒創作，如同〈南行前集敘〉說的：「博弈飲酒，非所以為閨門之歡。」東坡寫〈新灘阻風〉，記的是自己行程停頓的原因和狀態。他喝酒思索，鍛鍊字句的作品之一，就是子由提出的「考題」——〈江上值雪效歐陽體限不以鹽玉鶴鷺絮蝶飛舞之類為比仍不使皓白潔素等字〉。

我們怎麼知道的？子由的原詩不存，他在次韻東坡〈病中大雪數日未嘗起觀虢令趙薦以詩相屬戲用其韻答之〉的詩〈次韻子瞻病中大雪〉，提到了那時的情景：「空記乘峽船，行意被摧剉。溟濛覆洲渚，泠冽光照坐。我唱君實酬，馳騁不遑臥。譬如逐獸盧，豈覺山徑坷。酒肴助喧熱，筆硯盡霑涴。詩詞禁推類，令肅安敢破。」既然得在原地待著幾天，不如玩個可以打發長時間的遊戲，子由提議仿效歐陽脩「禁體物語」，不用常見描寫雪的字語，以求別開生面。東坡不眠不休，像個追捕獵物的獵犬，顧不得山路坎坷，奮勇前奔。東坡寫詩，搞得吃菜喝酒的場合都沾了墨。這種多所限制，力圖突破的寫詩規定，的確是很有挑戰性啊！

東坡最終交出了作品——蘇軾〈江上值雪效歐陽體限不以鹽玉鶴鷺絮蝶飛舞之類為比仍不使皓白潔素等字，次子由韻〉：

縮頸夜眠如凍龜，雪來惟有客先知。江邊曉起浩無際，樹杪風多寒更吹。青山有似少年子，一夕變盡滄浪髭。方知陽氣在流水，沙上盈尺江無澌。隨風顛倒紛不擇，下滿坑谷高陵危。江空野闊落不見，入戶但覺輕絲絲。沾裳細看巧刻鏤，豈有一一天工為？霍然一揮遍九野，吁此權柄誰執持？世間苦樂知有幾，今我倖免沾膚肌。山夫祇見壓樵擔，豈知帶酒飄歌兒。天王臨軒喜有麥，宰相獻壽嘉及時。凍吟書生筆欲折，夜織貧女寒無幃。高人著屐踏冷冽，飄拂巾帽真仙姿。野僧斫路出門去，寒液滿鼻清淋漓。灑袍入袖濕靴底，亦有執板趨堦墀。舟中行客何所愛，願得獵騎當風披。草中咻咻有寒兔，孤隼下擊千夫馳。敲冰煮鹿最可樂，我雖不飲強倒卮。楚人自古好弋獵，誰能往者我欲隨。紛紜旋轉從滿面，馬上操筆為賦之。

全詩先寫江上雪景，接著從自然轉到人事，樵夫、皇帝、宰相、書生、貧女、高人、野僧……因雪而不同感受和遭遇的苦樂眾生相。最後寫個人現況，風雪阻行，大伙兒上岸打獵，酒肉同歡。

東坡是以應戰的心態接受寫作這一類禁止熟詞熟語的詩，他後來在〈聚星堂雪〉裡說：「當時號令君聽取，白戰不許持寸鐵」，所以「禁體物語」的詩也稱「白戰體」。東坡赤手空拳打仗的策略，是避免和敵人正面交鋒，子由要求「不以鹽玉鶴鷺絮蝶飛舞之類為比仍不使皓白潔素等字」，這些字主要來形容雪的景象，東坡利用水平思考法（Lateral Thinking／Horizontal Thinking）的發散性思維，把「人看雪」換位反向成「雪中人」，巧妙脫離了制約。

〈記游松風亭〉是不是要強調「休息是為了走更長遠的路」？還是「量力而為，順其自然」？抑或者「當下即是，放下執念」？我想，文學的多維解讀正如東坡因應那場三峽風雪，自由。

延伸閱讀

蘇軾〈新灘阻風〉（一〇五九年）

北風吹寒江，來自兩山口。初聞似搖扇，漸覺平沙走。飛雲滿巖谷，舞雪穿窗牖。灘下三日留，識盡灘前叟。孤舟倦鴉軋，短纜困牽揉。嘗聞不終朝，今此獨何久。祇應留遠人，此意固亦厚。吾今幸無事，閉戶為飲酒。

蘇軾〈病中大雪數日未嘗起觀號令趙薦以詩相屬戲用其韻答之〉（一〇六二年）

經旬臥齋閣，終日親劑和。不知雪已深，但覺寒無奈。飄蕭窗紙鳴，堆壓簷板墮（關中皆以板為簷）。風飆助凝冽，幃幔困掀簸。惟思近醇醲，未敢窺璨瑳。何時反炎赫，卻欲躬臼磨。誰云坐無氈，尚有裘充貨。西鄰歌吹發，促席寒威挫。崩騰踏成逕，繚繞飛入座。人歡瓦先融，飲儁瓶屢臥。嗟予獨愁寂，空室自困坷。欲為後日賞，恐被遊塵涴。寒更報新霽，皎月懸半破。有客獨苦吟，清夜默自課。詩人例窮蹇，秀句出寒餓。何當暴雪霜，庶以躡郊賀。

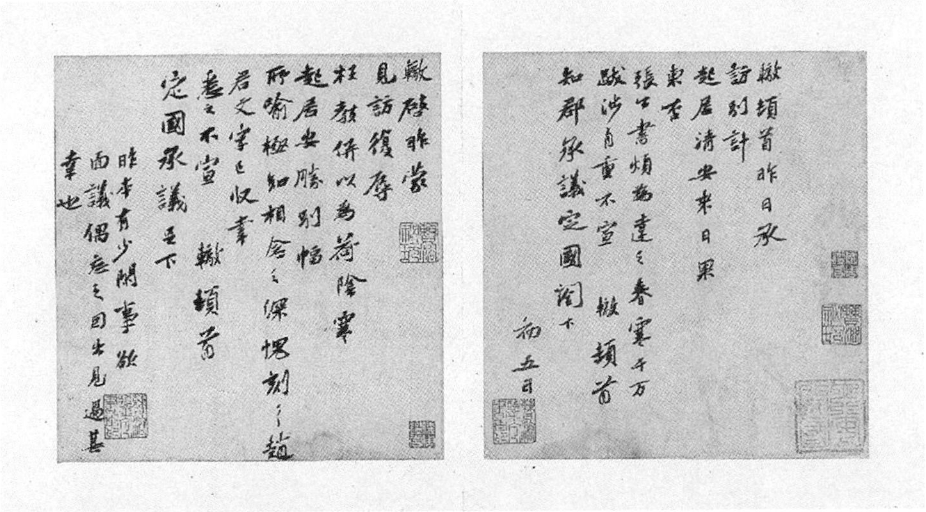

蘇轍《致知郡承議定國尺牘》（臺北故宮博物院藏）

蘇轍〈次韻子瞻病中大雪〉（一〇六二年）

吾兄筆鋒雄，詩俊不可和。雪中思清絕，韻惡愈難奈。般勤賦黃竹，自勸飲白墮。言隨飛花落，意與長風簸。餘力遠見撩，千里寄璀瑳。嗟予學久廢，有類轉空磨。研磨久無得，安可待充貨。空記乘峽船，行意被摧剉。溟濛覆洲渚，冷冽光照坐。我唱君實酬，馳騁不違臥。譬如逐獸盧，豈覺山徑坷。酒肴助喧熱，筆硯盡霑涴。詩詞禁推類，令肅安敢破。亦有同行人，牽挽赴程課。爾來隔秦魏，渴望等饑餓。徒然遇佳雪，有酒誰與賀。

武漢

武漢麻木

「麻木」者，車伕是也。在武漢，「麻木」分為「土麻木」與「電麻木」，依其動力之來源而有別，「土麻木」是出原始氣力的腳踏三輪車伕；「電麻木」則較為現代化，駕駛的是電動三輪車。無論是哪一種車，其實都很簡陋，像是鄉村載運貨物的板車改裝而成，頂多加上一張遮陽避雨的塑膠布。看似破舊的車篷雖然不怎麼管事，但真要是急風驟雨交攻，倒也聊勝於無。

由於武漢是這一趟旅程的終點，在得知寄宿的飯店可以使用信用卡之後，我任意揮霍的本性終於可以釋放。十多天來，每晚睡前戰戰兢兢清點盤纏，先前住的學校招待所無法兌換人民幣，而且辦理匯兌的銀行營業時間有限，又離招待所還有一段路，於是在抵達的第二天便一時衝動，把

所有的美金全給換了，「萬貫家財」繫於一身，讓我提心吊膽，深怕迷糊粗心的毛病會落得自己無家可歸。

強迫自己做「守財奴」的結果，便是愈估算愈離譜，愈記帳愈不清，因為視兌換人民幣為難得的盛事，竟然在聽說可以用新臺幣兌換人民幣的三峽輪船上「喜出望外」，傻乎乎地把僅有的兩千元掏出來換，根據以往趴在銀行櫃檯旁一一抄寫幾十張美金編號，抄得腰痠手麻的經驗，不須抄寫鈔票號碼的三峽輪船銀行真是對客戶非常「信得過」。可惜我的喜悅只維持了半日，在想起身無臺票分文，若是沒有和家人聯繫好……豈不又是有家歸不得了嗎？

由儉入奢易，旅程的最後一站，真想把錢全部花光……

旅程的最後一站，在大陸攪和了這些日子，嗓門拉直了，膽子也練壯了，用不著再苦哈哈地乾等公共汽車，我要學懷舊電影裡的大戶人家閨女，輕搖小扇，晃盪著耳墜子，撩起裙襬登上三輪車逍遙自在遊大街去！

星級飯店的大堂經理攀著是我的同鄉（這是他自己說的），對於我的行蹤和安全特別照顧，早晨出門時，關囑替我叫一輛計程車，我婉拒他的好意，表明想趁天氣清朗坐坐三輪車閒逛。在四川待久了，方知「蜀犬吠日」名不虛傳，每天都是壓得極低的灰白雲層，俯首不見自己的影子，一陣風來，飛砂走石，街上轉個彎，又飄起霏霏細雨。武漢長江上的藍天白雲、陽光照耀得閃動綠彩的梧桐行道樹、巷口賣著熱乾麵的小攤、傾訴中年夫妻情愛與道義糾葛的電影看板透露著淡淡哀愁……我要乘著小車慢慢瀏覽。

「那些個麻木！」大堂經理是大學英文系畢業，頗有一點知識分子的驕傲與尊貴感。「麻木」二字聽來像是某一種拐彎抹角罵人的術語，從他的喉間衝口吐出，既直接了當又小心翼翼，像是為維護淑女的耳朵，卻找不到適當迴避的字眼而不得不然的語氣。

我當然對於這一個新鮮的語詞感到好奇，他推一推眼鏡，有些「家醜不可外揚」的無奈，同鄉的我們來到這一處他所謂「有理說不清，有話聽不懂，夏如火爐冬如雪櫃」的異地，莫名牽引出「人不親土親」的體貼，「他們武漢人，」他說：「管路邊拉車的叫『麻木』。」

「就是『麻、木、不、仁』的意思。」他一個字一個字說。

「麻木」大多是到都市謀生的農民或是下崗的工人，下崗後每個月一兩百元的生活費根本不夠開銷，於是從事車伕的行業。「麻木」一說的由來有兩種解釋，一是他們的工作耗費體力，以日計酬，下工後往往聚飲，今朝有酒今朝醉，以致泥爛，是為麻木。又說是武漢巷弄狹隘，經常不利或禁止汽車通行，三輪車便於穿街走巷，年輕情侶偏好於迷濛夜色中依偎車中，梭行暗道，情話綿綿，彼等打得一片火熱，「麻木」師傅費勁蹬車，充耳不聞，是為「麻木不仁」。

我聽了，更是對乘坐「麻木」興趣大增，他眉頭一皺，說：「小心給矇坑了！」

我說曾經在北京坐過老大叔拉的車，成都街上粗壯的鄉村農婦拉的車也見識過，別的本事沒有，要賴討價還價還是可以的，他懷疑地笑了笑，說：「瞧妳挺斯文的，哪兒懂得他們的潑辣！」

我不想多費唇舌，感謝他的善意勸告，但並沒有打消念頭。

他說：「妳是外地人，一眼就瞧得出，不是港澳就是臺胞，妳怎麼會曉得他們的黑話！就憑妳那一點什麼價錢攬腰一砍的本領，不知道他們漫天叫價，一塊錢的意思就是十塊，這是他們訂的『行規』，到了地點獅子大開口，不放妳下車，吃虧可大了！」

見他一副老大哥教訓小妹妹的模樣，我只好點點頭，表示領受，他再說：「『麻木』師傅橫衝直撞，撞倒路人的消息已經不是新聞，前些日子，有個『麻木』師傅碰傷了人，正想脫逃，給群眾揪著要送公安局，路人有的說得先送傷患上醫院，結果在送傷患返家的途中，『麻木』師傅趁四下無人，狠心把患者丟棄雪夜街頭，以致凍斃！」

「後來呢？」我像是聽上了故事。

「後來是從醫院的病歷資料裡查到肇事者，當然依法嚴辦。」他義正詞嚴。「再說中秋節那天吧，『麻木』師傅闖禍不斷，不守交通規則，破壞市容，和客人之間的金錢糾紛沒法可管，老早就受群眾詬病，武漢市長下令全面禁止『麻木』行業，『麻木』們在中秋節串聯街上的盲流乞丐，圍堵市政府，差點兒造成暴動！當時正值北京召開十五大，市長為避免事態嚴重，擴延上級，於是息事寧人，宣告暫緩禁絕『麻木』，到現在不了了之，妳想想，坐坐出租車比搭『麻木』享受多了，多花幾個錢，省事，安心嘛！」

恭敬不如從命，我在出租車上又再而三聽到以「麻木」為「市恥」的聲音。師傅也是下崗工人，因為在汽車廠幹過活，懂得開汽車，夫妻倆把半生攢的積蓄全投資在車上。我一邊聽著他絮絮叨說著生活的種種艱辛與抑鬱，車窗外流轉的風景裡隨處可見三五成群蹲著吸煙的「麻木」師傅，他們個個黝黑精瘦，蓬頭垢面，敞開襤褸的衣襟，腳趿橡膠拖鞋或是踩扁了後跟的布鞋，偶爾抬起頭來望望往來的行人，閒扯幾句。

「祥子！」我不禁喃喃自語，老舍早已故去，而無數的祥子後人還在這一片黃土地上混口飯吃……

延伸閱讀

蘇軾〈七月一日出城舟中苦熱〉（一〇七二年）

涼飆呼不來，流汗方被體。
稀星乍明滅，暗水光瀰瀰。
香風過蓮芡，驚枕裂魴鯉。
欠伸宿酒餘，起坐濯清泚。
火雲勢方壯，未受月露洗。
身微欲安適，坐待東方啓。

武漢黃鶴樓（攝於2019年）

洞中神仙不怕熱

悶熱難眠，輾轉反側的夜晚，我總會想起蘇軾的詞〈洞仙歌〉。仙人住在洞窟裡，應該是冬暖夏涼吧？而既然是仙人，長生不老，哪裡還擔心寒暑呢？〈洞仙歌〉最妙的，是中年的蘇軾在貶謫之地黃州，思想起幼年的經歷——一位曾經服侍於後蜀孟昶宮中的九十歲朱姓老尼姑告訴他的故事：

余七歲時，見眉州老尼，姓朱，忘其名，年九十歲。自言嘗隨其師入蜀主孟昶宮中，一日大熱，蜀主與花蕊夫人夜納涼摩訶池上，作一詞，朱具能記之。今四十年，朱已死久矣，人無知此詞者，但記其首兩句，暇日尋味，豈《洞仙歌令》乎？乃為足之云。

老尼姑背誦了孟昶詞的全部內容，四十年後的蘇軾只記得頭兩句：「冰肌玉骨，自清涼無汗。」後面的詞句是什麼呢？蘇軾尋思，先是認為詞牌是〈洞仙歌〉，然後倚〈洞仙歌〉的格律補足了全篇：

冰肌玉骨，自清涼無汗。水殿風來暗香滿。綉簾開，一點明月窺人，人未寢，欹枕釵橫鬢亂。　起來攜素手，庭戶無聲，時見疏星渡河漢。試問夜如何？

夜已三更，金波淡，玉繩低轉。但屈指、西風幾時來，又不道流年，暗中偷換。

人們對這首「有頭無身」的作品很感興趣，也提出了材料和看法，大致有四種情形：

一、找出孟昶（一說是妃子花蕊夫人）的「原作」〈玉樓春〉（一說〈木蘭花〉）（宋代胡仔《苕溪漁隱叢話》引《漫叟詩話》）：

冰肌玉骨清無汗，水殿風來暗香暖。簾開明月獨窺人，欹枕釵橫雲鬢亂。起來瓊戶寂無聲，時見疏星渡河漢。屈指西風幾時來，只恐流年暗中換。

二、認為蘇軾把孟昶的詩〈避暑摩訶池上作〉（內容即〈玉樓春〉詞）改編為〈洞仙歌〉詞。（宋代張邦基《墨莊漫錄》）。

三、認為〈玉樓春〉詞是根據蘇軾的〈洞仙歌〉偽造成孟昶的作品（清代沈雄《古今詞話》）。

四、從開挖摩訶池掘出古石刻，得出孟昶詞全篇（南宋趙聞禮《陽春白雪》）：

冰肌玉骨，自清涼無汗。貝闕琳宮恨初遠。玉闌干倚遍，怯盡朝寒；回首處，何必流連穆滿。　芙蓉開過也，樓閣香融，千片紅英泛波面。洞房深深鎖，莫放輕舟；瑤臺去，甘與塵寰路斷。更莫遣、流紅到人間，怕一似當時，誤他劉阮。

這四種說法，哪一個可信啊？

讓我們用刪去法，先刪除最不可能的第四種意見。詞在五代和宋朝的文學地位不高，只是做為酒席歌席上娛樂助興的歌曲，沒必要大費周章把詞刻在石碑。第一和第二種說法都肯定孟昶有〈玉樓春〉詞，從第五句的最後一個字「聲」押平聲韻看來，這篇作品應該是詩而不是詞。詩意內容和蘇軾的〈洞仙歌〉很接近，難道是蘇軾明知道有孟昶的詩，故意編了故事？

古人雖然沒有我們現代的著作權法律觀念，但是假如引用或改寫前人的作品，大部分還是會顯示出處。化用前人作品為自己的文字，宋人稱為「檃括」，希望得到「奪胎換骨」、「點鐵成金」的效果。蘇軾也作過檃括詞，何必為〈洞仙歌〉故弄玄虛？所以，我認為先是蘇軾〈洞仙歌〉流傳開了，才引出一些動靜。何況，老尼本來就說是詞，「冰肌玉骨，自清涼無汗」和「冰肌玉骨清無汗」的韻味還是不同的。

少了「自」和「涼」字，這意思說得通，可是說不好。「清」是視覺的；「涼」是觸覺的。我們可以看得出一個人有沒有流汗，不接觸他的皮膚，感覺不到他的涼暖，蘇軾只記得〈洞仙歌〉的前兩句，也可能這兩句最為形象生動，待懂得男女之事，有了肌膚之親，方體會孟昶這兩句詞的豔情。為什麼說「自清涼無汗」？即使激烈的運動，這女子還是體涼的。

有了這樣引人入勝的開頭，詞人可捨不得輕易放過，他想像原作和接續著寫，展開了地點、時間、周邊空氣的氛圍。先是嗅到花香，拉開繡簾，不說「窺見明月」，而是「明月窺人」，從明月的視角，窺見雲雨歡快後的倆人。月是「一點」，月光稀微，呼應花香之「暗」。睡不著覺的倆人，起來牽手望星，直到月色暗淡，北斗星中的玉繩星低垂。暑熱會隨西風吹來而消散，那時，時光又不知不覺地流逝了。

和寫作〈洞仙歌〉同一年的公元一〇八二年，蘇軾在〈寒食雨〉詩裡說：「暗中偷負去，夜半真有力。」時間無時無刻變動著，把昨日的青春偷換成今日的蒼老。也約莫在這一年前後，蘇軾納朝雲為妾，在慘澹經營的生活裡有了新鮮的潤澤。

延伸閱讀

胡仔《苕溪漁隱叢話》

《漫叟詩話》云：楊元素（繪）作本事曲，記《洞仙歌》「冰肌玉骨，自清涼無汗，水殿風來暗香滿。繡簾開，一點明月窺人，人未寢，攲枕釵橫雲鬢亂。　起來攜素手，庭戶無聲，時見疏星渡河漢。試問夜如何？夜已三更，金波淡，玉繩低轉。細屈指，西風幾時來，又不道流年暗中偷換。」錢塘有一老尼，能誦後主詩首章兩句，後人為足其意，以填此詞。余嘗見一士人誦全篇云：「冰肌玉骨清無汗，水殿風來暗香暖。簾開明月獨窺人，攲枕釵橫雲鬢亂。　起來瓊戶啟無聲，時見疏星度河漢。屈指西風幾時來？只恐流年暗中換。」

東坡《洞仙歌》序云：僕七歲時，見眉州老尼，姓朱，忘其名，年九十餘，自言嘗隨其師入蜀主孟昶宮中，一日，大熱，蜀主與花蕊夫人夜起，避暑摩訶池上，作一詞，朱具能記之。今四十年，朱已死矣，人無知此詞者，獨記其首兩句云：「冰肌玉骨，自清涼無汗」，暇日尋味，豈《洞仙歌令》乎，乃為足之云。苕溪漁隱曰：《漫叟詩話》所載《本事曲》云：「錢唐一老尼，能誦後主詩首章兩句。」與東坡《洞仙歌》序全然不同，當以序為正也。

張邦基《墨莊漫錄》

東坡作長短句《洞仙歌》，所謂「冰肌玉骨，自清涼無汗」者。公自敍云：「予幼時見一老人，年九十餘，能言孟蜀主時事。云：蜀主嘗與花蕊夫人夜坐，納涼於摩訶池上，作《洞仙歌令》。老人能歌之。予今但記其首兩句，乃為足之。」近見李公彥季成詩話，乃云：「楊元素作《本事記》、《洞仙歌》：「冰肌玉骨，自清涼無汗。」錢唐有老尼，能誦後主詩首章兩句，後人為足其意，以填此詞。其說不同。

予友陳興祖德昭云：頃見一詩話，亦題云李季成作，乃全載孟蜀主一詩：

冰肌玉骨清無汗，水殿風來暗香滿。簾間明月獨窺人，攲枕釵橫雲鬢亂。三更庭院悄無聲，時見疏星度河漢。屈指西風幾時來？只恐流年暗中換。

云：「東坡少年，遇美人，喜《洞仙歌》，又邂逅處景色暗相似，故檃括稍協律以贈之也。」予以謂此說乃近之，據此乃詩耳。而東坡自敘，乃云是《洞仙歌令》，蓋公以此敘自晦耳。《洞仙歌》腔出近世，五代及國初未之有也。

沈雄《古今詞話》

徐萍村曰：按《漫叟詩話》，楊元素作本事曲，記東坡《洞仙歌》成，而後為士人寄調《玉樓春》，以誦全篇也。或傳《玉樓春》為蜀主昶自製曲，若然，則東坡為衍詞也，何以云足成之。

趙聞禮《陽春白雪》

宜春潘明叔云：「蜀王與花蕊夫人避暑摩訶池上，賦《洞仙歌》，其辭不見於世。東坡得老尼口誦兩句，遂足之。蜀帥謝元明因開摩訶池，得古石刻，遂見全篇。」

「冰肌玉骨，自清涼無汗。貝闕琳宮恨初遠。玉闌干倚遍，怯盡朝寒。回首處，何必留連穆滿。　芙蓉開過也，樓閣香融，千片紅英泛波面。洞房深深鎖，莫放輕舟瑤臺去，甘與塵寰路斷。更莫遣、流紅到人間，怕一似當時，誤他劉阮。」

開封

開封

河南開封是北宋時的京城，蘇軾因參加科舉考試和在朝廷任職多次在此居住。一〇五六年的發解試，蘇軾考了第二名。一〇五七年的省試，發生了歐陽脩誤認蘇軾的文章為曾鞏所寫的事件。蘇軾兄弟倆順利通過省試和殿試，母親程夫人病逝，於是匆忙返鄉奔喪。一〇六一年結束丁憂重回京師，參加祕閣考試制科和仁宗皇帝親試的制科，蘇軾獲三等；蘇轍四等，第一和第二等是虛設。蘇軾授大理評事，簽書鳳翔府節度判官（正八品）。

一〇六五年，蘇軾還朝，判登聞鼓院。後直史館。一〇六六年蘇洵在京師病逝，蘇軾扶柩歸葬眉山。一〇六九年再度還朝。後以直史館權開封府推官（從六品）。因新舊黨爭受劾請求外任，一〇七一年任杭州通判。之後任密州知州（俗稱「太守」，北宋無此官銜。從六品）、徐州知州、一〇七九年湖州知州任上發生烏

臺詩案，被貶黃州。後短暫任登州知州。一〇八五年底回到京師，任中書舍人（正四品）、翰林學士、知制誥兼侍讀等職。一〇八九年七月再任杭州知州。後任潁州知州。一〇九二年十一月返京任端明殿學士兼翰林侍讀學士（正三品）、禮部尚書（從二品）。一〇九三年九月出知定州，此後未再還京。一〇九四年被貶惠州。一〇九七年被貶儋州。一一〇一年在常州病逝。

開封開寶寺琉璃塔（攝於2011年）

東京夢花落

有的地方你行過千百遍，仍然陌然如新；有的地方你宛如夢過千百遍，景致歷歷如真。腦海裡一張古地圖，穿街走巷不迷路，你已經瞭若指掌，即使初來乍到，你看到那千年未改的名字，立辨南北東西。

以皇城為中心，離大內不遠的相國寺，是李清照和夫婿趙明誠蒐古淘寶的市集。全域東北方地勢較高，以前有夷山，號稱「夷門自古帝王州」；琉璃磚砌成的佛塔，色澤如鐵。西北邊的金明池，定期開放給百姓遊憩，端午節的龍舟競渡奪標，是圍觀爭看的年度大事。東南方六角形的繁塔，一磚一尊佛像，虔誠供奉。繁塔附近的古吹臺，李白、杜甫和高適在此吟詠。再向東南，城外的虹橋橫跨汴河，張擇端的《清明上河圖》捕捉了船帆航經橋下的盛況。

蘇東坡和弟弟在哪兒考試？宋徽宗和李師師在哪兒幽會？

在北宋，這裡是東京，人口比如今的開封城區人口還多近一倍，當時世界第一大城。

來到開封，我幾乎以為把腦海中那張古地圖攤開，便能夠恣意縱橫，像一個訪舊的故人，流連光景。

先是尋不著汴河。金明池只有遺址。潘家湖和楊家湖的龍亭水下，沉沒著大宋的宮闕。

早聽說七層的天清寺繁塔在明代被「剷王氣」削去了四層；十三層的開寶寺鐵塔被歷年的水患埋入兩層。人為的破壞與自然的災害，觸摸冰涼的塔磚，直沁心底的寒。

「都在你的腳下。」人們告訴我，你所習得的知識，知識創造出的記憶，都沒有灰飛煙滅，不過是「黃河之水天上來」，把春秋時代開始的七朝都城一層層掩埋。此刻的你，正站在歷史的最上層，去大宋御街、去清明上河園、去開封府、去天波楊府，有複製新建的宋朝讓你體驗。

或者，想探看考古研究學者挖掘出的「城下城」？映證那張古地圖並非事過境遷。我所緬懷的「古」，也許對漠不關心的居民和遊人有點兒新鮮。開封的生存條件，磨練出寬宏的觀點——繁華與衰頹，都是一種變移中的狀態，今日覆蓋昨日；去年強似前年。

在古城，千年和百年彈指流逝，好像事物也都不必太在乎它們輕易老去。一座一九九〇年代的告示碑牌，怎麼也風吹雨打出歲月滄桑。時間不是在此處暫時停格，而是加速前進了。

秋雨纏綿連日，冷冽的陰風終於隨陽光消散。漫步河南大學舊校區，西門外迤邐了長串的舊書。遠遠望去，像是人家趁天晴曝曬。走近端詳，可都有不大積極招呼買賣的瀟灑主人。

一位年約五十開外的男子，拿手巾揩拭一本本小紅書毛語錄。是古城人都習慣了沙土吧，比起其他任塵土風沙堆積書頁的生意人，他的認真清理特別醒目。

他給我看一本比小紅書稍大，藍色塑膠皮封面，綴印粉紅小花的日記。一九七〇年代末，文化革命運動接近尾聲，日記的作者工工整整用藍色墨水筆記錄每天開會的情形：應該出席的人數，缺席的人數，會議裡的重點事項，彷彿是例行公事，但是偶爾出現的字詞，卻又透露出一股不耐煩的調子。

窺看這位不知姓名者的日記，風起雲湧的聲息裡滿是他的公開私語。千年前的孟元老，在《東京夢華錄》裡澱淀了開封的物色光華；這一本藍色的日記，則攪動著不堪回首的過去。日記的作者不願再想起了嗎？所以棄置不顧？還是不經意間把日記和舊書一併打包處理，以致流落街頭？我猶豫翻閱，最後決定不帶走他的記憶，讓這本藍色的日記，繼續留在東京，夢見屬於它的花開花落。

延伸閱讀

蘇軾〈辛丑十一月十九日，既與子由別於鄭州西門之外，馬上賦詩一篇寄之〉（一〇六一年）

不飲胡為醉兀兀，此心已逐歸鞍發。歸人猶自念庭闈，今我何以慰寂寞。登高回首坡壟隔，但見烏帽出復沒。苦寒念爾衣裘薄，獨騎瘦馬踏殘月。路人行歌居人樂，童僕怪我苦悽惻。亦知人生要有別，但恐歲月去飄忽。寒燈相對記疇昔，夜雨何時聽蕭瑟。君知此意不可忘，慎勿苦愛高官職。（嘗有夜雨對床之言，故云爾）。

孟元老〈東京夢華錄序〉（一一四七年）

僕從先人宦游南北，崇寧癸未到京師，卜居於州西金梁橋西夾道之南。漸次長立，正當輦轂之下，太平日久，人物繁阜，垂髫之童，但習鼓舞，班白之老，不識干戈，時節相次，各有觀賞。燈宵月夕，雪際花時，乞巧登高，教池遊苑。舉目則青樓畫閣，繡戶珠簾，雕車競駐於天街，寶馬爭馳於御路，金翠耀目，羅綺飄香。新聲巧笑於柳陌花衢，按管調弦於茶坊酒肆。八荒爭湊，萬國咸通。集四海之珍奇，皆歸市易，會寰區之異味，悉在庖廚。花光滿路，何限春遊，簫鼓喧空，幾家夜宴。伎巧則驚人耳目，侈奢則長人精神。瞻天表則元夕教池，拜郊孟享。頻觀公主下降，皇子納妃。修造則創建明堂，冶鑄則立成鼎鼐。觀妓籍則府曹衙罷，內省宴回；看變化則舉子唱名，武人換授。僕數十年爛賞疊遊，莫知厭足。一旦兵火，靖康丙午之明年，出京南來，避地江左，情緒牢落，漸入桑榆。暗想當年，節物風流，人情和美，但成悵恨。近與親戚會面，談及曩昔，後生往往妄生不然。僕恐浸久，論其風俗者，失於事實，誠為可惜，謹省記編次成集，庶幾開卷得睹當時之盛。古人有夢遊華胥之國，其樂無涯者，僕今追念，回首悵然，豈非華胥之夢覺哉。目之曰《夢華錄》。然以京師之浩穰，及有未嘗經從處，得之於人，不無遺闕。倘遇鄉黨宿德，補綴周備，不勝幸甚。此錄語言鄙俚，不以文飾者，蓋欲上下通曉爾，觀者幸詳焉。

紹興丁卯歲除日，幽蘭居士孟元老序。

愛我還是害我

很多人都讀過蘇軾的〈刑賞忠厚之至論〉吧。這篇自創典故的考試論文，因為主考官歐陽脩的「多心眼」，以為是門人曾鞏寫的，想要避嫌，故意判了個第二名，讓蘇軾好生冤枉啊！〈刑賞忠厚之至論〉常見於許多文章選本裡，最著名、影響最大的是清代的《古文觀止》。語文老師教這篇文章的時候一定會講這個故事，我也不例外。可是故事從我口中說出以後，愈來愈覺得不對勁，好像這裡面戲劇似的高潮結束，反而生出許多的空虛。

再來看一看故事最經典的敘述，蘇轍的〈亡兄子瞻端明墓誌銘〉：

> 嘉祐二年，歐陽文忠公考試禮部進士，疾時文之詭異，思有以救之。梅聖俞時與其事，得公〈論刑賞〉以示文忠。文忠驚喜，以為異人，欲以冠多士。疑曾子固所為。子固，文忠門下士也，乃置公第二。

〈論刑賞〉指的就是〈刑賞忠厚之至論〉。梅堯臣（聖俞）批閱蘇軾的文章，認為筆法很接近歐陽脩主張的暢達自然風格，於是請歐陽脩看。歐陽脩猜不出考生是誰，因為宋代科舉考試實行試卷糊名彌封和謄錄制度，看不到考生名字也認不出筆跡，以防閱卷的考官評選不公。

歐陽脩很早便認識曾鞏，一〇四二年他寫〈送曾鞏秀才〉安慰落第的曾鞏，惋惜曾鞏的文章得不到考官的欣賞，歐陽脩為他抱不平，認為天下只有他了解曾鞏文章的優點（自信滿滿）。

蘇軾參加省試是仁宗嘉祐二年（一〇五七年）正月，他二十一歲，曾鞏三十九歲。在那之前的五個月，他剛通過科舉考試的第一關，獲得第二名。說來蘇洵為兒子的前途可真是煞費苦心。他寫信給在成都做官的張方平，極力推介兩個兒子，希望經由張方平結交歐陽脩和富弼。而且可能靠著張方平的關係，他們沒有在家鄉參加第一關的發解試，而是千里迢迢進京，利用京師取解名額比較多的優勢，以「寄應」的辦法入開封府試。

打鐵趁熱，蘇軾和弟弟繼續在京師準備考第二關禮部省試，考試類型包括策、論、詩、賦和墨義，〈刑賞忠厚之至論〉就是其中「論」的考題。我們可以在蘇軾和曾鞏的文集裡找到他們的文章，對照開篇，看看歐陽脩為什麼會「看走眼」。蘇軾的文章說：

> 堯、舜、禹、湯、文、武、成、康之際，何其愛民之深，憂民之切，而待天下之以君子長者之道也。有一善，從而賞之，又從而詠歌嗟歎之，所以樂其始而勉其終；有一不善，從而罰之，又從而哀矜懲創之，所以棄其舊而開其新。故其吁俞之聲，歡休慘戚，見於虞、夏、商、周之書。

蘇軾是用說故事的方式，先布置一個宏大的歷史背景，那些古代的賢君都是怎樣對待百姓的呢？用「何其」帶有疑問（如何）和感嘆（怎麼那樣）的語氣來吸引讀者的好奇。接著把「賞」和

「刑」對舉，用動態的「詠歌嗟嘆」、心情的「哀矜懲創」，加上「吁俞」的聲音陪襯，然後用典籍回應開篇的設計，表示以上所述都是可驗證的。

曾鞏寫道：

《書》記皋陶之說曰：「罪疑惟輕，功疑惟重。」釋者曰：「刑疑附輕，賞疑從重，忠厚之至也！」夫有大罪者，其刑薄則不必當罪；有細功者，其賞厚則不必當功。然所以為忠厚之至者，何以論之？

文章裡有很多故典，姑且不細講，只看他的章法。劈頭先來掉個書袋，這一招很危險，萬一背記得不全，馬上會被拆穿。蘇軾就很巧妙地把用典引文藏在文章後面，其實他背錯的才多呢。曾鞏的寫法就是後來明代八股文的標準範式，先破題，再逐一申論。八股文不討喜，就是擺道理，沒懸念嘛！

蘇軾的文章搏眼球，可惜歐陽脩的心態太微妙——他是想提拔曾鞏的話，何不秉公處理？還是他想保護自己？

蘇軾是在單科「論」的那一場考了第二名，第一名不是曾鞏。整個省試五科合計的結果，第一名叫李寔，蘇軾呢？不是第二名，是全部合格的三百八十八位考生之一。曾鞏呢？排名比蘇軾還後頭——歐陽老師，您這是愛我還是害我啊？

延伸閱讀

蘇軾〈刑賞忠厚之至論〉（一〇五七年）

堯、舜、禹、湯、文、武、成、康之際，何其愛民之深，憂民之切，而待天下以君子長者之道也。有一善，從而賞之，又從而詠歌嗟歎之，所以樂其始而勉其終。有一不善，從而罰之，又從而哀矜懲創之，所以棄其舊而開其新。故其吁、俞之聲，歡休慘戚，見於虞、夏、商、周之書。成、康既沒，穆王立，而周道始衰。然猶命其臣呂侯，而告之以祥刑。其言憂而不傷，威而不怒，慈愛而能斷，惻然有哀憐無辜之心，故孔子猶有取焉。

《傳》曰：「賞疑從與，所以廣恩也；罰疑從去，所以慎刑也。」當堯之時，皋陶為士，將殺人，皋陶曰「殺之」三，堯曰「宥之」三。故天下畏皋陶執法之堅，而樂堯用刑之寬。四岳曰「鯀可用」，堯曰「不可，鯀方命圮族」，既而曰「試之」。何堯之不聽皋陶之殺人，而從四岳之用鯀也？然則聖人之意，蓋亦可見矣。

《書》曰：「罪疑惟輕，功疑惟重，與其殺不辜，寧失不經。」嗚呼！盡之矣。可以賞，可以無賞，賞之過乎仁；可以罰，可以無罰，罰之過乎義。過乎仁，不失為君子；過乎義，則流而入於忍人。故仁可過也，義不可過也。古者賞不以爵祿，刑不以刀鋸。賞以爵祿，是賞之道行於爵祿之所加，而不行於爵祿之所不加也；刑以刀鋸，是刑之威施於刀鋸之所及，而不施於刀鋸之所不及也。先王知天下之善不勝賞，而爵祿不足以勸也；知天下之惡不勝刑，而刀鋸不足以裁也。是故疑則舉而歸之於仁，以君子長者之道待天下，使天下相率而歸於君子長者之道。故曰忠厚之至也。

《詩》曰：「君子如祉，亂庶遄已。君子如怒，亂庶遄沮。」夫君子之已亂，豈有異術哉？時其喜怒，而無失乎仁而已矣。《春秋》之義，立法貴嚴，而責人貴寬。因其褒貶之義以制賞罰，亦忠厚之至也。

曾鞏〈論刑賞〉（一〇五七年）

《書》記皋陶之說曰：「罪疑惟輕，功疑惟重。」釋者曰：「刑疑附輕，賞疑從重，忠厚之至也！」夫有大罪者，其刑薄則不必當罪；有細功者，其賞厚則不必當功。然所以為忠厚之至者，何以論之？

夫聖人之治也，自閨門、鄉黨至於朝廷皆有教，以率天下之善，則有罪者易以寡也；自小者、近者至于遠大皆有法，以成天下之務，則有功者易以衆也。以聖神淵懿之德而為君於上，以道德修明之士而為其公卿百官於下，以上下交修而盡天下之謀慮，以公聽并觀而盡天下之情僞。當是之時，人之有罪與功也，為有司者推其本末以考其迹，核其虛實以審其情，然後告之于朝而加其罰、出其賞焉，則其於得失豈有不盡也哉？然及其罪麗於罰、功麗於賞之可以疑也，以其君臣之材非不足於天下之智，以其謀慮非不通於天下之理，以其觀聽非不周於天下之故，以其有司非不盡於天下之明也。然有其智而不敢以為果有其通，與周與明而不敢以為察也。必曰罪疑矣而過刑，則無罪者不必免也；功疑矣而失賞，則有功者不必酬也。於是其刑之也，寧薄而不敢使之過；其賞之也，寧厚而不敢使之失。

夫先之以成教以率之矣，及其有罪也，而加恕如此焉；先之以成法以導之矣，及其不功也，而加隆如此焉。可謂盡其心以愛人，盡其道以待物矣，非忠厚之至則能然乎？皋陶以是稱舜，舜以是治其天下。故刑不必察察當其罪；賞不必予予當其功，而天下化其忠，服其厚焉。故曰：「與其殺不辜，寧失不經，好生之德洽于民心。」言聖人之德至于民者，不在乎其他也。

及周之治，亦為三宥三赦之法，不敢果其疑，而至其政之成也，則忠厚之教行于牛羊而及於草木。漢文亦推是意以薄刑，而其流也風俗亦歸厚焉。蓋其行之有深淺，而其見效有小大也，如此，《書》之意豈虛云乎哉？

蘇轍〈刑賞忠厚之至論〉（一〇五七年）

古之君子立于天下，非有求勝于斯民也。為刑以待天下之罪戾，而唯恐民之入于其中以不能自出也；為賞以待天下之賢才，而唯恐天下之無賢而其賞之無以加之也。蓋以君子先天下，而後有不得已焉。夫不得已者，非吾君子之所志也，民自為而召之也。故罪疑者從輕，功疑者從重，皆順天下之所欲從。

且夫以君臨民，其強弱之勢、上下之分，非待夫與之爭尋常之是非而後能勝之矣。故寧委之于利，使之取其優，而吾無求勝焉。夫惟天下之罪惡暴著而不可掩，別白而不可解，不得已而用其刑。朝廷之無功，鄉黨之無義，不得已而愛其賞。如此，然後知吾之用刑，而非吾之好殺人也；知吾之不賞，而非吾之不欲富貴人也。使夫其罪可以推而納之于刑，其跡可以引而置之于無罪；其功與之而至于可賞，排之而至于不可賞。若是二者而不以與民，則天下將有以議我矣。使天下而皆知其可刑與不可賞也，則吾猶可以自解。使天下而知其可以無刑、可以有賞之說，則將以我為忍人，而愛夫爵祿也。聖人不然，以為天下之人，不幸而有罪，可以刑，可以無刑，刑之，而傷于仁；幸而有功，可以賞，可以無賞，無賞，而害于信。與其不屈吾法，孰若使民全其肌膚、保其首領，而無憾于其上；與其名器之不僭，孰若使民樂得為善之利而無望望不足之意。嗚呼！知其有可以與之之道而不與，是亦志于殘民而已矣。

且彼君子之與之也，豈徒曰與之而已也，與之而遂因以勸之焉耳。故舍有罪而從無罪者，是以恥勸之也；去輕賞而就重賞者，是以義勸之也，蓋欲其思而得之也。故夫堯舜、三代之盛，舍此而忠厚之化亦無以見於民矣。

開封繁塔（攝於2011年）

暢銷書作家蹲大牢

「譽之所至，謗亦隨之」，蘇軾大概是古今暢銷書作家裡，承受盛名之累極為嚴重者之一。嚴重到想自殺；嚴重到蹲大牢；到恐怕丟性命。

蘇軾出生的年月日和時辰都有清楚的紀錄，我就拿來做檢驗，比如紫微斗數的命盤啦！生命周期的流年啦！然後，在一〇七九年，他的人生遇到大劫難，運勢跌到谷底……。

一〇七九年，北宋神宗元豐二年，蘇軾四十三歲，由徐州轉知湖州，之後發生了「烏臺詩案」。負責監督、糾察、彈劾官員的中央機構是「御史臺」。漢代御史臺附近有許多柏樹，樹上有烏鴉，所以「御史臺」又稱「烏臺」。「烏臺詩案」的導火線是蘇軾的〈湖州謝上表〉，「謝上表」是官員抵達任職的地方以後，寫給皇帝報告情況的公文。在〈湖州謝上表〉，蘇軾說：

> （陛下）知其愚不適時，難以追陪新進；察其老不生事，或能牧養小民。

用第三人稱「其」（他）來指自己，意思是：我這個人笨，不懂得迎合時勢，無法追捧和奉陪那些因為新法而快速獲得晉升的人們。我自知年歲老大，應該不至於招惹事端，或許就安分當個治理百姓的小官吧。

這段看起來像是挖苦自己的文字，被那些御史臺「新進」讀到了，強烈譴責，監察御史裏行何正臣說蘇軾「愚弄朝廷，妄自尊大，宣傳中外，孰不嘆驚」。然後在七月二十八日到湖州押送蘇軾去京師。八月十八日，蘇軾抵達京師，拘禁在御臺的監獄。八月二十日展開審訊。

雖然已經有許多學者研究過烏臺詩案，提出了精闢的見解，像美國的蔡涵墨（Charles Hartman）教授、日本的內山精也教授、大陸的朱剛教授，不過我們往往還有一些誤解或迷思。比如：烏臺詩案是王安石陷害蘇軾的嗎？蘇軾是被冤枉的嗎？是皇帝救了蘇軾一命嗎？

參考學者的研究成果，讓我們好好認識認識烏臺詩案的真相。

蘇軾對王安石變法有意見，多次上萬言書給神宗皇帝，皇帝雖然接見蘇軾，聽取他的建議，並沒有停止施行新法。蘇軾既失望，又不願捲入黨爭，於是請求外任，被命為杭州通判。到烏臺詩案發生那年，王安石早已二度罷相，出知江寧府（今南京）三年，可以說不在京師權力核心了。主張懲處蘇軾的御史臺官員多數受過王安石的提拔，與其說他們的目的是為王安石報復，堅持新法，我想，神宗答應讓詩案成立才是關鍵。這不是熙寧年間，二十多歲，信賴王安石治理天下的皇帝；而是更改年號，過了三十而立之年的一國之君。蘇軾在皇帝鞏固威權的過程中，成為了某種「祭品」。

蘇軾之所以會成為「祭品」，蘇轍的理解是「獨以名太高，與朝廷爭勝耳」。舉發蘇軾的御史中丞李定說他「濫得時名」。蘇軾為什麼有名？名氣有多大啊？監察御史裏行舒亶說他的文字「小則鏤板，大則刻石，傳播中外」。看看民間賣的鏤板《元豐續添蘇子瞻學士錢塘集》就曉得。

《元豐續添蘇子瞻學士錢塘集》的書名告訴我們：這是蘇軾《錢塘集》的增補再版，出版於元豐

一、二年間（一〇七八—一〇七九年）。「錢塘」就是杭州，《錢塘集》收錄蘇軾於熙寧四年（一〇七一年）到七年（一〇七四年）擔任杭州通判期間的作品。顯然，初版的《錢塘集》賣得火紅，所以書商再收集了蘇軾的作品雕版印刷。

曾經因判案過輕而和蘇軾在同一時期被關押御史臺的蘇頌，於一〇七六年到一〇七七年在杭州，他在詩裡說蘇軾「文章傳過帶方州」，並且自作注解說：「前年高麗使者過餘杭，求市子瞻集以歸」。你看御史臺官員指陳蘇軾「宣傳中外」，的確有理由，他是國際暢銷書作家呀！

被關押一百多天，蘇軾必須交代他與友人的往來文字，詩篇的內容和指涉對象，他有沒有被刑求？蘇軾的詩題目裡有「獄吏稍見侵」的字眼，委婉表達了承受的壓力。

御史臺審訊，大理寺依審訊記錄匯整法律依據，而後交給審刑院判定，烏臺詩案的審理體現了北宋「鞫讞分司」的司法程序。經過折衝，十二月二十八日，蘇軾遭到重懲，皇帝聖旨：蘇軾可責授檢校水部員外郎充黃州團練副使，本州安置，不得簽書公事。

走出御史臺監獄，蘇軾和家人團聚共度除夕。大年初一，離開京師，前往黃州（湖北黃岡）。

延伸閱讀

蘇軾〈湖州謝上表〉（一〇七九年）

臣軾言：蒙恩就移前件差遣，已於今月二十日到任上訖者。風俗阜安，在東南號為無事；山水清遠，本朝廷所以優賢。顧惟何人，亦與茲選！臣軾（中謝）。伏念臣性資頑鄙，名跡堙微。議論闊疎，文學淺陋。凡人必有一得，而臣獨無寸長。荷先帝之誤恩，擢寘三館；蒙陛下之過聽，付以兩州。非不欲痛自激昂，少酬恩造。而才分所局，有過無功；法令具存，雖勤何補？罪固多矣，臣猶知之。夫何越次之名邦，更許借資而顯授。顧惟無狀，豈不知恩？此蓋伏遇皇帝陛下，天覆羣生，海涵萬族。用人不求其備，嘉善而矜不能。知其愚不適時，難以追陪新進；察其老不生事，或能牧養小民。而臣頃在錢塘，樂其風土。魚鳥之性，既自得於江湖；吳越之人，亦安臣之教令。敢不奉法勤職，息訟平刑。上以廣朝廷之仁，下以慰父老之望。臣無任。

蘇軾〈杭州召還乞郡狀〉（一〇九一年）

〔……〕李定、何正臣、舒亶三人，構造飛語，醞釀百端，必欲致臣於死。先帝初亦不聽，而此三人執奏不已，故臣得罪下獄。定等選差悍吏皇甫遵，將帶吏卒，就湖州追攝，如捕寇賊。臣即欲與妻子訣別，留書與弟轍，處置後事，自期必死。過揚子江，便欲自投江中，吏卒監守不果。到獄，即欲不食求死。

〔……〕

蘇頌〈己未九月，予赴鞫御史，聞子瞻先已被繫。予晝居三院東閣，而子瞻在知雜南廡，才隔一垣，不得通音息。因作詩四篇，以為異日相遇一噱之資耳〉其二

詞源遠遠蜀江流，風韻琅琅舜廟球。擬策進歸中御府，文章傳過帶方州。（自注：前年高麗使者過餘杭，求市子瞻集以歸）未歸綸閣時稱滯，再換銅符政並優。嘆惜鍾王行草筆，卻隨諸吏寫毛頭。

蘇軾〈予以事繫御史臺獄獄吏稍見侵，自度不能堪，死獄中，不得一別子由，故作二詩授獄卒梁成，以遺子由〉二首（一〇七九年）

聖主如天萬物春，小臣愚暗自亡身。百年未滿先償債，十口無歸更累人。是處青山可埋骨，他年夜雨獨傷神。與君今世為兄弟，又結來生未了因。

柏臺霜氣夜凄凄，風動琅璫月向低。夢繞雲山心似鹿，魂驚湯火命如雞。眼中犀角真吾子，身後牛衣愧老妻。百歲神游定何處，桐鄉知葬浙江西。

胡仔《苕溪漁隱叢話・後集》

《元城先生語錄》云：「子弟固欲其佳，然不佳者，亦未必無用處也。元豐二年，秋冬之交，東坡下御史獄，天下之士痛之，環視而不敢救；時張安道致政在南京，乃憤然上疏，欲附南京遞，府官不敢受，乃令其子恕持至登聞鼓院投進。恕素愚懦，徘徊不敢投。其後東坡出獄，見其副本，因吐舌色動久之。人問其故，東坡不答。後子由亦見之，云：『宜吾兄之吐舌也，此事正得張恕力。』或問其故，子由曰：『獨不見鄭崇之救蓋寬饒乎？其疏有云：上無許史之屬，下無金張之託。此語正是激宣帝怒爾。且寬饒正以犯許史輩有此禍，今乃再許之，是益其怒也。且東坡何罪，獨以名太高，與朝廷爭勝耳，今安道之疏乃云：其文學實天下之奇才也。獨不激人主之怒乎？但一時急欲救之，故為此言耳。』僕曰：『然則是時救東坡，宜為何說？』先生曰：『但言本朝未嘗殺士大夫，今乃開端，則是殺士大夫自陛下始，而後世子孫因而殺賢士大夫，必援陛下以為例。神宗好名而畏議，疑可以止之。』」

開封街邊舊書攤（攝於2011年）

諸城

密州（山東諸城）

一〇七四年十一月到一〇七六年，蘇軾擔任密州知州。密州就是山東諸城。蘇軾在先前杭州通判任上開始填詞，密州的北方風土和習俗給予他雄強粗獷的生活體驗。著名的豪放詞〈江城子・密州出獵〉（老夫聊發少年狂）寫的就是在密州打獵的氣勢。

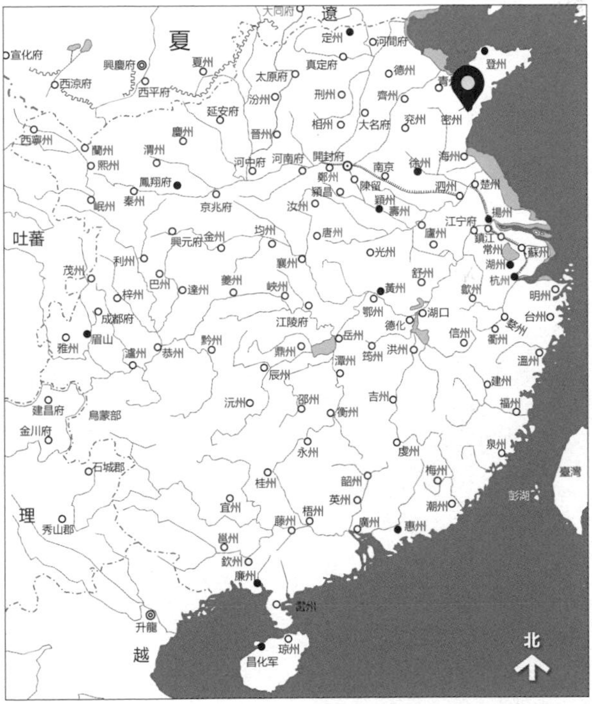

毛巾煎餅

朋友從家鄉給我帶來了玉米煎餅。

煎餅捲大葱，正宗的山東吃法，一九九八年我和妹妹在泰山上吃過一次。黃澄澄的大餅，塗上甜麵醬，捲上大葱，吃起來乾硬老澀。大概是餅皮擱久了，大葱在烈日曝曬下也水分盡失，第一次嘗到先父的家鄉味，怎麼也沒有父親說的辛香甘美。

被朝思暮念的鄉情給美化了吧？煎餅捲大葱，窮苦百姓果腹的粗食，有什麼好滋味呢？

泰山上的煎餅大葱不甚了了，不如買兩根黃瓜啃啃，還能止渴。

從小聽父親說吃「窩窩頭」，我問：「窩窩頭什麼味道？」父親說：「香！」

形容味覺，的確是挺難的。

我只聽說早上起床沒梳洗，頂個「雞窩頭」，沒聽過「窩窩頭」。想像中的「窩窩頭」，就跟「雞窩頭」似的，一團蓬鬆亂糟糟。

父親能手搓饅頭，我央著父親做「窩窩頭」吃，父親說：「窩窩頭是玉米麵做的，臺灣沒有玉米麵。」我說：「沒有玉米麵，那就用陽春麵做。」

父親曾經做了三角形的小饅頭，告訴我：「窩窩頭」就是這個樣子。

我吃著蒸熟的饅頭窩窩，發現那底下有個凹陷的洞，我說：「爸你看！」

父親說：「這就是窩窩頭的窩呀！」

窩窩頭為什麼要有個「窩」呢？是因為它有個「窩」，所以才叫窩窩頭嗎？還是，為了符合這個可愛的名字，給它鑽了個窩？

一九九〇年第一次「返回祖國」，在北京王府井買了「艾窩窩」，以為是改良版的「窩窩頭」。千里迢迢帶回臺北，父親說：「這不是窩窩頭，這是吃著玩的！」

泰山上的煎餅大蔥，對我和妹妹來說，也是吃著玩的，而且，有點不夠好玩。若是那時父親還健在，也許買一點回去，讓他解解饞。

啃大蔥和嚼大蒜，是父親經常就飯的習慣，我總不明白那怎麼是「香」，其實是「臭」吧？

我們在臺灣，不知道保存了多少父親老家的規矩。小學時我在報紙上練書法，父親有時興起也寫兩筆，他常說：「橫要平，豎要直，心正則筆正。」初中時每星期的「生活周記」要用毛筆寫，抄完了報紙上的「一周大事」，沒東西可寫，我邊看電視邊抄流行歌詞，被父親發現，臭罵一頓，那時，他已經打不動我了。我理直氣壯：「老師也沒在看，把格子填滿就好了！」父親說：「書法不是拿來寫那些狗屁倒灶的內容！」

然後，我爺爺字沒寫好，被曾祖父罰站在雪地裡的故事又出來了。

到了高中，讀了「程門立雪」的事蹟，曉得懷疑那是父親借用典故來著。

之後，喜歡「快雪時晴」四個字。下雪天合該有寫字的故事。

像我這一輩的「外省第二代」，聽著各種各樣吹牛故事長大，我家「本家」親戚是某偉人的乾兒子，給某偉人開飛機，飛機上還載著偉人賢妻的哈巴狗……。真真假假，見怪不怪。前兩年在大陸開會，被問到我與那位親戚的關係，對方說：「那位飛將軍不就是某偉人的乾兒子嗎？」

我一聽，頭皮發麻——那不是我父親那些老頭兒朋友閒扯淡的嗎？

我一點也不失望泰山上的煎餅大葱令我「幻滅」。老實說，自從一九九〇年的初次「震撼」經驗，我告訴父親，雖然那次沒去山東，想必家鄉也好不到哪兒去。父親當時也聽返鄉後回臺灣的友人說過種種感觸：「四十年，山河變色。」

拿出乘坐飛機來南洋的玉米煎餅，向孩子說：「這是我們今天的晚餐，你爺爺故鄉的名產。」

孩子很好奇，眼睛睜得大大的，翻看著煎餅的紙袋。

這裡沒有山東大葱，也沒有宜蘭的三星葱，就炒一點里肌肉，配生小黃瓜絲，包捲著將就吃吧。

剪開塑膠袋，攤開煎餅——怎麼那麼大？比泰山上賣的大得多！

不能全部攤開，隨便把配菜裹進餅裡。

「好硬！」孩子說：「跟吃毛巾一樣！」

我們都噗嗤笑出來，那不是相聲裡的段子嗎？四郎返鄉探親，族人見他老淚縱橫，遞上毛巾。四郎淚眼模糊，瞧黃澄澄一片，說：「謝謝！我不想吃餅！」

孩子來不及聽爺爺說的煎餅大葱故事，讓相聲教了他過往的點滴。

毛巾煎餅，哈哈，我笑出了淚光。仔細慢慢咀嚼，愈嚼還愈有味的。

延伸閱讀

蘇軾〈薄薄酒二首并引〉（一〇七六年）

膠西先生趙明叔，家貧，好飲，不擇酒而醉。常云：「薄薄酒，勝茶湯，醜醜婦，勝空房。」其言雖俚，而近乎達，故推而廣之，以補東州之樂府；既又以為未也，復自和一篇，聊以發覽者之一噱云爾。

其一

薄薄酒，勝茶湯；麤麤布，勝無裳；醜妻惡妾勝空房。五更待漏靴滿霜，不如三伏日高睡足北窗涼。珠襦玉柙萬人相送歸北邙，不如懸鶉百結獨坐負朝陽。生前富貴，死後文章。百年瞬息萬世忙。夷齊盜跖俱亡羊，不如眼前一醉是非憂樂兩都忘。

其二

薄薄酒，飲兩鍾；麤麤布，著兩重；美惡雖異醉暖同，醜妻惡妾壽乃公。隱居求志義之從，本不計較東華塵土北窗風。百年雖長要有終，富死未必輸生窮。但恐珠玉留君容，千載不朽遭樊崇。文章自足欺盲聾，誰使一朝富貴面發紅。達人自達酒何功，世間是非憂樂本來空。

很高興妳在這裡

在三蘇祠晃悠，從東坡盤陀像那裡發散的水霧飄向林間樹叢。微信的訊息聲提醒我，我翻找出背袋裡的手機，還來不及看，鈴聲就響起了。

「衣老師妳在哪裡？唐老師在找妳！」

「我……」我前後左右張望，一時說不出自己確切的位置。

啊！記得剛才拍了東坡的母親程夫人和他的姊姊八娘的塑像，那地方叫什麼來著？

我反問對方，還是告訴我唐老師在哪裡吧！

通話完，查看微信的訊息，是另一位眉山市政府的工作人員發來的——「衣教授，唐凱琳老師想請您去碑林一起看看，她在碑林等您。」

好的。我回覆他之後朝碑林走去。

碑林裡有東坡的書蹟石刻，包括我的書《書藝東坡》裡研究的《洞庭春色賦》、《中山松醪賦》和《寒食帖》，雖然都是一九八二年左右的摹刻，經過了三十多年，已經有些舊意。時光讓舊意沉澱，在三蘇祠裡寧靜的碑林徘徊，文字寫些什麼內容似乎都不如外形保留東坡神采重要了。

唐老師找我一起看看，約莫因為這次研討會我談了碑林裡明代的《東坡盤陀像》碑刻。碑刻中的東坡盤腿坐在一塊巨石上，膝上橫握一根竹杖，和翁方綱藏的東坡《天際烏雲帖》上朱鶴年畫的東坡像同中有異。

碑林裡不見蹤影，知道唐老師被幾位接待人員簇擁著，可能走得比較慢吧？沒過十分鐘，微信的訊息又告訴我：「衣教授，唐老師她們去消寒館喝茶去了。」

我走出碑林，經過大門口的古銀杏樹，原來，唐老師被熱情的學者和媒體包圍，忙著陪他們拍照呢！她看見我，高喊著：「在這兒！」那一口標準流利的京片子，不見本人，很想難像出自一個白皙膚色的美國老太太。

我和她在銀杏樹下合影，她挽著我的手臂，用英語對我說：「我很高興妳在這裡！」我點點頭，朝鏡頭微笑。

知道她一九八〇年代追隨曾棗莊教授學習蘇東坡時，便到過三蘇祠。在東坡盤陀像前，她要我替她拍一張坐在東坡腳下的照片。我扶她在石塊坐穩了，她曲起雙腿併攏，裙襬自然下垂遮住鞋子，要我看看模樣如何？這是三十年前她和東坡合影時的相同姿勢。

看了我手機裡的照片，她說：「很圓滿！」

我想，她可能要說「很滿意」吧？

來眉山開會前，她特地去成都探望曾棗莊老師。我和四川大學的周裕鍇老師及曾老師的家人在曾府等她。聽到樓梯間的動靜，曾老師和師母迫不及待走到門口相迎。唐老師緊緊握住曾老師的手，一直說：「您好吧？看起來挺好！」我們勸兩位長輩進屋裡坐著聊，記憶中高䠷健美的唐老師，如今竟然彷彿縮小了三分之一。

她從皮包裡取出塑膠袋包裹的一疊東西，啊，原來是舊照片。從一九八〇年代她為了學習蘇東坡，接近東坡老家，放棄北京大學，轉到四川大學投入曾老師門下，到二十、三十年來幾次相聚的留影。周老師發現，那些照片裡有他也有我，我竟認不出自己啊！我也才想起，我們是在一九九八年結識於山東諸城，也就是東坡寫〈水調歌頭〉「但願人長久」的密州。我們同在曾棗莊老師主持的《蘇軾研究史》寫作團隊中，合作完成歷史上第一部貫穿古今中外的蘇軾研究大觀。唐老師負責寫美國的蘇軾研究概況，我則擔任臺港的部分。

「妳就是個小姑娘。」她指著照片裡的我，笑著說。

她把珍貴的紀念照片留給了曾老師。這久別重逢，竟讓我感到歡喜氣氛裡的告別意味。

她在「二〇一八眉山東坡文化國際學術高峰論壇」主旨演講裡提到東坡詩裡的「歸」，用手畫了一個圈，說三十年從開始到結束，這個圓，在三蘇祠東坡像前面。

替她拍照前，她慢條斯理拿梳子整理了頭髮和領巾。我用英語對她說：「這是回歸。你回到東坡家了！」她眼中含著淚光，臉上滿是笑容。

團體參觀三蘇祠的活動結束了，她仍捨不得離開，和老友們依依敘舊。直到巴士駛遠了，擔心耽誤下午的行程，才和老友們擁抱而別。我們倆乘坐汽車回酒店。她一再用英語跟我說：「我很高興妳在這裡！」握住我的右手，問：「妳知道為什麼嗎？」

我點點頭。覆上了我的左手。

*

唐凱琳（Kathleen Tomlonovic，一九三九年一月二十三日—二〇一九年三月二日），一位虔誠的修女和漢學家。她的博士論文《Poetry of Exile and Return: a Study of Su Shi》（放逐與回歸的詩歌：蘇軾研究），University of Washington, 1989.

*

唐凱琳教授在三蘇祠東坡像前的講話。

二〇一八年九月三十日，唐凱琳教授（Kathleen Tomlonovic）在三蘇祠東坡塑像前，應我的請求，為我的學生錄一段視頻，鼓勵青年們學習東坡。她先說中文，然後用英語，講了兩段話。

「今天我們來到蘇軾住的地方，我非常感動！有這麼多人，看來有這麼多人都喜歡研究蘇東坡，他的作品，他詩詞古文都是非常好的文學，我們都欣賞。衣若芬老師也就是那樣，她專門研究蘇東坡，貢獻非常大，大家都喜歡她的圖書，她的大作。看到蘇東坡，我們都非常高興！能回到他的像，有很美好的回憶。」

她一邊說，一邊笑著轉身朝向東坡塑像，望了望東坡，接著說：

「This is a marvelous moment for us to come again to the place where Su Shi was born and was with his family. We have such wonderful literature and the culture of Su Shi that's set at this place where people can come and enjoy themselves and learn about the Song dynasty and the great literature of the Su family.」

若芬譯：這對我們是一個非凡的時刻，我們再度回到東坡出生和他的家人居住的地方。我們有如此了不起的蘇軾文學與文化，使得人們來到此地，享受和學習宋代和偉大的三蘇文學。

延伸閱讀

蘇軾〈水調歌頭〉（一〇七六年）

丙辰中秋，歡飲達旦，大醉，作此篇，兼懷子由。

明月幾時有？把酒問青天，不知天上宮闕，今夕是何年。我欲乘風歸去，唯恐瓊樓玉宇，高處不勝寒；起舞弄清影，何似在人間？　轉朱閣，低綺戶，照無眠；不應有恨，何事長向別時圓！人有悲歡離合，月有陰晴圓缺，此事古難全。但願人長久，千里共嬋娟。

蘇軾〈江城子．密州出獵〉（一〇七五年）

老夫聊發少年狂，左牽黃，右擎蒼，錦帽貂裘，千騎卷平岡。為報傾城隨太守，親射虎，看孫郎。　酒酣胸膽尚開張，鬢微霜，又何妨？持節雲中，何日遣馮唐？會挽雕弓如滿月，西北望，射天狼。

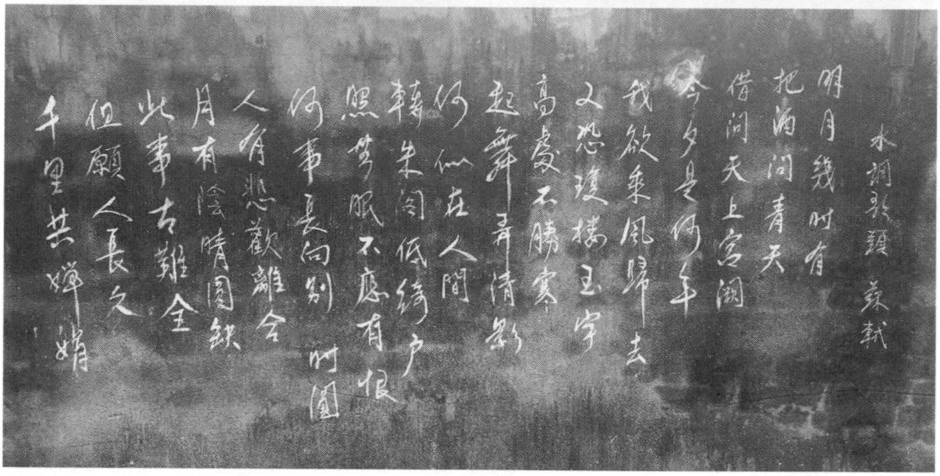

上｜唐凱琳珍藏的舊照片。前排左起：周裕鍇、艾朗諾（Ronald Egan）、曾棗莊、唐凱琳（Kathleen Tomlonovic）、衣若芬，後排左起：薩進德（Stuart H. Sargent）、姜斐德（Alfreda Murck）、傅君勱（Michael A. Fuller）（2000年3月31日於上海）

上｜若芬和唐凱琳教授攝於三蘇祠（2018年9月30日）

下｜蘇軾《水調歌頭》於臺灣嘉義（攝於2017年）

杭州

杭州

蘇軾和杭州有兩段緣。第一段是在一〇七一年到一〇七四年擔任通判。第二段是一〇八九年七月到一〇九一年擔任知州（俗稱「太守」）。初到杭州時，他驚豔於西湖之美，稱讚「故鄉無此好湖山」。十八年後，為避開朝廷政爭，他主動請求外任，再到杭州。他疏浚被淤泥和葑草堆積的西湖，築成長堤，人稱「蘇公堤」。堤上種植花木，景色怡人。他建六座橋將蘇堤相連，便於溝通南北西湖和裡外西湖。南宋時形成的「西湖十景」，包括：蘇堤春曉、曲（麴）院風荷、平湖秋月、斷橋殘雪、花港觀魚、柳浪聞鶯、三潭印月、雙峰插雲、雷峰夕照，以及南屏晚鐘。其中「蘇堤春曉」和「三潭印月」是蘇軾的功績。為防止西湖再度淤塞，蘇軾於湖中豎立三座石塔為標記，規定三塔範圍內不准種植菱藕。我們在南宋畫家葉肖巖的《西湖十景圖冊》裡的《三潭印月》（臺北故宮博物院藏），可以看到三座鏤空圓孔的石塔和天上明月輝映的景象。蘇軾所立的三塔如今不存，現在的西湖三塔位置是晚明重新選定的。

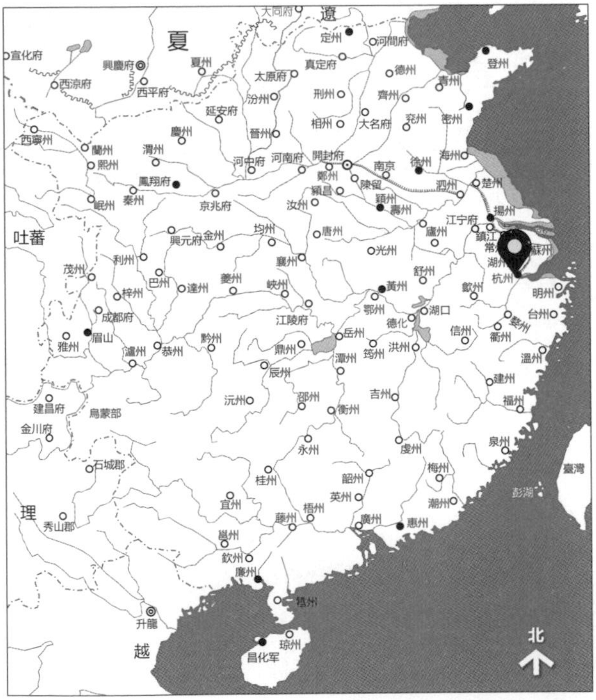

蘇堤橫亙白堤縱

蘇堤橫亙白堤縱：
橫一長虹，
縱一長虹。

跨虹橋畔月朦朧：
橋樣如弓，
月樣如弓。

青山雙影落橋東：
南有高峰，
北有高峰。
……

厚敦敦的軟玻璃裏，
倒映著碧澄澄的一片晴空：

一疊疊的浮雲，
一隻隻的飛鳥，
一彎彎的遠山，
都在晴空倒映中。
……

對中國千里江山的「最初印象」，許多是來自於文學作品中的風景光華。幼年的我，在還不清楚「西湖」的地理位置以及歷史文化之前，奉老師之命，背誦了劉大白的這兩首詩。

然後是東坡的「欲把西湖比西子，淡妝濃抹總相宜」；林升的「山外青山樓外樓，西湖歌舞幾時休」；白娘子遊湖借傘；袁宏道寒食雨後於六橋作別桃花；張岱在湖心亭清雅賞雪——被「蘇堤橫亙白堤縱」環繞的那一片「厚敦敦的軟玻璃」，怎麼容納得了這麼多的風流情韻！

一九九〇年，第一次到了神遊已久的「故國」。

眼前是被颱風吹倒得橫七豎八的梧桐樹，什麼一株桃樹一株柳，巨大的梧桐樹阻攔了我們的去路。被困在工藝品商店進退兩難的旅客，聽說我們是臺北來的旅行團，都嘲笑說：「這颱風是跟著你們來的！」

可不是嗎？從臺北出發，經香港到廣州，一路北上到杭州，風雨沒有停歇過，沒想到在西湖上還威力不減。

雷峰塔倒了，白娘子轉世散布人間，你看你們這些臺灣來的白娘子。就像是和夢寐以求的心儀對象在茫茫人海中擦肩而過，我來不及駐足品賞，來不及傾訴衷腸，狂風驟雨中波浪翻滾的西湖，以意想不到的面目與我猙獰瞥見。我怎麼也說不出，遊過西湖，她的溫柔婉約，她的嬌美動人……

十二年後，再訪西湖，濕寒的冬雨飄進小舟，搖槳的中年男子來自紹興，在博物館工作的同行友人顧不得和他聊天，只是驚歎連連：「妳看！那是馬遠的《山徑春行圖》啊！」

偏安一隅的南宋，傍著這旖旎西湖，依樣歌舞昇平。從「主山堂堂」的華北風光，看到「小橋流水」的煙雨江南，霸氣的陽剛文化，逐漸軟化了，小巧了，精麗了。本來是描繪湖南風光的「瀟湘八景」圖畫，覆蓋上西湖的輕紗，落實了「西湖十景」。地景結合詩意，做為臨時安居之處的杭州城，這個媲美天堂的「銷金窟」，在重重疊疊的文化意象之上，堆築出了真實人生的虛構性。

以杭州或是西湖為背景的書寫，彷彿被施了魔咒似的，無論怎樣的文體，總帶著回憶錄的緬懷況味。宋元時代吳自牧的《夢粱錄》、周密的《武林舊事》，晚明張岱的《陶庵夢憶》、《西湖夢尋》，一座城、一片湖，千絲萬縷葛藤糾纏的過往前塵，即使是明代周汝成的地理書《西湖遊覽志餘》，在談到風俗掌故時，也不免「白頭宮女說天寶遺事」的「想當年」，更別提清代周清源的小說集《西湖二集》、杭州才女陳端生的彈詞小說《再生緣》了。

這是一個充滿「過去式」的寫作場域，我們在學習來的文化經驗裡反芻品味，印證對照自己的行蹟；用前人看過西湖的眼睛審視賞玩水光山色——有什麼地方比西湖更令人流連入夢？周旋於古今，尋尋覓覓？

然後又是多年之後，和友人騎自行車環遊，嗅著秋桂郁香，踏訪「西湖十景」，我突然發現：童年以來「蘇堤橫亙白堤縱」造成的地理概念竟是錯的！

一〇九〇年蘇軾完成主持疏浚西湖的工程，將湖裡淤泥和葑草修築成長堤，時人稱為「蘇公堤」，堤上桃紅柳綠的春景，使得「蘇堤春曉」為「西湖十景」之冠。「蘇堤橫亙」的意思，是指那是東西向的長堤吧？可是，手機上的衛星地圖卻顯示，蘇堤是南北方向的……為什麼我從來沒有認清過？

我腦海裡最早的蘇堤位置，是南宋《咸淳臨安志》的《西湖圖》，上面的蘇堤就是橫向的，宮廷大內在地圖的下方，呈現「上西下東，左南右北」的格局。怎麼到了一九二二年劉大白寫〈西湖秋泛〉詩的時候，他還維持著這同樣的表述方式？或許，他是從西湖的東岸上了船，橫在眼前的，正是蘇堤？

再想，縱和橫的方位隨人的視角轉變，我的錯認，豈不就如夢中痴人，說東道西？

延伸閱讀

蘇軾〈六月二十七日望湖樓醉書〉五絕（一〇七二年）

其一

黑雲翻墨未遮山，白雨跳珠亂入船。卷地風來忽吹散，望湖樓下水如天。

其二

放生魚鱉逐人來，無主荷花到處開。水枕能令山俯仰，風船解與月徘徊。

其三

烏菱白芡不論錢，亂繫青菰裏綠盤。忽憶嘗新會靈觀，滯留江海得加餐。

其四

獻花游女木蘭橈，細雨斜風濕翠翹。無限芳洲生杜若，吳兒不識楚辭招。

其五

未成小隱聊中隱，可得長閑勝暫閑。我本無家更安往，故鄉無此好湖山。

蘇軾〈飲湖上初晴後雨〉二首（一〇七三年）

其一

朝曦迎客豔重岡，晚雨留人入醉鄉。此意自佳君不會，一杯當屬水仙王。（湖上有水仙王廟）

其二

水光瀲灩晴方好，山色空濛雨亦奇。欲把西湖比西子，淡妝濃抹總相宜。

蘇軾〈懷西湖寄晁美叔同年〉（一〇七五年）

西湖天下景，游者無愚賢。淺深隨所得，誰能識其全。嗟我本狂直，早為世所捐。獨專山水樂，付與寧非天？三百六十寺，幽尋遂窮年。所至得其妙，心知口難傳。至今清夜夢，耳目餘芳鮮。君持使者節，風采爍雲煙。清流與碧巘，安肯為君妍。胡不屏騎從，暫借僧榻眠。讀我壁間詩，清涼洗煩煎。策杖無道路，直造意所便。應逢古漁父，葦間自延緣。問道若有得，買魚勿論錢。

蘇軾〈杭州乞度牒開西湖狀〉（一〇九〇年）

元祐五年四月二十九日，龍圖閣學士左朝奉郎知杭州蘇軾狀奏。右臣聞天下所在陂湖河渠之利，廢興成毀，皆若有數。惟聖人在上，則興利除害，易成而難廢。昔西漢之末，翟方進為丞相，始決壞汝南鴻隙陂，父老怨之，歌曰：「壞陂誰？翟子威。飯我豆食羹芋魁。反乎覆，陂當復。誰言者？兩黃鵠。」蓋民心之所欲，而託之天，以為有神下告我也。孫皓時，吳郡上言，臨平湖自漢末草穢壅塞，今忽開通，長老相傳「此湖開，天下平。」皓以為己瑞，已而晉武帝平吳。由此觀之，陂湖河渠之類，久廢忽開，事關興運。雖天道難知，而民心所欲，天必從之。

杭州之有西湖，如人之有眉目，蓋不可廢也。唐長慶中，白居易為刺史。方是時，西湖溉田千餘頃。及錢氏有國，置撩湖兵士千人，日夜開浚。自國初以來，稍廢不治，水涸草生，漸成葑田。熙寧中，臣通判本州，則湖之葑合，蓋十二三耳。至今纔十六七年之間，遂堙塞其半。父老皆言：「十年以來，水淺葑橫，如雲翳空，倏忽便滿。更二十年，無西湖矣。」使杭州而無西湖，如人去其眉目，豈復為人乎？

臣愚無知，竊謂西湖有不可廢者五。天禧中，故相王欽若始奏以西湖為放生池，禁捕魚鳥，為人主祈福。自是以來，每歲四月八日，郡人數萬會於湖上，所活放羽毛鱗介，以百萬數，皆西北向稽首，仰祝千萬歲壽。若一旦堙塞，使蛟龍魚鱉同為涸轍之鮒，臣子坐觀，亦何心哉？此西湖之不可廢者，一也。杭之為州，本江海故地，水泉鹹苦，居民零落，自唐李泌始引湖水作六井，然後民足於水，井邑日富，百萬生聚，待此而後食。今湖狹水淺，六井漸壞，若二十年之後，盡為葑田，則舉城之人復飲鹹苦，其勢必自耗散。此西湖之不可廢者，二也。白居易作《西湖石函記》云：「放水溉田，每減一寸，可溉十五頃；

每一伏時，可溉五十頃。若蓄洩及時，則瀕河千頃，可無凶歲。」今雖不及千頃，而下湖數十里間，茭菱穀米，所獲不貲。此西湖之不可廢者，三也。西湖深闊，則運河可以取足於湖水。若湖水不足，則必取足於江潮。潮之所過，泥沙渾濁，一石五斗。不出三歲，輒調兵夫十餘萬功開浚。而河行市井中蓋十餘里，吏卒搔擾，泥水狼藉，為居民莫大之患。此西湖之不可廢者，四也。天下酒稅之盛，未有如杭者也，歲課二十餘萬緡。而水泉之用，仰給於湖，若湖漸淺狹，水不應溝，則當勞人遠取山泉，歲不下二十萬功。此西湖之不可廢者，五也。

臣以侍從，出膺寵寄，目覩西湖有必廢之漸，有五不可廢之憂，豈得苟安歲月，不任其責？輒已差官打量湖上葑田，計二十五萬餘丈，度用夫二十餘萬功。近者伏蒙皇帝陛下、太皇太后陛下以本路饑饉，特寬轉運司上供額斛五十餘萬石，出糶常平米亦數十萬石，約勑諸路，不取五穀力勝稅錢，東南之民，所活不可勝計。今又特賜本路度牒三百，而杭獨得百道。臣謹以聖意增價召人入中，米減價出糶，以濟饑民，而增減耗折之餘，尚得錢米約共一萬餘貫石。臣輒以此錢米募民開湖，度可得十萬功。自今月二十八日興功，農民父老，縱觀太息，以謂二聖既捐利與民，活此一方，而又以其餘棄，興久廢無窮之利，使數千人得食其力以度此凶歲，蓋有泣下者。臣伏見民情如此，而錢米有限，所募未廣，葑合之地，尚存大半，若來者不嗣，則前功復棄，深可痛惜。若更得度牒百道，則一舉募民除去淨盡，不復遺患矣。

伏望皇帝陛下、太皇太后陛下少賜詳覽，察臣所論西湖五不可廢之狀，利害卓然，特出聖斷，別賜臣度牒五十道。仍勑轉運、提刑司，於前來所賜諸州度牒二百道內，契勘賑濟支用不盡者，更撥五十道價錢與臣，通成一百道，使臣得盡力畢志。半年之間，目見西湖復唐之舊，環三十里，際山為岸，則農民父老，與羽毛鱗介，同泳聖澤，無有窮已。臣不勝大願，謹錄奏聞，伏候勑旨。

・貼黃。目下浙中梅雨，葑根浮動，易為除去。及六七月，大雨時行，利以殺草，芟夷蘊崇，使不復滋蔓。又浙中農民皆言八月斷葑根，則死不復生。伏乞聖慈早賜開允，及此良時興工，不勝幸甚。

・又貼黃。本州自去年至今開浚運河，引西湖水灌注其中。今來開除葑田逐一利害，臣不敢一一煩瀆天聽，別具狀申三省去訖。

劉大白〈西湖秋泛〉（一九二二年）

其一

蘇堤橫亙白堤縱：

橫一長虹，
縱一長虹。

跨虹橋畔月朦朧：
橋樣如弓，
月樣如弓。

青山雙影落橋東：
南有高峰，
北有高峰。

雙峰秋色去來中：
去也西風，
來也西風。

其二

厚敦敦的軟玻璃裏，

左｜若芬與西湖東坡塑像（2015年，杜若鴻攝）；**右**｜騎車環西湖過蘇堤（2015年，杜若鴻攝）

倒映著碧澄澄的一片晴空：
一疊疊的浮雲，
一隻隻的飛鳥，
一彎彎的遠山，
都在晴空倒映中。

湖岸的，
葉葉垂楊葉葉楓：
湖面的，
葉葉扁舟葉葉篷：
掩映著一葉葉的斜陽，
搖曳著一葉葉的西風。

從玉皇山俯瞰蘇堤（攝於2019年）

六一泉

歐陽脩沒有去過杭州西湖，他寫的詞〈采桑子〉「畫船載酒西湖好」，指的是潁州（安徽省阜陽市）西湖。而在杭州西湖的孤山南側，卻有一處紀念歐陽脩的「六一泉」。歐陽脩晚年自號「六一居士」，「六一」是指「家藏書一萬卷，集錄三代以來金石遺文一千卷，有琴一張，有棋一局，而常置酒一壺」，加上自己這一老翁，就是六個「一」。

問在草坪邊運動的長者「六一泉」的方向，他朝身後指了指，繼續甩手。

我往他指的方向探頭望，山壁下好像有一座涼亭，可是沒看見泉水啊。

他朝著正往裡邊走的我說：「外國來的吧妳？」

我回頭，他又說：「知道六一泉的六一是什麼意思嗎？和六一兒童節沒關係喲！」

「知道。」我點點頭。

昨天傍晚來過這附近，沒找到六一泉。清早辦了退房，臨去機場前趕緊再來一趟。

「看不到泉水啊。」我停下腳步，他笑了，走過來，到我前頭引路，自顧自地說：「埋在草裡哪！」

四根灰色水泥柱支撐住被傾頹的竹枝和蔓草乾葉覆蓋的黑色瓦片屋頂，涼亭前一方小水塘，浮著睡蓮落葉和枯幹。這，就是蘇軾紀念歐陽脩的六一泉？

我走進亭子裡，山壁面可能有的刻字已經被鑿空，剩下長方形的凹槽。走出亭子，亭簷沒有匾額，真的是這裡嗎？

我問他。他用腳踢了踢地上的碎石塊：「這些解說都破了！」

我蹲下身，石塊有字，我想撥正字的方向，濕漉漉又有青苔，只好歪著頭東瞧西瞅。依稀看得出最大的那塊上面刻了「坡」，「惠勤」，「有泉出講堂下」，「歐陽脩的號」……。

是了。我挪移了方向，伸手進水塘。

「哎呀！」他大喊：「髒得很！髒得很啊！」

水清涼而滑膩。我拍去黏在手背上的殘葉，站起來，朝他欠身一彎：「謝謝你！」朝旅店跑回去。

一〇七一年蘇軾第一次到杭州任職之前，特地去潁州拜望歐陽脩。這位誤將他的試卷文章以為是曾鞏寫的，向梅堯臣說要避蘇軾「出一頭地」的長輩，介紹西湖的詩僧惠勤給他。蘇軾到杭州不久，便往孤山見惠勤和他的師弟惠思，相談十分投契，作了〈臘日游孤山訪惠勤惠思二僧〉詩。詩裡提到：「臘日不歸對妻孥，名尋道人實自娛。」一〇六五年蘇軾的第一任妻子王弗病逝，一〇六八年娶王弗堂妹王閏之為繼室，家有王弗生的長子蘇邁，時年十歲；還有王閏之剛生的次子蘇迨，蘇軾在家裡忙著過臘八節的日子「拋妻棄子」，迫不及待去訪僧人，既表示自己對同好的殷切，也透露了對妻子包容的謝意。

十八年後，蘇軾再任職杭州，歐陽脩早已謝世，惠勤也已圓寂，蘇軾見到惠勤的弟子二仲在惠勤的舊居張掛了老師和歐陽脩的畫像。二仲告訴他，惠勤說法的講堂之後，竟然冒出了白而甘的泉水，請蘇軾為泉水命名，於是蘇軾作了〈六一泉銘〉。六一泉上有石屋，上刻〈六一泉銘〉。

杭州是南宋的都城，《咸淳臨安志》《西湖圖》上，我們找不到「六一泉」的名字，而是被高宗改為崇祀護駕有功的四位神人：天蓬、天猷、翊聖、真武，取名「延祥觀」，又叫「四聖觀」。宋亡入元，元世祖廢觀，改為「帝師祠」。六一泉隱沒兩百多年後，直到明朝初期，才有僧人行升力圖恢復，此後時有修葺。明代馮夢龍的擬話本小說〈白娘子永鎮雷峰塔〉裡，許宣「過四聖觀，來看林和靖墳，到六一泉閒走」，就是結合了明代「六一泉」和南宋「四聖觀」的地名。

英國詩人濟慈（John Keats）的墓碑上刻著「Here lies one whose name was writ(written) in water.」名字寫在水上，隨流而逝，卻銘刻於後人的心板。以詩人的自號命名的六一泉，即使再無舊觀，也延續了蘇軾對師長的感念，讓生前與杭州無緣的歐陽脩，有了超越時空的情誼。

延伸閱讀

歐陽脩〈采桑子十三首〉之三

畫船載酒西湖好，急管繁弦，玉盞催傳，穩泛平波任醉眠。行雲却在行舟下，空水澄鮮，俯仰留連，疑是湖中別有天。

歐陽脩：〈山中之樂并序〉（一〇四三年）

佛者慧勤，餘杭人也。少去父母，長無妻子。以衣食于佛之徒，往來京師二十年。其人聰明才智，亦嘗學問于賢士大夫。今其南歸，遂將窮極吳、越、甌、閩江湖海上之諸山，以肆其所適。予嘉其嘗有聞於吾人也，於其行也，為作《山中之樂》三章，極道山林間事，以動蕩其心意，而卒反之於正。其辭曰：

江上山兮海上峰，藹青蒼兮杳巑叢。霞飛霧散兮邈乎青空，天鑱鬼削兮壁立於鴻蒙。崖懸磴絕兮險且窮，穿雲渡水兮忽得路，而不知其深之幾重。中有平田廣谷兮與世隔絕，猶有太古之遺風。泉甘土肥兮鳥獸雝雝，其人麋鹿兮既壽而豐。不知人間之幾時兮，但見草木華落為春冬。嗟世之人兮，曷不歸來乎山中？山中之樂不可見，今子其往兮誰逢？

丹莖翠蔓兮巖壑玲瓏，水聲聒聒兮花氣濛濛。石巉巉兮橫路，風颯颯兮吹松。雲冥冥兮雨霏霏，白猿夜嘯兮青楓。朝日出兮林間，澗谷紛兮青紅。千林靜兮秋月，百草香兮春風。嗟世之人兮，曷不歸來乎山中？山中之樂不可得，今子其往兮誰從？

梯崖構險兮，佛廟仙宮。耀空山兮，鬱穹隆。彼之人兮，固亦目明而耳聰。寵辱不干其慮兮，仁義不被其躬。蔭長松之蓊蔚兮，藉纖草之豐茸。苟其中以自足兮，忘其服胡而顛童。自古智能魁傑之士兮，固亦絕世而逃蹤。惜天材之甚良兮，而自棄於無庸。嗟彼之人兮，胡為老乎山中？山中之樂不可久，遲子之返兮誰同？

歐陽脩〈六一居士傳〉（一〇七〇年）

六一居士初謫滁山，自號醉翁。既老而衰且病，將退休於潁水之上，則又更號六一居士。

客有問曰：「六一，何謂也？」居士曰：「吾家藏書一萬卷，集錄三代以來金石遺文一千卷，有琴一張，有棋一局，而常置酒一壺。」客曰：「是為五一爾，奈何？」居士曰：「以吾一翁，老於此五物之間，是豈不為六一乎？」

客笑曰：「子欲逃名者乎，而屢易其號。此莊生所誚畏影而走乎日中者也。余將見子疾走大喘渴死，而名不得逃也。」居士曰：「吾固知名之不可逃，然亦知夫不必逃也。吾為此名，聊以志吾之樂爾。」客曰：「其樂如何？」居士曰：「吾之樂可勝道哉！方其得意於五物也，太山在前而不見，疾雷破柱而不驚；雖響九奏於洞庭之野，閱大戰於涿鹿之原，未足喻其樂且適也。然常患不得極吾樂於其間者，世事之為吾累者眾也。其大者有二焉，軒裳珪組勞吾形于外，憂患思慮勞吾心於內，使吾形不病而已悴，心未老而先衰，尚何暇於五物哉？雖然，吾自乞其身於朝者三年矣，一日天子惻然哀之，賜其骸骨，使得與此五物皆返於田廬，庶幾償其夙願焉。此吾之所以志也。」

客復笑曰：「子知軒裳珪組之累其形，而不知五物之累其心乎？」居士曰：「不然。累於彼者已勞矣，又多憂；累於此者既佚矣，幸無患。吾其何擇哉？」

於是與客俱起，握手大笑曰：「置之，區區不足較也。」已而歎曰：「夫士少而仕，老而休，蓋有不待七十者矣。吾素慕之，宜去一也。吾嘗用於時矣，而訖無稱焉，宜去二也。壯猶如此，今既老且病矣，乃以難彊之筋骸，貪過分之榮祿，是將違其素志而自食其言，宜去三也。吾負三宜去，雖無五物，其去宜矣，復何道哉！」

熙寧三年九月七日，六一居士自傳。

蘇軾〈臘日遊孤山，訪惠勤、惠思二僧〉（一〇七一年）

天欲雪，雲滿湖，樓臺明滅山有無。水清石出魚可數，林深無人鳥相呼。臘日不歸對妻孥，名尋道人實自娛。道人之居在何許？寶雲山前路盤紆。孤山孤絕誰肯廬？道人有道山不孤。紙窗竹屋深自暖，擁褐坐睡依團蒲。天寒路遠愁僕夫，整駕催歸及未晡。出山迴望雲木合，但見野鶻盤浮圖。茲遊淡薄歡有餘，到家恍如夢蘧蘧。作詩火急追亡逋，清景一失後難摹。

蘇軾〈六一泉銘并敘〉（一〇九〇年）

歐陽文忠公將老，自謂六一居士。予昔通守錢塘，見公於汝陰而南。公曰：「西湖僧惠勤甚文，而長於詩。吾昔為《山中樂》三章以贈之。子間於民事，求人於湖山間而不可得，則盍往從勤乎？」予到官三日，訪勤於孤山之下，抵掌而論人物。曰：「公，天人也。人見其暫寓人間，而不知其乘雲馭風，歷五嶽而跨滄海也。此邦之人，以公不一來為恨。公麾斥八極，何所不至？雖江山之勝，莫適為主，而奇麗秀絕之氣，常為能文者用，故吾以謂西湖蓋公几案間一物耳。」勤語雖幻怪，而理有實然者。明年，公薨，予哭於勤舍。又十八年，予為錢塘守，則勤亦化去久矣。訪其舊居，則弟子二仲在焉，畫公與勤之像，事之如生。舍下舊無泉，予未至數月，泉出講堂之後，孤山之趾，汪然溢流，甚白而甘。即其地，鑿巖架石為室。二仲謂余：「師聞公來，出泉以相勞苦，公可無言乎？」乃取勤舊語，推本其意，名之曰六一泉，且銘之曰：

泉之出也，去公數千里。後公之沒，十有八年。而名之曰六一，不幾於誕乎？曰：君子之澤，豈獨五世而已？蓋得其人，則可至於百傳。嘗試與子登孤山而望吳越，歌《山中》之樂而飲此水，則公之遺風餘烈，亦或見於斯泉也。

蘇軾〈書六一居士傳後〉（約一〇七〇年）

蘇子曰：「居士可謂有道者也。」或曰：「居士非有道者也。有道者，無所挾而安，居士之於五物，捐世俗之所爭，而拾其所棄者也。烏得為有道乎？」蘇子曰：「不然。挾五物而後安者，惑也。釋五物而後安者，又惑也。且物未始能累人也，軒裳圭組，且不能為累，而況此五物乎？物之所以能累人者，以吾有之也。吾與物俱不得已而受形於天地之間，其孰能有之？而或者以為己有，得之則喜，喪之則悲。今居士自謂六一，是其身均與五物為一也。不知其有物耶，物有之也？居士與物均為不能有，其孰能置得喪於其間？故曰：居士可謂有道者也。雖然，自一觀五，居士猶可見也。與五為六，居士不可見也。居士殆將隱矣。」

張岱《西湖夢尋》〈六一泉〉

六一泉在孤山之南，一名竹閣，一名勤公講堂。宋元祐六年，東坡先生與會勤上人同哭歐陽公處也。勤上人講堂初構，掘地得泉，東坡為作泉銘。以兩人皆列歐公門下，此泉方出，適哭公訃，名以六一，猶見公也。其徒作石屋覆泉，且刻銘其上。南渡高宗為康王時，常使金，夜行，見四巨人執殳前驅。登位後，問方士，乃言紫薇垣有四大將，曰：天蓬、天猷、翊聖、真武。帝思報之，遂廢竹閣，改延祥觀，以祀四巨人。至元初，世祖又廢觀為帝師祠。泉沒于二氏之居二百餘年。元季兵火，泉眼復見，但石屋已圮，而泉銘亦為鄰僧舁去。洪

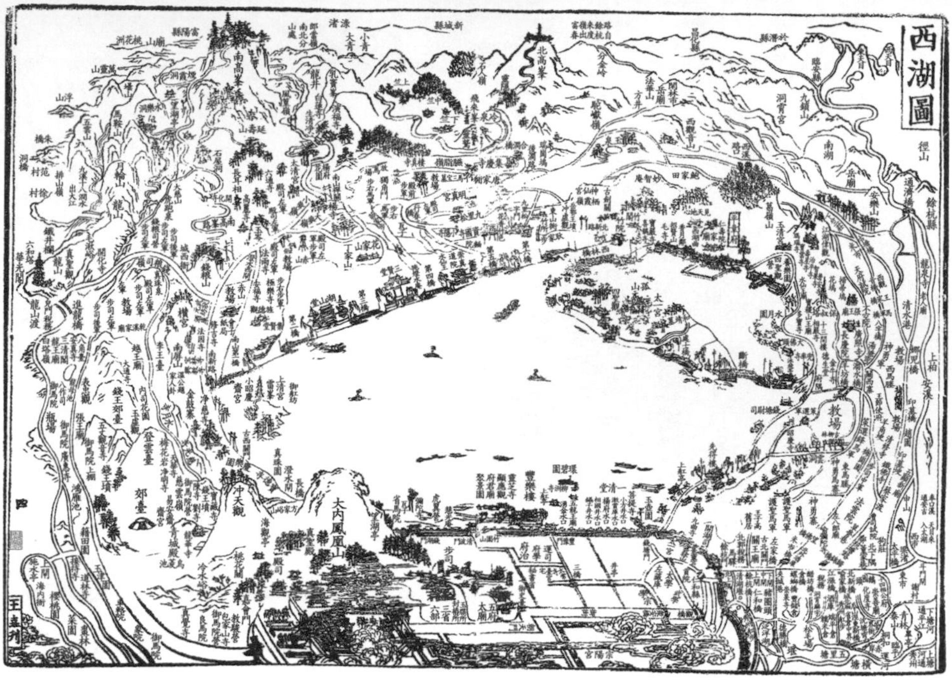

宋版《咸淳臨安志》西湖圖（姜青青復原）

武初，有僧名行升者，鋤荒滌垢，圖復舊觀。仍樹石屋，且求泉銘，復于故處。乃欲建祠堂，以奉祀東坡、勤上人，以參寥故事，力有未逮。教授徐一夔為作疏曰：「睠茲勝地，實在名邦。勤上人於此幽栖，蘇長公因之數至。迹分緇素，同登歐子之門；誼重死生，會哭孤山之下。惟精誠有感通之理，故山嶽出迎勞之泉。名聿表於懷賢，恍式昭於薦菊。雖存古迹，必肇新祠。此舉非為福田，實欲共成勝事。儒冠僧衲，請恢雅量以相成；山色湖光，行與高峯而共遠。願言樂助，毋誚濫竽。」

鎮江

潤州（鎮江）

鎮江古稱潤州、丹徒、京口等等，位於長江南岸，是南下常州、北上揚州、西接南京、東往泰州的必經之路。因公務或私事，據統計，蘇軾到過鎮江至少十一次。鎮江著名的古剎金山寺，位於江中島嶼，始建於東晉，至清代才與陸地相連。蘇軾到鎮江，經常參訪金山寺。

談到金山寺，我們的印象便是白蛇傳故事的「水漫金山」，以及蘇軾和雲門宗僧人佛印了元（一〇三二—一〇九八）的交往。佛印於一〇八二—一〇八八年間住持金山寺，蘇軾大約在一〇八〇年於黃州時和佛印書信往來，當時佛印在廬山。後來蘇軾往廬山和佛印見面，兩人談話十分投機。

南宋託名蘇軾撰寫的《東坡問答錄》（又名《東坡居士佛印禪師語錄問答》），內容多為虛設附會蘇軾和佛印的故事，為明清的小說戲曲增添了趣味的素材。

金山寺雨中聞鈴

一直想去鎮江，想去金山寺。

去看傳說中的「東坡玉帶」，去看米芾、米友仁父子筆下「米氏雲山」的實景。

研究瀟湘八景詩畫時，仔細考查了米氏父子的生平遊歷，知道米友仁成人後並沒有去「瀟湘」的所在地湖南的經驗。那麼，米友仁的《瀟湘奇觀圖》、《瀟湘白雲圖》，這些以「瀟湘」為題目的作品，畫的是哪裡的風景呢？

我反覆觀看，想到米友仁曾修葺父親在潤州（鎮江）的海岳庵居所，找到了古代的地理書方志，對照鎮江的圖片，突然發現畫的正是金山寺附近的風光！

我興奮地跑出研究室，對著第一位見到的同事大叫：「我要去鎮江！」

對方莫名其妙，我說：「鎮江就是瀟湘！」

對方更覺得莫名其妙了。

這一說就過了十多年。每次應邀去南京開會或講學，就想把鎮江納入行程裡。今年，完成了一場學術研討會和兩場演講的工作，終於從南京搭乘高鐵，花二十分鐘就來到了鎮江。

遠遠地，看到米友仁畫裡的寺塔，即使後代重修，塔的位置基本變化不大。進入寺內，便請教僧人「東坡玉帶」的藏所。僧人說在觀音閣，是複製的。

複製的？

我心心念念了十多年，遠渡重洋來看一個假貨？不免失望。

拾級而上，飄飛的雨絲逐漸粗密，嘩嘩打落。那玉帶，曾經繫在東坡腰上。

一日東坡去找佛印禪師，佛印正與眾徒在內室，見東坡來，問道：「這裡沒有坐榻，居士來這裡做什麼？」

東坡說：「暫借佛印的『四大』為坐榻。」

佛印說：「山僧有一問，居士如果答得出，便請您坐；如果答不出，就將您的玉帶子輸給我。」

東坡欣然同意，讓佛印出題。

佛印問：「您剛才說要以我的『四大』為坐榻，然而山僧四大（地、水、火、風）本空，五陰（色、受、想、行、識）非有。居士要坐哪裡？」東坡一時語塞，於是解下腰間玉帶，送給了佛印。

這個故事記載在《五燈會元》，我初讀時，雖知重點在鬥智與禪機，卻禁不住要往實裡想：那玉腰帶是東坡身上之物，留有他的手澤指紋。

複製件當然不會有原件的靈氣。站在慈壽塔前廊下避雨，覺得「東坡玉帶複製品」真是比今天的大雨還殺風景，不值一觀。

我繞向清代重修的慈壽塔後方，堆積雜物的角落牆面嵌了幾塊字跡漫漶的石碑。左右張望，抬頭怎麼也看不到塔頂，毫無遠眺時的氣象，更別提米友仁畫裡的山煙水霧，秀致高雅。

雨勢稍歇，我轉回正殿上的平臺，極目向長江，長舒了一口氣。

東坡一生多次來到金山寺，他的家鄉四川是長江流經之地，金山寺在長江下游，所以在一〇七一年作的〈遊金山寺〉詩開篇就說：「我家江水初發源，宦遊直送江入海。」他想在山頂回望家鄉，無奈山巒阻隔——「試登絕頂望鄉國，江南江北青山多。」那晚他受寺僧邀請留宿，看到了至今仍令人不解的奇景：「江心似有炬火明，飛焰照山棲鳥驚。」江山勝美，而終究他牽掛的還是早日由仕途返還，他暗自向江神起誓：「我謝江神豈得已，有田不歸如江水。」

後來他還和柳子玉在金山寺狂飲大醉到睡在寶覺禪師的榻上，半夜醒來，率性寫詩題壁。

從海南北歸，再訪金山寺，見到自己的畫像，題了意味深長的詩：

心似已灰之木，身如不繫之舟。問汝平生功業，黃州惠州儋州。

兩個月後，東坡病逝於常州。

東坡的題壁詩和畫像，現在都看不到了，怎麼我還執著要看玉腰帶呢？

陣陣風搖撼簷角銅鈴，那聲響清脆悠然。

好像可以就這樣一直一直聽著鈴鐺琅琅，哪兒也不去。「四大」、「五陰」都是空有，不是實體的「坐榻」，人們評論東坡不能理事圓融，信口說出以「四大」為坐榻的狂語；我倒以為，假使連坐榻也是空性，「四大」、「五陰」，哪裡不能「坐」呢？

就算是假貨，我也瞧一瞧吧。我循著指示而去。

誰知，連複製品也沒有了。問不出去向。

佛印取了東坡的玉帶，換給他一件僧衣，東坡作偈贈之，其中提到：「此帶閱人如傳舍，流傳到我亦悠哉。」世間萬物於我，不過暫時的擁有，隨緣的流傳。

雨停了。鈴聲依然回盪。

延伸閱讀

蘇軾〈遊金山寺〉（一〇七一年）

我家江水初發源，宦遊直送江入海。聞道潮頭一丈高，天寒尚有沙痕在。中泠南畔石盤陀，古來出沒隨濤波。試登絕頂望鄉國，江南江北青山多。羈愁畏晚尋歸楫，山僧苦留看落日。微風萬頃靴文細，斷霞半空魚尾赤。是時江月初生魄，二更月落天深黑。江心似有炬火明，飛焰照山棲鳥驚。悵然歸臥心莫識，非鬼非人竟何物。（是夜所見如此。）江山如此不歸山，江神見怪驚我頑。我謝江神豈得已，有田不歸如江水。

蘇軾〈金山寺與柳子玉飲，大醉，臥寶覺禪榻，夜分方醒，書其壁〉（一〇七四年）

惡酒如惡人，相攻劇刀箭。頹然一榻上，勝之以不戰。詩翁氣雄拔，禪老語清軟。我醉都不知，但覺紅綠眩。醒時江月墮，摵摵風響變。惟有一龕燈，二豪俱不見。

蘇軾〈大風留金山兩日〉（一〇七九年）

塔上一鈴獨自語，明日顛風當斷渡。朝來白浪打蒼崖，倒射軒窗作飛雨。龍驤萬斛不敢過，漁舟一葉從掀舞。細思城市有底忙，卻笑蛟龍為誰怒。無事久留童僕怪，此風聊得妻孥許。灊山道人獨何事，夜半不眠聽粥鼓。

蘇軾〈以玉帶施元長老元以衲裙相報次韻〉二首（一〇八九年）

病骨難堪玉帶圍，鈍根仍落箭鋒機。欲教乞食歌姬院，故與雲山舊衲衣。此帶閱人如傳舍，流傳到我亦悠哉。錦袍錯落差相稱，乞與佯狂老萬回。

蘇軾〈自題金山畫像〉（一一〇一年）

心似已灰之木，身如不繫之舟。問汝平生功業，黃州惠州儋州。

鎮江金山寺（2017年，孔令俐攝）

徐州

徐州

徐州古稱彭城，蘇軾於一〇七七年四月到一〇七九年二月擔任徐州知州。在徐州，蘇軾主要的政績包括抗洪救災、祈雨治旱、勘探石炭（煤）、精冶鐵礦等等。

一〇七七年，蘇軾為李邦直修建的亭子命名為「快哉亭」。我們從蘇轍的作品得知，蘇軾在密州（山東諸城）時就修建一座「快哉亭」。後來在黃州（湖北黃岡），蘇軾又為張夢得修建的亭子命名為「快哉亭」。密州、徐州和黃州的三個「快哉亭」，目前只有徐州一處，為一九八〇年代重建。

快哉亭上草萋萋

推開虛掩的雙扇大門，輕微的咿呀響。探頭左右張望，約莫一百米之外，一幢重檐攢尖式的仿古建築，兩側延伸敞廊。

正想踩著裂磚往前瞧一瞧柱子上的楹聯文字，身後被喚住制止。

我轉頭看見一位老者向我招手，要我返回。

「危險！房上的屋瓦會掉下來砸傷人。」他說。

老者問我怎麼進來這個小院。

「快哉亭公園」，我就是衝著這「快哉亭」來的啊。

燥熱的徐州，清晨落了清新的陣雨。雨停了，我收起傘，任風搖樹梢滴滴答答的水珠點在衣上。涼亭裡聊天唱歌賞荷花的爺爺奶奶自得其樂。我從網路上查到「快哉亭」的位置，順著指示走，和遇到的路人確定方向。

「請問快哉亭是從這條路去嗎？」我在路叉口問。

大嬸一邊搖著蒲扇說：「快哉亭？這裡就是快哉亭哪！」

我說：「是在這公園裡，有個像亭子的……」

徐州快哉亭（攝於2017年）

她歪著頭想，手指往反方向：「亭子在那邊。」

旁邊的大叔說：「不是那個亭子。」他朝我說：「妳說的『快哉亭』不能進了！在前面小坡上。」

果然，走到水泥階梯下，吃了閉門羹。

在底下拍了幾張照片，意猶未盡。拾級登臨門外，發現門沒鎖。

站在快哉亭的院子裡，我和守院的老者閒聊，他說姓丁，來這裡幾年了。

一〇七七年蘇軾任徐州知州，駐節徐州的京東提刑使李邦直在城東南高地建亭，蘇軾作〈快哉此風賦〉，亭子便命名為「快哉亭」。現在的「快哉亭」是一九八〇年代所建，丁伯伯說，年久失修，這裡遊客不能進來。原來是大門沒鎖好，我剛巧「趁虛而入」呀！

我們望著長了草和小樹的亭臺屋頂，這裡廢棄多久了呢？敞廊裡有碑刻，我想過去看一下，剛要往前，再度被制止。

蘇軾很喜歡「快哉」這個詞，「快哉」源自戰國時代宋玉的〈風賦〉。〈風賦〉裡寫道：某天，宋玉和景差陪同楚襄王遊覽蘭臺宮，一陣涼爽的風颯颯吹來，楚襄王忍不住敞開衣襟，迎著風說：「快哉此風！」

「快哉」的「快」，既傳達風的速度，也顯示風使人通體舒暢。人們在高臺或四面無牆的亭子，往往能感受風的吹拂，為亭子命名「快哉亭」，恰如其分。在密州、徐州、黃州，都有蘇軾命名的「快哉亭」，如今只剩徐州保留遺址。

宋玉寫〈風賦〉；蘇軾寫〈快哉此風賦〉，表面上只是沿用了宋玉「快哉此風」的語句，可是兩文一加比較，就能發現蘇軾超越甚至推翻宋玉的觀點。在〈風賦〉裡，楚襄王在「快哉此風」之後說：「寡人所與庶人共者邪？」意思是：這麼舒服的風，平民百姓也能享受嗎？宋玉趁機從身分、階級、環境的差異，區別高下貴賤，說大王吹的是「大王雄風」；平民百姓吹的是「庶人雌風」。「大王雄風」使人開朗；「庶人雌風」讓人生病。

宋玉想勸說大王體恤百姓生活，但是很難肯定，如果楚襄王智商和情商不高，會不會反而助長了他的優越感呢？

蘇軾雖然擔任一州的行政長官，並不因此認為大自然對於每個人有個別條件待遇，〈快哉此風賦〉說：

> 賢者之樂，快哉此風。雖庶民之不共，眷佳客以攸同。穆如其來，既偃小人之德；颯然而至，豈獨大王之雄。

賢者和小人、大王和庶人，接受的是同樣的風。如果有什麼差別，不是基於天生的社會層級，而是道德修養。即使是小人，也有機會被溫和的風感化，這就是《論語》裡說的：「君子之德風，小人之德草。草上之風，必偃。」施行仁政的官員，是能讓百姓暢快的啊！

後來到了黃州，蘇軾有職銜而無職權，他替和他同樣被貶謫的張偓佺（張夢得，字懷民，一字偓佺）築的亭子還是命名「快哉亭」。蘇軾的弟弟蘇轍寫了〈黃州快哉亭記〉，更是直接否定了宋玉的「雄風」、「雌風」說法：「夫風無雄雌之異，而人有遇不遇之變。楚王之所以為樂，與庶人之所以為憂，此則人之變也，而風何與焉？」他認為「快哉」的關鍵是人的內心價值判斷。蘇軾則寫了〈水調歌頭〉詞給張偓佺，尾句為：

堪笑蘭臺公子，未解莊生天籟，剛道有雌雄。一點浩然氣，千里快哉風。

他把宋玉和莊子相比，高下立現。風不因人的貴賤有別，而是取決於人是否能培養孟子所說，至大至剛的浩然之氣。人行得正，風吹不倒，快哉！

小院裡的風，颳不起巴掌大的梧桐落葉。丁伯伯示意我該離開了。向眼前這頹壞的快哉亭投以最後一瞥，雙扇朽門咿呀關上。

延伸閱讀

蘇轍〈寄題密州新作快哉亭〉二首（一〇七六年）

車騎崩騰送客來，奔河斷岸首頻回。鑿成戶牖功無幾，放出江湖眼一開。景物為公爭自致，登臨約我共追陪。自矜新作超然賦，更擬蘭臺誦快哉。檻前濰水去沄沄，洲渚蒼茫煙柳勻。萬里忽驚非故國，一樽聊復對行人。謝安未厭頻攜妓，汲黯猶須臥理民。試問沙囊無處所，于今信怯定非真。

蘇軾〈快哉此風賦〉（一〇七七年）

時與吳彥律、舒堯文、鄭彥能各賦兩韻，子瞻作第一第五。

賢者之樂，快哉此風。雖庶民之不共，眷佳客以攸同。穆如其來，既偃小人之德；颯然而至，豈獨大王之雄？若夫鷁退宋都之上，雲飛泗水之湄。寥寥南郭，怒號於萬竅；颯颯東海，鼓舞於四維。固以陋晉人一吷之小，笑玉川兩腋之卑。野馬相吹，摶羽毛於汗漫，應龍作處，作鱗甲以參差。

蘇軾〈水調歌頭・黃州快哉亭贈張偓佺〉（一〇八三年）

落日繡簾捲，亭下水連空。知君為我新作，窗戶濕青紅。長記平山堂上，攲枕江南煙雨，杳杳沒孤鴻。認得醉翁語，山色有無中。一千頃，都鏡淨，倒碧峰。忽然浪起，掀舞一葉白頭翁。堪笑蘭臺公子，未解莊生天籟，剛道有雌雄。一點浩然氣，千里快哉風。

蘇轍〈黃州快哉亭記〉（一〇八三年）

江出西陵，始得平地，其流奔放肆大；南合湘、沅，北合漢、沔，其勢益張；至於赤壁之下，波流浸灌，與海相若。

清河張君夢得，謫居齊安，即其廬之西南為亭，以覽觀江流之勝；而余兄子瞻，名之曰快哉。蓋亭之所見，南北百里，東西一舍。濤瀾洶湧，風雲開闔。晝則舟楫出沒於其前，夜則魚龍悲嘯於其下。變化倏忽，動心駭目，不可久視。今乃得翫之几席之上，舉目而足。西望武昌諸山，岡陵起伏，草木行列，煙消日出，漁夫樵父之舍，皆可指數，此其所以為快哉者也。

至於長洲之濱，故城之墟，曹孟德、孫仲謀之所睥睨，周瑜、陸遜之所騁騖，其流風遺迹，亦足以稱快世俗。昔楚襄王從宋玉、景差於蘭臺之宮，有風颯然至者，王披襟當之，曰：「快哉此風！寡人所與庶人共者耶？」宋玉曰：「此獨大王之雄風耳，庶人安得共之？」玉之言，蓋有諷焉。夫風無雌雄之異，而人有遇不遇之變；楚王之所以為樂，與庶人之所以為憂，此則人之變也，而風何與焉？

士生於世，使其中不自得，將何往而非病？使其中坦然，不以物傷性，將何適而非快？今張君不以謫為患，竊會稽之餘功，而自放山水之閒，此其中宜有以過人者。將蓬戶甕牖，無所不快；而況乎濯長江之清流，揖西山之白雲，窮耳目之勝，以自適也哉！不然，連山絕壑，長林古木，振之以清風，照之以明月，此皆騷人思士之所以悲傷憔悴而不能勝者。烏睹其為快也哉？

黃州

黃州（湖北省黃岡市）……………………

蘇軾因烏臺詩案被貶黃州，責授檢校尚書水部員外郎充黃州團練副使，本州安置，不得簽書公事，一〇八〇年二月一日抵達黃州，作〈到黃州謝表〉云：「仁聖矜憐，特從輕典。赦其必死，許以自新。祇服訓辭，惟知感涕」，彷彿仍心有餘悸。

黃州期間是蘇軾文學和思想重要的轉化階段。他躬耕城東坡地，自號東坡居士，創作了著名的前後〈赤壁賦〉、〈念奴嬌．赤壁懷古〉；體悟佛道，關注養生。蘇軾在黃州待到一〇八四年四月移汝州團練副使。

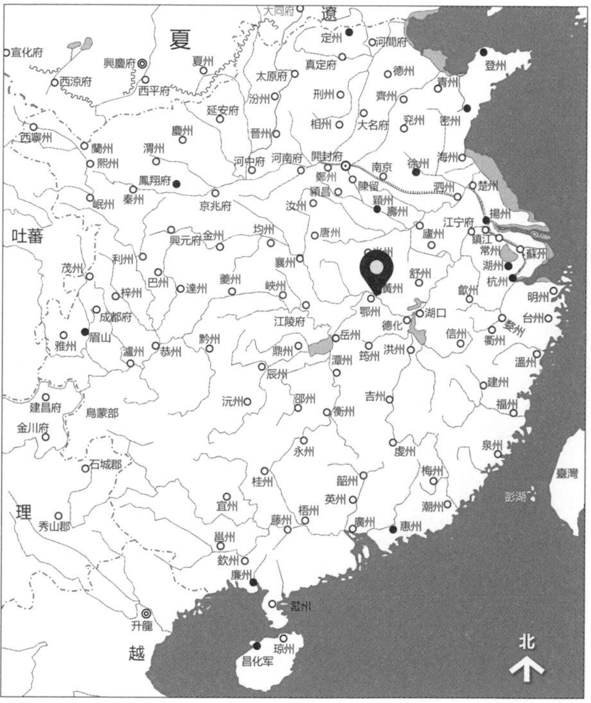

何處是東坡

到雜貨鋪買瓶水，順便問路。（或是為了問路去買水。）

不意外，不曉得。

寫在紙上，「定．惠．院」，他說沒聽過這個地方。

二〇一〇年，智慧型手機還不普遍，更別想衛星導航地圖。當地人都說沒有，你還想怎樣？

我打開水瓶，仰頭灌下一口，被店員叫回去。

「會不會是定花園？」他指著外邊。

什麼花園？我要找的是廟不是花園。

他說這附近沒有廟。妳要拜菩薩得去……

我沒聽懂他說的地方，我不是要去拜菩薩，嗯，可以跟他說，我是要去看廟旁的海棠花嗎？他會不會再說：「看花就去花園看」？

他看起來約莫二三十歲，說話有很濃的家鄉音。「定花園」，我聽了幾遍才明白，像是說「定惠院」。

依他所指，我拐進一條小路，住宅區的門牌寫的是「定花院」。啊？不是「花園」哪？

一些住戶家有兩個門牌，「定花院」和「青磚湖」。還有的路標寫的是「定花苑」、「淀花園」。想來，這附近或許就是蘇軾在黃州寓居的「定惠院」，文字遺落，剩餘諧音。

路勢逐漸高隆，我正在走著的，會不會就是定惠院南的柯山？蘇軾之後，蘇門四學士之一的張耒也在一〇九七年和一一〇二年兩度被貶謫到這裡，而且六年內三度往返黃州，就住在柯山。蘇軾特別欣賞柯山上的一株西蜀海棠，作詩〈寓居定惠院之東，雜花滿山，有海棠一株，土人不知貴也〉，還有詩說：「柯丘海棠吾有詩，獨笑深林誰敢侮。」

不見海棠，倒是路旁有一墩看似廟的遺跡的石蓮花礎座。蘇軾為什麼要住在廟裡呢？

他的職位「檢校尚書水部員外郎充黃州團練副使」，這是朝廷安置貶謫官員的虛職，位「從八品」，低於蘇軾原任知州的六品官，甚且低於蘇軾的第一份職務「大理評事，簽書鳳翔府節度判官」的正八品位階。不但位階低，且只能領些許津貼，不能住官家宿舍。蘇軾的長子蘇邁陪父親剛到黃州，幸而得到定惠院的僧顒收留，讓他們住了三個多月。

後來蘇轍陪同蘇軾的其他家人到黃州團聚。蘇邁已經於一〇七七年和呂陶的女兒結婚，並於第二年生下一子蘇簞，加上蘇軾的乳母任採蓮，這四代同堂的家庭包括繼室王閏之、王閏之生的次子蘇迨、三子蘇過，侍妾朝雲，加上僕役至少十餘口人，不合適再住寺廟，一〇八〇年五月二十九日，蘇軾遷居臨皋亭。

臨皋亭是一處臨長江的廢棄驛站，蘇軾有詩：「幸茲廢棄餘，疲馬解鞍馱。全家占江驛，絕境天為破。」江水經流變遷，學者研究臨皋亭的位置有兩種說法，一說是青磚湖社區路附近，在黃州大道黃岡市黨校附近。那出土有明代隆慶年間處士方公暨妻嚴氏墓誌銘（現藏黃岡博物館），銘文云：「嗚呼臨皋！東紘青山。」另一說是位於黃岡中學（現啓黃中學）內。從網上資料看到校園裡建了一座涼亭，我在學校門口張望，近千年前，這裡是通往東坡雪堂的黃泥坂吧。

一〇八一年二月，蘇軾的友人馬正卿為他請求知州把城東邊一片大約五十畝的舊營地讓蘇軾耕種。這片土地荒廢許久，長滿荊棘，散落瓦礫。蘇軾為了養活全家人，挽起袖子當農夫，他的辛勤勞動不僅收穫了糧食，更造就了如今馳名中外的「東坡居士」。

「東坡居士」的「東坡」指的是城東邊的坡地。後人認為應該有典故，比如洪邁年和周必大指出是受到白居易在忠州（四川忠縣）作〈東坡種花〉、〈步東坡〉的影響。

蘇軾寫給友人王鞏（定國）的信裡，說想自號「鏖糟陂裡陶靖節」，問王鞏覺得怎麼樣？可能沒有得到正面的支持吧？「鏖糟陂」是京師開封城外的一處沼澤地，蘇軾後來戲謔程頤，說他是「鏖糟陂裡叔孫通」，意思是從髒亂卑地裡冒出來，不知變通的腐儒，不像正牌的西漢儒者叔孫通。他說自己是個空殼的陶淵明。黃州多湖，他給王元直的信裡說：「黃州真在井底。」既表示這裡潮濕鬱悶，也感慨消息閉塞。陶淵明久出塵世樊籬，回返田園自然，多麼瀟灑！自己卻是為了糊口，不得不應付貧瘠的土地和惡劣的氣候，可不是個「山寨」的隱士嗎？

蘇軾在東坡耕地旁邊，建了房屋，屋成時正逢大雪，所以在屋壁畫滿雪，稱為「雪堂」。從居處臨皋亭到雪堂的黃泥巴坡路，因為蘇軾的〈黃泥坂詞〉而留下歷史的記憶，被標注在明代弘治年間刊印的《黃州府志》地圖上。

有了「黃泥坂」當座標，似乎很容易確定「東坡」和「雪堂」的位置。其實不然，明清時期的黃州城和宋代的黃州城並非同一區域，二者是重疊？還是宋城在明清城的南方呢？日本的內山精也；

臺灣的李常生；大陸的饒學剛、何學善、王琳祥、周剛、張龍飛、梁敢雄諸位先生都在尋找，提出各自的看法。他們使用的材料，除了古代的詩文和方志記載，還包括二十世紀初以來日本軍方測繪，標有等高線的地圖。

滄海桑田，不變的唯有東坡遊歷的赤壁和洗浴坐禪的安國寺，分別位於城西／西北和城南。我走在黃岡市的八一路，注意到地勢往上傾斜，遛達進黃岡日報社，裡面地勢更高。東坡，就在這裡嗎？

往西走，這裡有勝利街、考棚街、賈家街、青雲街，稱為十三坡和十八坡，這裡也是坡地。再往北走，有體育路，進入七一路的三博中學，操場附近也是坡地。坐在籃球場旁的水泥階梯，涼風徐徐，我望著三三兩兩的學生，想到蘇軾謫居黃州，正是和我同樣的年齡……。

東坡，安在哉？

後記

二〇一〇年我應邀參加湖北黃岡的「東坡文化國際論壇」，對蘇軾在黃州的幾處居所和活動區域做了初步的踏查。我以安國寺和黃州赤壁為座標，走訪了定惠院、臨皋亭和東坡的大致範圍。後來黃岡人民政府組織專家進行調查研究，提出了定案。比如把「定花苑」等不一致的地名改為「定惠院」，設「定惠院路」，在青磚湖西北的青磚湖路立「定惠院遺址」石碑。把臨皋亭遺址定位在青磚湖西側，設「臨皋亭路」，立石碑於西湖一路二十二號「文峰寶邸」住宅區外。

蘇軾〈卜算子・黃州定慧院寓居作〉（一〇八〇年）

缺月挂疏桐，漏斷人初靜。誰見幽人獨往來，縹緲孤鴻影。驚起卻回頭，有恨無人省。揀盡寒枝不肯棲，寂寞沙洲冷。

蘇軾〈寓居定惠院之東，雜花滿山，有海棠一株，土人不知貴也〉（一〇八〇年）

江城地瘴蕃草木，祇有名花苦幽獨。嫣然一笑竹籬間，桃李漫山總麤俗。也知造物有深意，故遣佳人在空谷。自然富貴出天姿，不待金盤薦華屋。朱唇得酒暈生臉，翠袖卷紗紅映肉。林深霧暗曉光遲，日暖風輕春睡足。雨中有淚亦悽愴，月下無人更清淑。先生食飽無一事，散步逍遙自捫腹。不問人家與僧舍，拄杖敲門看修竹。忽逢絕艷照衰朽，歎息無言揩病目。陋邦何處得此花，無乃好事移西蜀。寸根千里不易致，銜子飛來定鴻鵠。天涯流落俱可念，為飲一樽歌此曲。明朝酒醒還獨來，雪落紛紛那忍觸。

蘇軾〈遷居臨皋亭〉（一〇八〇年）

我生天地間，一蟻寄大磨。區區欲右行，不救風輪左。雖云走仁義，未免違寒餓。劍米有危炊，針氈無穩坐。豈無佳山水，借眼風雨過。歸田不待老，勇決凡幾箇。幸茲廢棄餘，疲馬解鞍馱。全家占江驛，絕境天為破。飢貧相乘除，未見可吊賀。澹然無憂樂，苦語不成些。

蘇軾〈東坡八首并敘〉（一〇八一年）

余至黃州二年，日以困匱，故人馬正卿哀余乏食，為於郡中請故營地數十畝，使得躬耕其中。地既久荒為茨棘瓦礫之場，而歲又大旱，墾闢之勞，筋力殆盡。釋耒而歎，乃作是詩，自愍其勤，庶幾來歲之入以忘其勞焉。

其一

廢壘無人顧，頹垣滿蓬蒿。誰能捐筋力，歲晚不償勞。獨有孤旅人，天窮無所逃。端來拾瓦礫，歲早土不膏。崎嶇草棘中，欲刮一寸毛，喟然釋耒歎，我廩何時高。

其二

荒田雖浪莽，高庳各有適。下隰種秔稌，東原蒔棗栗。江南有蜀士，桑果已許乞。好竹不難栽，但恐鞭橫逸。仍須卜佳處，規以安我室。家僮燒枯草，走報暗井出。一飽未敢期，瓢飲已可必。

其三

自昔有微泉，來從遠嶺背。穿城過聚落，流惡壯蓬艾。去為柯氏陂，十畝魚蝦會。歲旱泉亦竭，枯萍黏破塊。昨夜南山雲，雨到一犁外。泫然尋故瀆，知我理荒薈。泥芹有宿根，一寸嗟獨在。雪芽何時動，春鳩行可膾。（蜀人貴芹芽膾，雜鳩肉作之。）

其四

種稻清明前，樂事我能數。毛空暗春澤，針水聞好語。（蜀人以細雨為雨毛。稻初生時，農夫相語稻針出矣。）分秧及初夏，漸喜風葉舉。月明看露上，一一珠垂縷。秋來霜穗重，顛倒相撐拄。但聞畦隴間，蚱蜢如風雨。（蜀中稻熟時，蚱蜢羣飛田間，如小蝗狀，而不害稻。）新舂便入甑，玉粒照筐筥。我久食官倉，紅腐等泥土。行當知此味，口腹吾已許。

其五

良農惜地力，幸此十年荒。桑柘未及成，一麥庶可望。投種未逾月，覆塊已蒼蒼。農夫告我言，勿使苗葉昌。君欲富餅餌，要須縱牛羊。再拜謝苦言，得飽不敢忘。

其六

種棗期可剝，種松期可斲。事在十年外，吾計亦已慤。十年何足道，千載如風雹。舊聞李衡奴，此策疑可學。我有同舍郎，官居在灊岳。（李公擇也。）遺我三寸甘，照座光卓犖。百栽倘可致，當及春冰渥。想見竹籬間，青黃垂屋角。

其七

潘子久不調，沽酒江南村。郭生本將種，賣藥西市垣。古生亦好事，恐是押牙孫。家有一畝竹，無時容叩門。我窮交舊絕，三子獨見存。從我於東坡，勞餉同一飧。可憐杜拾遺，事與朱阮論。吾師卜子夏，四海皆弟昆。

其八

馬生本窮士，從我二十年。日夜望我貴，求分買山錢。我今反累君，借耕輟茲田。刮毛龜背上，何時得成氈。可憐馬生癡，至今夸我賢。眾笑終不悔，施一當獲千。

蘇軾〈與王定國〉（十三）（一〇八一年）

〔⋯〕自到此〔黃州〕，惟以書史為樂，比從仕廢學，少免荒唐也。近於側左得荒地數十畝，買牛一具，躬耕其中。今歲旱，米貴甚。近日方得雨，日夜墾闢，欲種麥，雖勞苦卻亦有味。鄰曲相逢欣欣，欲自號鏖糟陂裏陶靖節，如何？〔⋯〕

左｜黃岡日報社內坡地（攝於2010年）；**右**｜黃州定惠院遺址附近（攝於2010年）

洪邁《容齋隨筆・三筆》〈東坡慕樂天〉

蘇公責居黃州，始自稱東坡居士。詳考其意，蓋專慕白樂天而然。白公有〈東坡種花〉二詩云：「持錢買花樹，城東坡上栽。」又云：「東坡春向暮，樹木今何如？」又有〈步東坡〉詩云：「朝上東坡步，夕上東坡步。東坡何所愛？愛此新成樹。」又有〈別東坡花樹〉詩云：「何處殷勤重回首？東坡桃李種新成。」皆為忠州刺史時所作也。蘇公在黃，正與白公忠州相似，因憶蘇詩，如〈贈寫真李道士〉云：「他時要指集賢人，知是香山老居士。」〈贈善相程杰〉云：「我似樂天君記取，華顛賞遍洛陽春。」〈送程懿叔〉云：「我甚似樂天，但無素與蠻。」〈入侍邇英〉云：「定似香山老居士，世緣終淺道根深。」而跋曰：「樂天自江州司馬除忠州刺史，旋以主客郎中知制誥，遂拜

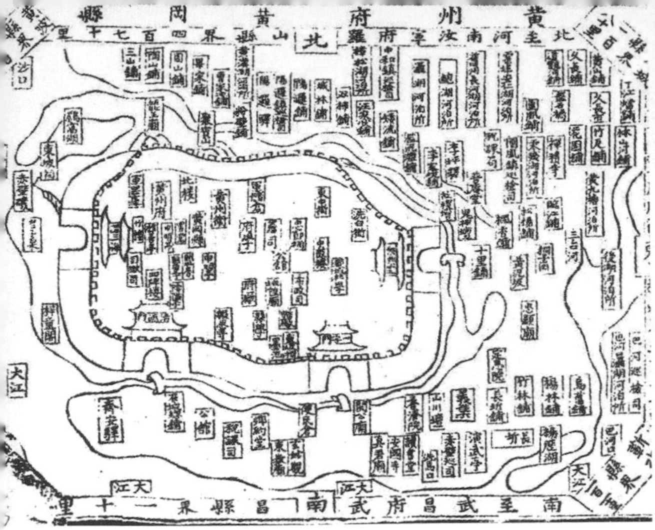

左｜《弘治黃州府志》（天一閣藏）；**右**｜黃州東坡範圍

中書舍人。某雖不敢自比，然謫居黃州，起知文登，召為儀曹，遂忝侍從。出處老少，大略相似，庶幾復享晚節閑適之樂。」〈去杭州〉云：「出處依稀似樂天，敢將衰朽較前賢。」序曰：「平生自覺出處老少粗似樂天。」則公之所以景仰者，不止一再言之，非東坡之名偶爾暗合也。

周必大《二老堂詩話》〈東坡立名〉

白樂天為忠州刺史，有〈東坡種花〉二詩。又有〈步東坡〉詩云：「朝上東坡步，夕上東坡步。東坡何所愛，愛此新成樹。」本朝蘇文忠公不輕許可，獨敬愛樂天，屢形詩篇。蓋其文章皆主辭達，而忠厚好施，剛直盡言，與人有情，於物無著，大略相似。謫居黃州，始號東坡，其原必起於樂天忠州之作也。

赤壁

怎麼說好呢？也許這樣的形容不大好明白，卻真真切切從內心的深井裡，聽見一顆墜下石子激起的水聲。咚～久久迴盪。

以為那是口早已乾涸的枯井。

一顆赤壁磯剝落的石子本就是有去無回，是我隨手拾起扔進？還是無由滾入？

我想不起來。

意識到那深井竟有迴返的水聲，我已經離赤壁好遠好遠。

水聲在上海二十六樓的酒店玻璃窗外無預警地劃破沉寂。眼前燈火輝煌，世博會接近尾聲，來自各省的遊客搶購十元一套的海寶娃娃。我從人潮擁擠的外灘散步回酒店，沿途此起彼落是相機的閃光燈。繞行支線道，鍋鑊的油煙，水溝的腥臭，咖啡的焦香，車輛的廢氣，我大口吞吸進紅塵滾滾，你說過的，這是上海的味道。

太平盛世。我來到的太平盛世像電梯迅速把我送上湛藍夜空，我看著那些霓虹彩影在雲層底，熱鬧鼎沸至夜半。躺在沙發上看桐野夏生的小說，闔上最後一頁，沒關緊的水龍頭似的，一滴深井彈跳的水聲。

我坐直了，這一聲水響，是逗號？句號？還是……？

我本來只想說，什麼與你前生宿緣的想像我很抱歉想說我不記得認識你。

而你馬上把我變成了中學生，志得意滿自願在全班同學面前背誦：「壬戌之秋，七月既望，蘇子與客泛舟遊於赤壁之下……」。從來抗拒背書，在瞠目結舌的掌聲裡坐回冰冷的木椅，臉蛋發著自己彷彿能見到的熱光。

「帶你去看一塊東坡看過的大石頭。」你說。

故壘西邊，人道是，三國周郎赤壁。

「很普通嘛，這種水邊的大石頭中國到處都有。」我佇足岸邊，這不是長江水吧？

「你不知道嗎？」你的訝異有些誇張。

憑什麼我該知道呢？而且，這山壁土石，也不夠赤紅哪。

「不像。」我端詳。山壁上硬生生黑底反白「赤壁」二字。

「怎麼不像？不像什麼？」你睜大單眼皮的雙眼。

亂石崩雲，驚濤裂岸，捲起千堆雪。

這「赤壁」不過二三十多米高，哪來的「江流有聲，斷岸千尺」？

我聳聳肩：「和電影裡的不一樣。」

你猛然弓起中指敲了一下我的頭：「電影裡的是假的，妳是相信吳宇森，還是相信我？」

呀咿，這可是個難題，吳宇森也夠帥夠酷的說。

前方還有一角突出的赭色石岩，鑿出階梯般的層級。那就是當年東坡「攝衣而上，履巉岩，披蒙茸，踞虎豹，登虬龍，攀棲鶻之危巢，俯馮夷之幽宮」的臺地嗎？

「不不。」你阻斷我的猜想，說：「那很明顯的啊，那邊是新修建的。」

我繼續抬槓：「赤壁磯根本沒處下腳，你說東坡會從哪裡捨舟登岸？」

你左顧右盼，我不等你回答，便搶先說：「那時的長江水位也許比現在低嗎？」

從赤壁磯上的棲霞樓遙望，長江在數公里外。

西望夏口，東望武昌，山川相繆，鬱乎蒼蒼。

你指著前方的山崗：「喏，那裡就是武昌西山，有黃庭堅寫過的『松風閣』。」

我極目遠眺，說：「武昌？不就是武漢三鎮那裡？武漢漢口武昌——遠得很，怎會在對面？」

你諄諄善告：「宋代武昌是現在的鄂州，現在的武昌就是……」

我的腦筋一下子裝不進那麼多複雜的資訊，只一廂情願地想，一〇八二年陰曆十月十五日，東坡「悄然而悲，肅然而恐，凛乎其不可留」之地，便在腳下。

你不置可否，「曾日月之幾何，而江山不可復識矣。」

故國身遊，江上清風吹拂你早生的華髮，多情應笑我。

茫茫然在波光粼粼中看見一艘沉沒的小舟，「東坡隨此舟永眠於斯矣。」我說。

你笑著搖搖頭：「想當然爾，一派胡言！」

還有，為什麼要寫：「遙想公瑾當年，小喬初嫁了，雄姿英發」？赤壁之戰時，周瑜已經娶小喬十年，他的婚姻也和赤壁無關啊！

見你一時語塞，我眨眨眼：「那小喬，就是朝雲哪！」

一〇八〇年，東坡納朝雲為妾，七夕同登黃州朝天門，東坡填了兩首〈菩薩蠻〉詞，其中一首寫道：「佳人言語好。不願求新巧。此恨固應知，願人無別離。」不像普通女子七夕祝禱有一雙巧手，朝雲期望的是兩人長相廝守。也正是在這一年，蘇轍寫了〈赤壁懷古〉詩，東坡以〈念奴嬌〉詞呼應弟弟，朝雲原為杭州歌伎，和唐代「念奴」的身分一致，可不就恰好嗎？

「赤壁之遊樂乎？」城市的千千萬萬睡夢，今夜屬於我的，是誰的聲音？

延伸閱讀

蘇軾〈念奴嬌・赤壁懷古〉（一〇八二年）

大江東去，浪淘盡，千古風流人物。故壘西邊，人道是，三國周郎赤壁。亂石崩雲，驚濤裂岸，捲起千堆雪。江山如畫，一時多少豪傑。　遙想公瑾當年，小喬初嫁了，雄姿英發。羽扇綸巾，談笑間，檣櫓灰飛煙滅。（檣櫓，一作「強虜」）故國神遊，多情應笑我，早生華髮。人間如夢，一尊還酹江月。（人間，一作「人生」）

蘇轍〈赤壁懷古〉（一〇八〇年）

新破荊州得水軍，鼓行夏口氣如雲。千艘已共長江險，百勝安知赤壁焚。觜距方強要一鬪，君臣已定勢三分。古來伐國須觀釁，意突成功所未聞。

蘇軾〈菩薩蠻・七夕黃州朝天門上〉二首（一〇八〇年）

其一

畫檐初挂彎彎月。孤光未滿先憂缺。遙認玉簾鉤。天孫梳洗樓。　佳人言語好。不願求新巧。此恨固應知。願人無別離。

其二

風迴仙馭雲開扇。更闌月墮星河轉。枕上夢魂驚。曉來疏雨零。　相逢雖草草。長共天難老。終不羨人間。人間日似年。

蘇軾〈臨江仙〉（一〇八二年）

夜飲東坡醒復醉，歸來髣髴三更。家童鼻息已雷鳴，敲門都不應，倚杖聽江聲。　長恨此身非我有，何時忘卻營營？夜闌風靜縠紋平，小舟從此逝，江海寄餘生。

蘇軾〈後赤壁賦〉（一〇八二年）

是歲十月之望，步自雪堂，將歸于臨皋。二客從予，過黃泥之坂。霜露既降，木葉盡脫。人影在地，仰見明月。顧而樂之，行歌相答。已而歎曰：「有客無酒，有酒無餚，月白風清，如此良夜何？」客曰：「今者薄暮，舉網得魚，巨口細鱗，狀似松江之鱸。顧安所得酒乎」歸而謀諸婦。婦曰：「我有斗酒，藏之久矣，以待子不時之須。」於是攜酒與魚，復遊於赤壁之下。江流有聲，斷岸千尺；山高月小，水落石出。曾日月之幾何，而江山不可復識矣。予乃攝衣而上，履巉巖，披蒙茸，踞虎豹，登虬龍，攀棲鶻之危巢，俯馮夷之幽宮。蓋二客不能從焉。劃然長嘯，草木震動；山鳴谷應，風起水湧。予亦悄然而悲，肅然而恐，凜乎其不可留也。反而登舟，放乎中流，聽其所止而休焉。時夜將半，四顧寂寥。適有孤鶴，橫江東來。翅如車輪，玄裳縞衣。戛然長鳴，掠予舟而西也。

須臾客去，予亦就睡。夢二道士，羽衣翩躚，過臨皋之下，揖予而言曰：「赤壁之遊樂乎？」問其姓名，俛而不答。「嗚呼噫嘻！我知之矣。疇昔之夜，飛鳴而過我者，非子也耶？」道士顧笑，予亦驚寤。開戶視之，不見其處。

上｜黃州赤壁（攝於2010年）

中｜若芬於黃州赤壁（2019年，朱剛攝）

下｜黃州赤鼻磯（攝於2010年）

韋馱菩薩站或坐

出城五里，至安國寺，亦蘇公所嘗寓。兵火之餘，無復遺迹，惟遶寺茂林啼鳥，似猶有當時氣象也。

——陸游《入蜀記》

在前往四川夔州的途中，陸游特地前往黃州（今湖北黃岡），那裡是蘇軾曾經謫居的地方。黃州的唐代古剎安國寺——蘇軾靜坐習禪，尋春賞花，沐浴清心之處，在蘇軾離開後八十多年，已經因為戰亂而毀壞，只有從自然景觀遙想當時。

九百多年後，我環顧清代重修的安國寺，聽崇諦法師講古，茂林啼鳥杳然。金碧輝煌的新殿堂和正在擴增的巍峨樓宇，滿是重振寺院的雄心。九年前初次詣訪安國寺，只見工地圍籬，不知老廟仍在。今年承蒙武漢大學吳光正教授邀請，前往講學，又特意安排黃岡、黃梅之行，終於得以入寺參拜。

位於新建安國寺北隅的清代安國禪林是三進式格局，分別是天王殿、大雄寶殿（扶風堂）和觀音殿（擇木堂）。沒有蘇軾形容的「茂林修竹，陂池亭榭」，三進之間的庭坪植栽花木盆景，清秀雅致，宛如家居民宅。

我注意到天王殿彌勒菩薩佛龕背後的韋馱（又作「陀」）菩薩像，和一般立姿的韋馱菩薩像不同，是坐相！韋馱菩薩是佛的護法，面朝主殿，照看道場，通常是頭戴鳳翅兜鍪盔，身著黃金鎧甲，足穿烏雲皂履，手執金剛降魔杵。聽說從韋馱菩薩金剛降魔杵的位置，可以判斷寺廟是否接受雲遊僧人掛單或者信眾借宿，我請教崇諦法師，他表示這是民間講法。

這種民間講法從哪裡來的呢？我查了清代姚福均輯的《鑄鼎餘聞》卷四，他根據的是梁章鉅的《浪迹續談》卷七：

> 按今大小叢林頭門內，皆立執杵韋馱，有以手按杵據地者，有雙手合掌捧杵者，詢之老僧，始知合掌捧杵為接待寺，凡遊方釋子到寺，皆蒙供養，其按杵據地者則否，可以一望而知也。

原來是一位老僧告訴梁章鉅的呀！老僧說，如果韋馱菩薩的金剛杵安置在合掌的雙肘，就表示這間寺廟可以接待外賓住宿；金剛杵直立觸地，就不行。無論哪一種，韋馱菩薩都是站姿，安國禪林的韋馱菩薩為什麼坐著，把金剛杵放在合掌的兩臂呢？

明末清初臨濟宗高僧晦山戒顯禪師所著《現果隨錄》卷三，記錄了鎮守黃州的張大治夢見一坐相韋馱，持金剛杵對他說：「汝住華房，我反住茅屋，速蓋殿與我。」張大治問韋馱菩薩處所，得知在安國寺。於是請人造訪，果然在頹塌已極的安國寺廚房茅屋中尋得傾側欲倒的坐相韋馱，立發五十金蓋殿。張大治請晦山戒顯禪師協助，在順治十五年（一六五八年）創建殿堂。

晦山戒顯禪師說：

考之古誌：南唐時，捨宅建寺者，名張大用；今來復興者，名張大治。知必前身、後身也。

這裡混用了安國寺創立的兩種記載，一是唐高宗顯慶三年（六五八年）黃州人張大用捐獻家宅為寺，僧惠立創建。另一是蘇軾在〈黃州安國寺記〉裡說的，創立於南唐元宗保大二年（九四四年），原名護國寺；北宋仁宗嘉祐八年（一〇六四年）賜名「安國」。「張大治」和「張大用」畢竟是有佛緣啊。

中國其他寺廟裡的坐相韋馱菩薩大多和顯靈託夢的神蹟有關，蘇軾有沒有夢見過韋馱菩薩呢？從〈應夢羅漢記〉我們知道，他夢見的是化身僧人的羅漢：

元豐四年（一〇八一年）正月二十一日，予將往岐亭。宿於團封，夢一僧破面流血，若有所訴。明日至岐亭，過一廟，中有阿羅漢像，左龍右虎，儀制甚古，而面為人所壞，顧之惘然，庶幾疇昔所見乎！遂載以歸，完新而龕之，設於安國寺。四月八日，先妣武陽君忌日，飯僧於寺，乃記之。

夢中面破血流的僧人讓蘇軾留下了深刻的印象，彷彿感應，第二天在廟裡就見到了一尊顏面受損的羅漢像，於是請回羅漢像，修整好放進神龕，在母親程夫人的忌日供奉於安國寺。

蘇軾在黃州寓居過的定惠院、閉關修煉四十九日的天慶觀、和張懷民夜遊的承天寺都已不存，唯有安國寺幾度興廢，仍然香煙裊裊。

投宿安國寺，聽過晚課，我也像蘇軾舒舒服服洗了個熱水澡，消盡塵勞。今晚，我會夢見什麼呢？

直到清晨鐘聲響起，一宿安眠。

延伸閱讀

蘇軾〈黃州安國寺記〉（一〇八四年）

元豐二年十二月，余自吳興守得罪，上不忍誅，以為黃州團練副使，使思過而自新焉。其明年二月，至黃。舍館粗定，衣食稍給，閉門卻掃，收召魂魄，退伏思念，求所以自新之方，反觀從來舉意動作，皆不中道，非獨今之所以得罪者也。欲新其一，恐失其二。觸類而求之，有不可勝悔者。於是，喟然嘆曰：「道不足以御氣，性不足以勝習。不鋤其本，而耘其末，今雖改之，後必復作。盍歸誠佛僧，求一洗之？」得城南精舍曰安國寺，有茂林修竹，陂池亭榭。間一二日輒往，焚香默坐，深自省察，則物我相忘，身心皆空，求罪垢所從生而不可得。一念清淨，染汙自落，表裏翛然，無所附麗。私竊樂之。旦往而暮還者，五年於此矣。寺僧曰繼連，為僧首七年，得賜衣。又七年，當賜號，欲謝去，其徒與父老相率留之。連笑曰：「知足不辱，知止不殆。」卒謝去。余是以媿其人。七年，余將有臨汝之行。連曰：「寺未有記。」具石請記之。余不得辭。寺立於偽唐保大二年，始名護國，嘉祐八年，賜今名。堂宇齋閣，連皆易新之，嚴麗深穩，悅可人意，至者忘歸。歲正月，男女萬人會庭中，飲食作樂，且祠瘟神，江淮舊俗也。四月六日，汝州團練副使眉山蘇軾記。

蘇軾〈記承天夜游〉（一〇八三年）

元豐六年十月十二日夜，解衣欲睡，月色入戶，欣然起行。念無與樂者，遂至承天寺，尋張懷民。懷民亦未寢，相與步于中庭。

庭下如積水空明，水中藻荇交橫，蓋竹柏影也。何夜無月？何處無竹柏？但少閑人如吾兩人耳。黃州團練副使蘇某書。

安國寺韋馱菩薩像（攝於2019年）

上｜安國寺（攝於2019年）

下｜安國寺旁青雲塔內菩薩像（攝於2019年）

水療

蘇軾之於黃州安國寺，用一個字概括，就是「洗」——洗身、洗心。洗身愉悅；洗心淨空。

一〇八〇年剛到黃州的時候，蘇軾沒有居所，家人也還在前往黃州的路上，他借住在城東南的定惠院，隨僧蔬食。他告訴友人王定國，自己在貶所的生活情形：「所云出入，蓋往村寺沐浴，及尋溪傍谷釣魚採藥，聊以自娛耳。」蘇軾每隔一兩天就去城南的安國寺「水療」。抽象的，以及實質的，藉著清洗，療癒因烏臺詩案大難不死，驚魂甫定的身心。

將近五年的「水療」，蘇軾臨行赴汝州之際，安國寺的繼連禪師請求蘇軾為寺作記。在〈黃州安國寺記〉裡，我們看到蘇軾力求深刻反省過去的所做所為，尋找改過自新的方法。他認為自己得罪朝廷是因為舉止「不中道」，這並非偶然事件，而是長期積累的後果，必須從基本解決，他說：

> 道不足以御氣，性不足以勝習。不鋤其本，而耘其末，今雖改之，後必復作。盍歸誠佛僧，求一洗之？

知「道」、明「性」，都不敵個人的習氣，習氣是根源，怎樣痛自悔改，假使習氣仍在，以後還是不免犯錯。有了這樣的想法，蘇軾決定求助於佛僧，經由「清洗」來重新做人。他「焚香默坐，深自省察，則物我相忘，身心皆空，求罪垢所從生而不可得。一念清淨，染汙自落，表裏翛然，無所附麗。」顯然達到袪除內外汙垢的效果。

同時，他也在安國寺浴室潔淨身體，作〈安國寺浴〉詩，詩裡提到每個月用熱水洗一次頭髮，休憩小閣，清清爽爽地欣賞寺院的竹林，身心舒暢，忘卻俗世的榮辱，然後安安靜靜回到住所。

蘇軾在安國寺的清洗觀念，使我想到《楞嚴經》裡跋陀婆羅因水悟道的故事。「跋陀婆羅」漢文譯名為賢護菩薩，他有一天依常例進入浴室，「忽悟水因，既不洗塵，亦不洗體，中間安然，得無所有。」洗澡水清潔的是身體？還是身體上的塵垢？洗澡水本來是乾淨的，洗了身體／塵垢就髒汙了，髒汙的水性質仍是水，流歸大地，再被汲取回來洗澡，又成了乾淨的洗澡水。如同《心經》裡的「不垢不淨」，故而安處於「中間」，「中間」就是「空有」。他領悟的「得無所有」，和六祖慧能詩偈的「本來無一物，何處惹塵埃」相通，都是不執著於分別色相。

跋陀婆羅在浴室「妙觸宣明，成佛子住」，由水觸身而了然佛性，臻於圓通，佛寺的浴室因此稱為「宣明」。我好奇安國寺的浴室是什麼樣子？蘇軾又是怎麼沐浴的呢？

日本僧人摹寫的中國五山十刹圖樣，例如無著道忠的《大宋名藍圖》（又名《大宋五山圖說》），讓我們得知南宋著名寺廟的建築布局和內在結構，臆想安國寺可能的設置。浴室在哪裡？杭州靈隱寺全境中軸線的最東側有「宣明」；寧波天童寺的「宣明」在山門西側，可見浴室的位置沒有定制。浴室裡面的格局如何？天童寺的浴室匾額題「香水海」，入門右邊有「焙脚布爐」、「脚布」類似浴巾，用來圍身。面寬七間，內深四間，中央是兩個大浴池，浴池周邊有座位（也可能是水桶），最裡面是燒熱水的鑊。

僧人沐浴有一套禮儀規矩，南宋釋惟勉編輯的《叢林校定清規總要》（成書於一二七四年）卷二記載了詳細的程序，這些規矩可能在北宋或更早便形成。蘇軾在安國寺沐浴，如果遵循僧人的形式，那麼他應該繫浴裙（不能全裸），坐著把浴池的水舀澆身上（不能浸泡）。又如果他是繼連禪師接待的唯一在家人，即使「衰髮不到耳」，洗完澡或許還順手清理脫落的頭髮哩！

延伸閱讀

蘇軾〈安國寺浴〉（一〇八〇年）

老來百事懶，身垢猶念浴。衰髮不到耳，尚煩月一沐。山城足薪炭，煙霧濛湯谷。塵垢能幾何，倏然脫羈梏。披衣坐小閣，散髮臨修竹。心困萬緣空，身安一牀足。豈惟忘淨穢，兼以洗榮辱。默歸毋多談，此理觀要熟。

《大佛頂首楞嚴經》卷五

跋陀婆羅，并其同伴十六開士，即從座起，頂禮佛足，而白佛言：「我等先於威音王佛，聞法出家。於浴僧時，隨例入室。忽悟水因，既不洗塵，亦不洗體，中間安然，得無所有。宿習無忘。乃至今時從佛出家，令得無學。彼佛名我跋陀婆羅。妙觸宣明，成佛子住。佛問圓通如我所證，觸因為上。」

蘇轍〈浴罷〉（一〇九八年）

逐客例幽憂，多年不洗沐。予髮櫛無垢，身垢要須浴。顛隮本天運，憤恨當誰復。茅簷容病軀，稻飯飽枵腹。形骸但瘴痒，氣血尚豐足。微陽閱九地，浮彩見雙目。枯槁如束薪，堅致比溫玉。長齋雖云淨，閱月聊一沃。石泉澣巾帨，土釜煮桃竹。南窗日未移，困臥久彌熟。華嚴有餘秩，默坐心自讀。諸塵匆消盡，法界了無矚。恍如仰山翁，欲就溈叟卜。猶恐墮聲聞，大願勤自督。

蘇軾〈次韻子由浴罷〉（一〇九八年）

理髮千梳淨，風晞勝湯沐。閉息萬竅通，霧散名乾浴。頹然語默喪，靜見天地復。時令具薪水，漫欲濯腰腹。陶匠不可求，盆斛何由足。（海南無浴器，故常乾浴而已。）老雞臥糞土，振羽雙暝目。倦馬驟風沙，奮鬣一噴玉。垢淨各殊性，快愜聊自沃。雲母透蜀紗，琉璃瑩蘄竹。稍能夢中覺，漸使生處熟。《楞嚴》在牀頭，妙偈時仰讀。返流歸照性，獨立遺所矚。未知仰山禪，已就季主卜。安心會自得，助長毋相督。

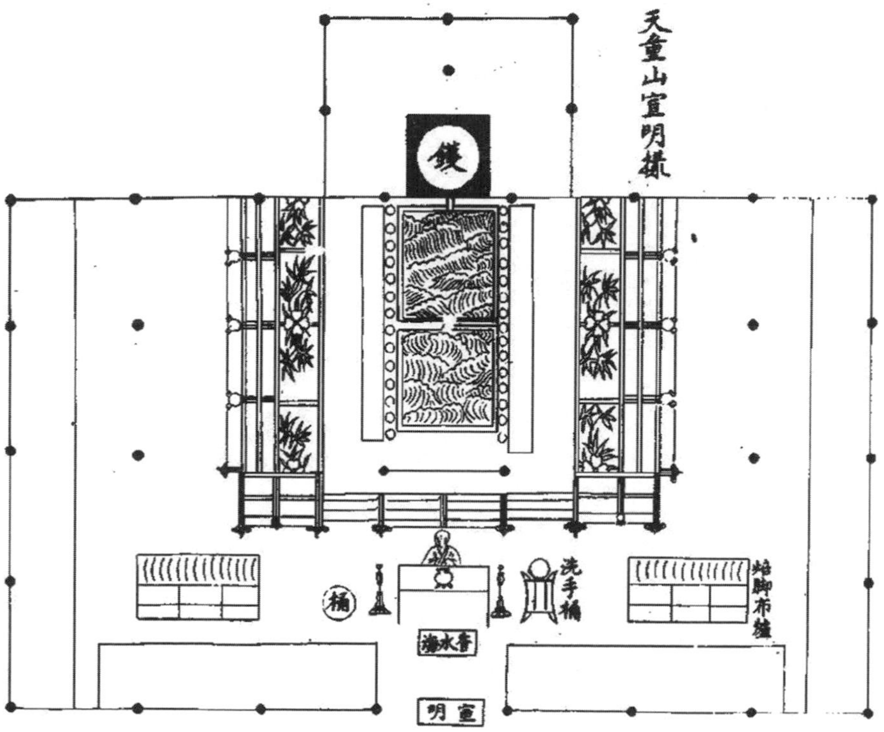

天童山宣明樣。選自無著道忠《大宋五山圖說》。

東坡沒吃過東坡肉

淨洗鍋，少著水，柴頭罨煙焰不起。待他自熟莫催他，火候足時他自美。黃州好豬肉，價賤如泥土。貴者不肯喫，貧者不解煮。早晨起來打兩椀，飽得自家君莫管。

只要談到「東坡肉」，上網一搜，就會出現這篇叫做〈豬肉頌〉（又名〈煮豬肉羹頌〉）的文字，說是「東坡肉」的由來。根據「黃州好豬肉」這句，人們推斷「東坡肉」始創於黃州。巫仁恕教授的〈東坡肉的形成與流衍初探〉一文指出：杭州餐館在對外推廣的商業競爭下，標榜東坡肉為自家風味，加上東坡任杭州知州期間疏浚西湖，百姓送豬肉感恩的故事，強化了東坡肉在杭州菜的地位。〈豬肉頌〉裡重視的是火候，沒有講具體的調料，怎麼認定這就是我們今天吃的東坡肉最初做法呢？早在南宋陳鵠的《西塘集耆舊續聞》就懷疑這不是東坡作品：

偽作《東坡注》不知此何傳記邪？世俗淺識輩，又引其注為故事用，豈不誤後學哉？……。余後觀周少隱《竹溪錄》云：東坡〈煮豬肉詩〉有「火候足」之句，乃引《雲仙錄》「火候足」之語以為證。然此亦常語，何必用事？乃知少隱亦誤以此書為真，後來引用者，亦不足怪。

周少隱就是周紫芝，他在《竹坡詩話》裡記了「東坡喜食燒豬，佛印住金山時，每燒豬以待其來」的故事，令我十分懷疑。他又記說：

東坡性喜嗜豬，在黃岡時，嘗戲作〈食豬肉詩〉云：「黃州好豬肉，價賤如糞土。富者不肯喫，貧者不解煮。慢著火，少著水，火候足時他自美。每日起來打一碗，飽得自家君莫管。」此是東坡以文滑稽耳。後讀《雲仙散錄》，載黃升日食鹿肉二斤，自晨煑至日影下西門，則曰「火候足」矣。乃知此老雖煑肉亦有故事，他可知矣。

周紫芝說東坡的〈食豬肉詩〉用了《雲仙散錄》裡談煮鹿肉靠火候的典故。陳鵠說「火候」是很平常的用語，哪裡需要什麼典故啊！你周紫芝用的是偽作《東坡注》，意思是〈食豬肉詩〉也是假託的。

陸游在〈對酒〉詩裡自己注解，說：「東坡煮豬肉訣云：『淨洗鍋，少著水，柴頭罨煙焰不起。』」看出來了嗎？〈豬肉頌〉就是〈煮豬肉訣〉加上〈食豬肉詩〉嘛！是不是都是來自一本叫《東坡注》的書呢？

愛吃東坡肉的讀者先別失望，雖然我殺風景地拆穿了〈豬肉頌〉，我們還是可以再想想為什麼這篇文字和黃州有關？東坡在黃州給秦觀寫信，說那裡「羊肉如北方，豬牛獐鹿如土，魚蟹不論錢」，意思是：羊肉的價錢和北方一樣；豬、牛、獐、鹿的肉類很便宜；魚蟹更是不必議價。這就是〈豬肉頌〉裡的「黃州好豬肉，價賤如泥土」。可是東坡接著說：「黃州曹官數人，皆家善庖饌」，沒有「貴者不肯喫，貧者不解煮」這回事。

還有學者研究指出：北宋的肉類需求和價格以羊為最高，其次是豬。豬肉並非一般百姓都吃得起，所以我想黃州不會是特例。蘇軾給秦觀的信裡稍微誇大了黃州的豐饒，讓對方放心自己的生活。東坡給秦觀的另一封信說：「初到黃，廩入既絕，人口不少，私甚憂之，但痛自節儉。」這才是真實的情況。

說了半天，我不是要否定「東坡肉」，而是認為〈豬肉頌〉不能完全代表東坡烹調豬肉的主張。東坡〈於潛僧綠筠軒〉詩：「可使食無肉，不可居無竹。無肉令人瘦，無竹令人俗。人瘦尚可肥，士俗不可醫。……」怎麼欣賞僧人種的竹子會先從吃肉講起？這「肉」，就是豬肉，和竹筍是絕配呀！東坡送竹筍給黃庭堅的舅舅李公擇，作詩道：「我家拙廚膳，彘肉芼蕪菁。送與江南客，燒煮配香粳。」豬肉煮大頭菜，不搭，真是笨廚子！還是竹筍燒豬肉下飯。我想，這才是地道實在的東坡豬肉食譜。

東坡沒吃過我們說的「東坡肉」，元代倪瓚《雲林堂飲食制度集》裡的「燒豬肉」近似現在的做法。「東坡肉」的名稱要到明代浮白齋主人、馮夢龍和沈德符的書裡才出現。

蘇軾〈於潛僧綠筠軒〉（一〇七三年）

可使食無肉，不可居無竹。無肉令人瘦，無竹令人俗。人瘦尚可肥，俗士不可醫。旁人笑此言，似高還似癡。若對此君仍大嚼，世間那有揚州鶴。

蘇軾〈送筍芍藥與公擇〉二首（一〇七八年）

久客厭虜饌，（蜀人謂東北人虜子）枵然思南烹。故人知我意，千里寄竹萌。駢頭玉嬰兒，一一脫錦繃。庖人應未識，旅人眼先明。我家拙廚膳，彘肉芼蕪菁。送與江南客，燒煮配香粳。

今日忽不樂，折盡園中花。園中亦何有，芍藥裊殘葩。久旱復遭雨，紛披亂泥沙。不折亦安用，折去還可嗟。棄擲亮未能，送與謫仙家。還將一枝春，插向兩髻丫。

東坡肉（2010年，衣若芬攝於海南儋州）

馮夢龍《古今譚概・儇弄部》（又見於明代浮白齋主人《雅謔》）

陸宅之善諧謔，每語人曰：「吾甚愛東坡。」時有問之者曰：「東坡有文，有賦，有詩，有字，有東坡巾，君所愛何居？」陸曰：「吾甚愛一味東坡肉。」聞者大笑。

《萬曆野獲編》卷二十六〈物帶人號〉

古來用物，至今猶繫其人者，如韓熙載作輕紗帽，號韓君輕格，羅隱減樣方平帽，今皆不傳，其流傳後世者，無如蘇子瞻、秦會之二人為著，如胡床之有靠背者，名東坡椅；肉之大胾不割者，名東坡肉；幘之四面墊角者，名東坡巾。

定州

定州

北宋哲宗元祐八年（一〇九三年）九月，蘇軾以端明殿學士兼翰林侍讀學士、禮部尚書出知定州。定州位於河北，是蘇軾一生行跡所至最北之處。隔年四月，蘇軾以「譏訕先帝」的罪名被罷定州任，遠謫嶺南。

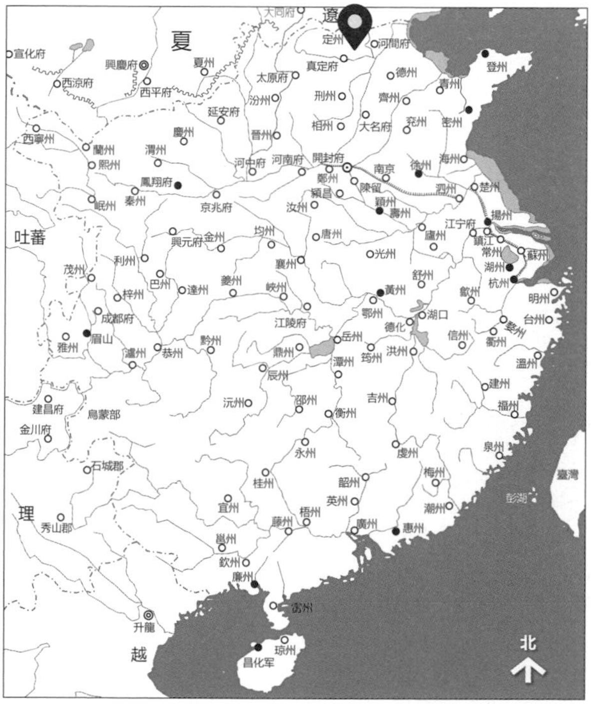

中山松醪之味

為了一嘗這中山松醪（音同「牢」，lao2）酒，去一趟河北定州。

先父晚餐時常愛小酌一杯，斟滿以後先倒一點在地上，然後啜飲。以前不明白，覺得父親真不會倒酒，幹嘛倒那麼滿，然後灑地呢？讀了東坡詞「一尊還酹江月」，才恍然大悟，原來那樣的動作就是「酹」啊！

弟弟好奇父親的酒杯，父親用筷子沾酒滴在弟弟的舌尖，弟弟先是嗆到似地臉蛋一擠，滿面通紅，逗得大人哈哈笑，沒想到弟弟嚥了嚥口水，又張開嘴——「你小子以後要當酒鬼啊！」父親笑著說。

童年印象裡，喝酒是挺開心的事。我直到上大學，不能理解「舉杯澆愁愁更愁」的滋味；也不懂得女生在酒杯前應該保持矜持，雖然其實喝酒的機會不多。

媽媽會釀酒，葡萄酒、梅子酒、桂圓酒、黑豆酒，還有不曉得什麼成分的補身藥酒。也有釀失敗，酒變成醋的時候，不過總歸是生活裡的餘興。廚房裡一罈罈不明內容的酒，像一個個等待揭開的驚喜。

酒的味道令我好奇，尤其是名稱特異的酒，帶著奇幻的想像，日本酒的名字就常引人遐思，什麼「上善如水」、「春鶯囀」，連「李白」、「百年的孤獨」都有。讀黃啟方教授〈東坡酒量〉鴻文，知道蘇軾愛飲酒，能釀酒，但酒量不佳，品會的是酒中之趣。

現下賣「東坡」名號的酒類不少，「東坡酒」、「三蘇酒」、「柑橘酒」、「蜜酒」之類，都不如這「中山松醪」特殊。

「東坡酒」、「三蘇酒」是後人創製，屬大曲白酒，飲過口喉留有餘香。

蘇軾在黃州（一〇八二年），得道士楊世昌以糯米和蜂蜜釀酒的方子，作〈蜜酒歌〉讚美：「三日開甕香滿城，快瀉銀瓶不須撥。百錢一斗濃無聲，甘露微濁醍醐清。」

柑橘酒見於蘇軾的〈洞庭春色賦〉（一〇九二年）和〈洞庭春色〉詩（一〇九一年），他說喝酒：「應呼釣詩鉤，亦號掃愁帚」，意思是既能激發詩情創意，還可解憂消愁——這大概是詩人最理直氣壯喝酒的原因吧！「情動於中而形於言」，發動「情」的熱源，就是酒啊！

在網路上查到有賣「中山松醪」酒。河北定州位於古代「中山國」，「醪」是醇酒的意思，廣告說：「該酒以黍米、松子為主料，外加三七、黨參、杏仁等名貴中藥，享有『一口品三酒（黃酒、藥酒、白酒），五味（醇味、松香味、蜜味、酸味、苦味）歸一盅』，達到養生保健功效。」不是說什麼都能淘到嗎？那個網站卻僅有畫面，讓人懷疑真假。

那麼，趁著在北京開會之後，搭高鐵去定州瞧瞧吧！

通衢大道一望無盡頭，這是東坡足跡最北之地。一〇九三年，蘇軾請求從朝廷外任，以避免政爭惡鬥。他屬意的是南方的越州（今浙江紹興），卻被派到了北方邊境，防禦遼國的軍事重鎮。

那東坡知定州期間日日與府衙相對的開元寺塔仍昂然矗立，霧霾中，如一幅褪色的古畫。

穿行在超市的貨架間，這裡什麼中外名酒都有，就是沒有「中山松醪」。詢問店員——「中山松醪」是外語嗎？怎麼個個搖頭聽不懂？終於問到一位大嬸，原來「中山松醪」是在專賣店裡出售，而且就在附近。

專賣店外有四口大缸，個別用紅漆刷書，合成「中山松醪」四字。青年店員倒了一點中山松醪讓我們品嘗，琥珀色的酒液散發甜氣，溫順入喉，有松子和紅棗的香澀甘酸，酒精濃度二十八度，令人身暖體暢，和我幻想的馥郁藥材味截然不同。

東坡在〈中山松醪賦〉裡，強調松樹本為棟梁之材，卻被人用來燃燒照明，他不忍松木化為灰燼，於是拿松節和松膏（松脂）來作酒。喝了松醪，好像可以遨遊飛升，化為神仙。

北宋王懷隱、陳昭遇等奉敕編撰的《太平聖惠方》卷九十五，就有「松脂松節酒方」。松節是松樹枝幹間的結節，可曬乾切片使用；松膏就是松樹的油樹脂。松脂松節酒能祛風濕，通絡止痛。蘇軾釀製的「中山松醪」可能參考了先前的《太平聖惠方》。

比東坡形容「味甘餘之小苦」還甜美的現代中山松醪，我想帶回家給媽媽品嘗。女兒酒量不必多強，倒是酒趣，可向東坡借點兒樂呵。

延伸閱讀

蘇軾〈中山松醪賦〉
（一〇九三年）

始予宵濟於衡漳，軍涉而夜號。燧松明而識淺，散星宿於亭皐。鬱風中之香霧，若訴予以不遭。豈千歲之妙質，而死斤斧於鴻毛。效區區之寸明，曾何異於束蒿？爛文章之糾纏，驚節解而流膏。嗟構廈其已遠，尚藥石之可曹。收薄用於桑榆，製中山之松醪。救爾灰燼之中，免爾螢爝之勞。取通明於盤錯，出肪澤於烹熬。與黍麥而皆熟，沸春聲之嘈嘈。味甘餘之小苦，歎幽姿之獨高。

中山松醪酒罈（攝於2017年）

知甘酸之易壞，笑涼州之蒲萄。似玉池之生肥，非內府之烝羔。酌以癭藤之紋樽，薦以石蟹之霜螯。曾日飲之幾何？覺天刑之可逃。投拄杖而起行，罷兒童之抑搔。望西山之咫尺，欲褰裳以游遨。跨超峰之奔鹿，接挂壁之飛猱。遂從此而入海，渺翻天之雲濤。使夫嵇阮之倫，與八仙之羣豪。或騎麟而翳鳳，爭榼挈而瓢操。顛倒白綸巾，淋漓宮錦袍。追東坡而不可及，歸餔歠其醨糟。漱松風於齒牙，猶足以賦《遠游》而續《離騷》也。

雪浪石（攝於2017年）

蘇軾〈蜜酒歌并敘〉（一〇八二年）

西蜀道士楊世昌，善作蜜酒，絕醇釅。余既得其方，作此歌遺之。

真珠為漿玉為醴，六月田夫汗流泚。不如春甕自生香，蜂為耕耘花作米。一日小沸魚吐沫，二日眩轉清光活。三日開甕香滿城，快瀉銀瓶不須撥。百錢一斗濃無聲，甘露微濁醍醐清。君不見南園采花蜂似雨，天教釀酒醉先生。先生年來窮到骨，問人乞米何曾得。世間萬事真悠悠，蜜蜂大勝監河侯。

若芬與定州塔（2017年，陳濤攝）

虔州

虔州

蘇軾因被貶嶺南和海南，七年間兩度往返途經虔州（治在今江西贛州）。一在哲宗紹聖元年（一〇九四年）；一在徽宗建中靖國元年（一一〇一年），因贛江水量不足，在虔州停留一個多月才繼續北上。他登鬱孤臺，遊廉泉，與當地文人雅士多所交誼。

一塊宋磚

研究宋代文學，江西是令人心靈嚮往的地方。宋代江西人文匯萃，歐陽脩、晏殊、王安石、黃庭堅、姜夔、文天祥……都是江西人，就連理學家朱熹，祖籍徽州婺源，今也屬江西。南宋文學史上頗具影響力的「江西詩派」詩人，雖然未必皆為江西籍，但是詩派的盛名已經遠播韓國，形成「海東江西詩派」。

今日的江西和中國其他省分一樣富庶繁榮。在贛州開宋代文學會議，得償造訪江西的宿願。從贛州黃金機場乘車前往會場，沿江的高樓大廈裝飾了華麗的彩燈，點綴得夜景璀璨。才參拜過長崎興福寺，觀覽過寺內的「三江會所」，知道那是旅日的江西華僑，自稱歐陽脩後裔的歐陽雲臺在十七世紀捐地建寺，過不了幾天，我就來到章、貢二江匯注入贛江的三江城市，感受了三江之美。

參加宋代文學研討會十多年，二〇一三年我被邀請坐上主席臺，在開幕儀式之後的「大會發言」發表論文，以電腦簡報向全場兩百多位學者專家介紹我的研究成果，覺得十分榮幸。

會議結束後，主辦單位贛南師範學院帶領與會學者們考察贛州文化，登上據說是中國現今唯一還在發揮實際功能的古城牆，遊覽「八境臺」和「鬱孤臺」等名勝。八境臺下的城牆角落，一方「熙寧二年」陽印銘文的城磚深深吸引了我，使我不忍離開。

北宋神宗熙寧二年，一〇六九年，王安石擔任參知政事，開始施行變法改革。熙寧新政改變了許多人的命運，遠離京師，當時稱為「虔州」的南方一隅，發生了什麼事呢？

宋磚旁邊有「乾隆伍拾壹年城磚」陰刻銘文的磚塊，還有人找到明代嘉靖十三年和「民國四年重修」等銘文的城磚，夾雜錯落於無文字的城磚之間，彼此堆砌相連，共同構組現在的城牆。熙寧宋磚的四個大字飽滿豐厚，和乾隆清磚的剛健勁挺大異其趣。

有遊客懷疑這宋磚是假的，說：「幾百千年了，怎麼還這麼完整？」

旁邊的人說：「假造一塊宋朝城磚幹啥咧？」

懷疑的人接著說：「哪可能宋朝的磚還留到現在？」

又有人說：「哪朝的磚不都一樣？卡在那裡搬不走的。」

七嘴八舌，議論紛紛。

參觀的隊伍已經走進階梯上的八境臺，我帶著疑惑，趕緊跟上。

贛州之行結束，遠赴加拿大開會，那一方宋磚好像始終在我心頭放不下。即使沒有祕密，我想，至少它是有故事的。

連一塊磚頭也想追根究柢，這是我的「職業病」了。

我的博士學位論文是《蘇軾題畫文學研究》，我曉得「八境臺」就是蘇軾為孔宗翰題寫《虔州八境圖》裡的第一景——「石樓」。《虔州八境圖》是孔宗翰治理虔州的繪畫紀錄。他任虔州知州，眼見城北章江和貢江合流之處水勢洶湧，經常成患，便「伐石為址，冶鐵錮之」，將不堪一擊的土城牆改建為穩固的石城牆，並加入熔化的鐵水強鑄，締造了今日贛州城牆的基本規模。

近年網絡和媒體討論城市水患問題，贛州至今仍在使用的宋代下水道——「福壽溝」，九百多年來還在發揮有效的排水功能，這都要歸功於善於治水的知州劉彝。介紹劉彝與「福壽溝」，自然提及前任知州孔宗翰，沒有孔宗翰先建築鞏固的磚石城牆阻擋江洪，城裡的地下水便無法順利從水道排放。

史籍記載劉彝在「熙寧年間」（一〇六八—一〇七七）治理虔州，一〇七四年劉彝改知桂州，依宋代地方官三年一任的制度，熙寧二年（一〇六九年）時的虔州知州應該就是孔宗翰。有些材料說孔宗翰在嘉祐年間（一〇五六—一〇六三）任知州，這是不正確的，一〇六二年孔宗翰任太常博士。嘉祐末年的虔州知州是趙抃（一〇六一—一〇六二年知虔州），趙抃與通判周敦頤振興學風，周敦頤著名的〈愛蓮說〉便是寫於虔州。

躋身於三千多米長的贛州城牆裡，這塊「熙寧二年」的宋磚，可能就是孔宗翰築的城牆，或是「八境臺」前身「石樓」的一分子。城牆與八境臺歷經多次重修，這塊宋磚縱使表面紋裂，青苔覆體，依然在八境臺邊，與孔宗翰的塑像遙遙相望。

延伸閱讀

蘇軾〈石蒼舒醉墨堂〉（一〇六九年）

人生識字憂患始，姓名粗記可以休。何用草書誇神速，開卷惝怳令人愁。我嘗好之每自笑，君有此病何能瘳。自言其中有至樂，適意無異逍遙遊。近者作堂名醉墨，如飲美酒消百憂。乃知柳子語不妄，病嗜土炭如珍羞。君於此藝亦云至，堆牆敗筆如山丘。興來一揮百紙盡，駿馬倏忽踏九州。我書意造本無法，點畫信手煩推求。胡為議論獨見假，隻字片紙皆藏收。不減鍾張君自足，下方羅趙我亦優。不須臨池更苦學，完取絹素充衾裯。

周敦頤〈愛蓮說〉（一〇六三年）

水陸草木之花，可愛者甚蕃。晉陶淵明獨愛菊。自李唐來，世人盛愛牡丹。予獨愛蓮之出淤泥而不染，濯清漣而不妖，中通外直，不蔓不枝，香遠益清，亭亭淨植，可遠觀而不可褻玩焉。

予謂菊，花之隱逸者也；牡丹，花之富貴者也；蓮，花之君子者也。噫！菊之愛，陶後鮮有聞。蓮之愛，同予者何人？牡丹之愛，宜乎眾矣。

虔州城牆「熙寧二年」宋磚（攝於2013年）

八境臺上說八景

我們中國的許多人，——我在此特別鄭重聲明：並不包括四萬萬同胞全部！——大抵患有一種「十景病」，至少是「八景病」，沉重起來的時候大概在清朝。凡看一部縣志，這一縣往往有十景或八景，如「遠村明月」、「蕭寺清鐘」、「古池好水」之類。

——魯迅

一九二五年二月二日，《京報副刊》第四十九號上刊登了胡也頻寫給編者孫伏園的——〈雷峰塔倒掉的原因〉，提及他在輪船上聽到兩個旅客談話，「說是杭州雷峰塔之所以倒掉，是因為鄉下人迷信那塔磚放在自己的家中，凡事都必平安，如意，逢凶化吉，於是這個也挖，那個也挖，挖之久久，便倒了。一個旅客並且再三嘆息道：『西湖十景這可缺了呵！』」魯迅頗不以為然，寫了〈再論雷峰塔的倒掉〉回應，文中痛陳中國人一味求全的「十景（八景）病」，即使雷峰塔倒掉了，「倘在民康物阜時候，因為十景病的發作，新的雷峰塔也會再造的罷。」

現在，西湖旁邊矗立金碧輝煌的新雷峰塔，印證了魯迅的遠見。新雷峰塔的美感如何，且不去說它，就說魯迅嫌惡的「十景病」，不但咱們中國屢屢「發作」，鄰近的日本和韓國也不能「倖免」。仔細讀魯迅的文章，可以明白魯迅並非反對各種地方景觀建設，而是批評沒有創意的「互相模造」，以及盲目迷信，對雷峰塔「奴才式的破壞」。雷峰塔是「西湖十景」之一「雷峰夕照」的標誌，南宋時代形成的「西湖十景」則是受到北宋「瀟湘八景」的影響；再往前推，蘇軾寫的〈鳳翔八觀〉，以及為曾任虔州（今江西贛州）知州的孔宗翰題寫的《虔州八境圖》，都是淵源。

孔宗翰為孔子第四十六代孫，他主持了虔州城牆的翻新工程，將原來的土城牆修築為石磚城牆，加強了水利和軍事功能，並在章江及貢江合流附近的城上建造石樓。石樓既可以加強鞏固城牆，抵禦江洪，還可以登高眺望，遠觀兩江匯聚的美景。

《虔州八境圖》畫的就是在石樓上欣賞到的風景，包括石樓本身、章貢臺、白鵲樓、皂蓋樓、鬱孤臺、馬祖岩、塵外亭和空山（今稱峰山）。孔宗翰於北宋神宗熙寧九年（一〇七六年）接替蘇軾知密州（今山東諸城），並出示所繪的《南康八境圖》請蘇軾題詠。蘇軾交接過任務，便帶著《南康八境圖》到了徐州。在徐州忙著應付水災，蘇軾與百姓共同修堤抗洪，過了兩年（一〇七八年），才把舊名「南康」改成「虔州」，寫了《虔州八境圖》詩八首。

在詩前的引文裡，蘇軾自問自答，替孔宗翰解釋為什麼稱「八境」。《虔州八境圖》畫的是石樓上看到的景致，環繞周圍東西南北的樓臺山岩，其實只有「一境」。然而，就像太陽一日三變，早晨、中午和傍晚相異，天上並沒有三個太陽。我們在寒暑、朝暮、晴雨等等不同的狀況下，坐與立的視角不同，哀樂喜怒的心情產生變化，「境」就不只有「八」，而是以「八」來概括了。

蘇軾又補充說：「八」是出於「一」，山川地理、陰陽五行、文學藝術都是從「一」衍生出來的。這讓我想到伏羲氏的「一畫開天」，八卦取象，代表天地的八種現象，「八境」、「八景」的「八」，有數理上的意義。

「八景」的「景」，本來指日光，和蘇軾舉的太陽例子相通。「景」後來有「風景」的意思。「八景」的說法比「八境」，廣泛，發展出「十景」、「十二景」多種，像「雷峰夕照」一樣，「地點」加上「景色」，四個字一組的景觀名稱。

魯迅不喜歡「八景」的因襲守舊，這是挑戰文化傳統的省思。站在八境臺頂樓，舉目暢遊，氣象開闊。拂著八境臺的秋風，我想，即使「八景」是一種文化老成的「病」，醫治這「病」的，還是文化——新鮮的、自由的、活活潑潑的文化。

延伸閱讀

蘇軾〈虔州八境圖〉八首（一〇七六／一〇七七年）

《南康八境圖》者，太守孔君之所作也，君既作石城，即其城上樓觀臺榭之所見，而作是圖也。東望七閩，南望五嶺，覽群山之參差，俯章貢之奔流，雲煙出沒，草木蕃麗，邑屋相望，雞犬之聲相聞。觀此圖也，可以茫然而思，粲然而笑，嘅然而歎矣。蘇子曰：此南康之一境也，何從而八乎？所自觀之者異也。且子不見夫日乎，其旦如盤，其中如珠，其夕如破璧。此豈三日也哉？苟知夫境之為八也，則凡寒暑、朝夕、雨暘、晦明之異，坐作、行立、哀樂、喜怒之變，接於吾目而感於吾心者，有不可勝數者矣，豈特八乎？如知夫八之出乎一也，則夫四海之外，詼詭譎怪，《禹貢》之所書，鄒衍之所談，相如之所賦，雖至千萬，未有不一者也。後之君子，必將有感於斯焉。乃作詩八章，題之圖上。

坐看奔湍遶石樓，使君高會百無憂。三犀竊鄙秦太守，八詠聊同沈隱侯。

濤頭寂寞打城還，章貢臺前暮靄寒。倦客登臨無限思，孤雲落日是長安。

白鵲樓前翠作堆，縈雲嶺路若為開。故人應在千山外，不寄梅花遠信來。

朱樓深處日微明，皂蓋歸時酒半醒。薄暮漁樵人去盡，碧溪青嶂遶螺亭。

使君那暇日參禪，一望叢林一悵然。成佛莫教靈運後，著鞭從使祖生先。

卻從塵外望塵中，無限樓臺煙雨濛。山水照人迷向背，祇尋孤塔認西東。

煙雲縹緲鬱孤臺，積翠浮空雨半開。想見之罘觀海市，絳宮明滅是蓬萊。

回峰亂嶂鬱參差，雲外高人世得知。誰向空山弄明月，山中木客解吟詩。

蘇軾〈虔州八境圖後敘〉（一〇九四年）

南康江水，歲歲壞城。孔君宗翰為守，始作石城，至今賴之。軾為膠西守，孔君實見代，臨行出《八境圖》求文與詩，以遺南康人，使刻諸石。其後十七

左｜江西贛州八境臺上遠眺章貢二水匯流（攝於2013年）；右｜若芬在八境臺

年，軾南遷過郡，得遍覽所謂八境者，則前詩未能道出其萬一也。南康士大夫相與請於軾曰：「詩文昔嘗刻石，或持以去，今亡矣，願復書而刻之。」時孔君既沒，不忍違其請。紹聖元年八月十九日眉山蘇軾書。

梅嶺梅花還沒開

我到梅嶺的時候，暑熱未消，和東坡一樣，沒見到梅花。

位於大庾嶺的中段，江西省大余縣以南，梅嶺海拔最高五百多公尺。秦末梅鋗將軍在此拓荒，據說因此將原名「臺嶺」改稱「梅嶺」。唐代張九齡開闢驛道，聯繫了江西、廣東和湖南的往來交通。梅嶺往東北可達江西贛州；往西北可達湖南郴州；往南是廣東韶關。在高速公路和鐵路開發之前，梅嶺驛道是唯一最為直接溝通嶺南的路徑，舉凡食鹽、茶葉、絲綢、陶瓷器等生活必需品，到犀角、象牙、珠珍等稀世寶物，無不經梅嶺北上京師，南臻海外。

北宋哲宗紹聖元年（一〇九四年），東坡被彈劾「誹謗先帝」，便是經梅嶺前往貶謫地廣東惠州。七年之後，東坡遇赦，從海南島（儋州）返常州，也是經梅嶺北歸。

走在青石板和碎卵石鋪設的坡道及階梯，遊人罕見，路旁的梅樹綠葉盈盈。偶見一位挑著扁擔的老婦，扁擔上掛著數個紅通通的禮品紙袋。問她擔著什麼？要去哪裡？聽不懂她的回答。失去商務和人員運輸功能的一千三百年梅嶺驛路，像一條清幽的山脈步道。將軍祠、雲封寺、六祖寺香客寥寥。

走到隘口，依山崖有座關樓，朝江西方向的樓北面，門額嵌書「南粵雄關」，旁邊有陰刻「梅嶺」石碑，紅漆塗滿，特別醒目。關樓石磚累累，青苔點點，雜草叢生，最早在北宋嘉祐八年（一〇六三年）修建。也就是說，東坡把長子蘇邁和次子蘇迨和他們的妻小兩家安頓在宜興，由侍妾朝雲、幼子蘇過和兩個老婢陪同赴嶺南的時候，也穿過這關樓啊。

關樓的門券有兩重，兩重之間是露天的磚壁，爬滿藤蔓。樓關的另一端是廣東方向，門額嵌書「嶺南第一關」，兩側是清朝光緒年間李化題的對聯：「梅止行人渴，關防暴客來」。雖然藏頭了「梅」和「關」兩個字，指出此地名，但是「暴客」的形容予人更多的臆想。也對，經濟命脈同時也富含安全的隱患。

幸而東坡沒有遇到暴客打劫。一一〇一年，六十五歲的東坡再度梅嶺，朝雲已經隕歿於惠州。村店裡一位老人得知來者的身分，趨前作揖道：「我聽說小人百般陷害您，您今日北歸，是老天爺保佑善人啊！」

東坡於是寫詩〈贈嶺上老人〉：「鶴骨霜髯心已灰，青松合抱手親栽。問翁大庾嶺頭住，曾見南遷幾箇回？」現在梅嶺道上有「東坡樹」紀念東坡度嶺的因緣。兩度梅嶺，都不是花季，東坡〈贈嶺上梅〉詩，短短的二十八字七言絕句，蘊藏著值得細細琢磨的人生況味：

梅花開盡百花開，過盡行人君不來。不趁青梅嘗煮酒，要看細雨熟黃梅。

詩的題目是〈贈嶺上梅〉，看似把梅做為贈詩的對象，內容卻是以梅的口吻對東坡言說：你錯過梅花盛開的時節，梅花凋謝，其他百花都綻放了。數不清的路人都觀看了我的姿態，唯不見你到來。花謝結子，我想你懂得不必急著把青梅佐食煮酒（「煮酒」是宋代一種酒的統稱）一起品嘗，而是守候看護著，讓綿綿雨絲浸潤成熟。你不一定要和眾人一樣爭相欣賞花開，吃著青梅下酒，枝頭的黃梅別有美感，要的是沉得住氣，熬得起時間。

梅嶺梅花還沒開，梅子也無影蹤。我沒有像東坡順著古道走往廣東，折返途中拾起一截梅枝——嶺南何所有？梅骨聊記秋。

延伸閱讀

蘇軾〈過大庾嶺〉（一〇九四年）

一念失垢污，身心洞清淨。浩然天地間，惟我獨也正。今日嶺上行，身世永相忘。仙人拊我頂，結髮授長生。

蘇軾〈余昔過嶺而南題詩龍泉鐘上今復過而北次前韻〉（一一〇一年）

春風卷黃落，朝雨洗綠淨。人貪歸路好，節近中原正。下嶺獨徐行，艱險未敢忘。遙知叔孫子，已致魯諸生。

蘇軾〈過嶺〉二首（一一〇一年）

其一

暫著南冠不到頭，却隨北雁與歸休。平生不作兔三窟，今古何殊貉一丘。當日無人送臨賀，至今有廟祀潮州。劍關西望七千里，乘興真為玉局游。

其二

七年來往我何堪，又試曹溪一勺甘。夢裏似曾遷海外，醉中不覺到江南。波生濯足鳴空澗，霧繞征衣滴翠嵐。誰遣山雞忽驚起，半巖花雨落毿毿。

上｜梅嶺古道（攝於2013年）

中｜若芬在梅嶺古道關樓北（2013年，周裕鍇攝）

下｜梅嶺古道關樓南面（攝於2013年）

惠州

惠州

北宋哲宗紹聖元年（一〇九四年）六月，蘇軾被貶，責授建昌軍司馬，惠州安置，不得簽書公事。此時，蘇軾的前後兩任妻子王弗（一〇三九—一〇六五）和王閏之（一〇四八—一〇九三）先後離世，陪伴身邊的是侍妾朝雲和幼子蘇過。從河北定州南下，水陸兼程，翻越梅嶺，於十月抵達廣東惠州。蘇軾在惠州直到一〇九七年四月被貶儋州（海南島）。

說蘿莉控太過分

互聯網創造了自由和平等的言說空間，人人都可以談自己的見解；可以表達自己的立場和看法。被欣賞贊同的讀者轉發再轉發，達到所謂「病毒式傳播」的效果。「病毒式傳播」快速而深切地進入人們的視野和腦海，造成話題，影響思維。就像它的名稱一樣，有時傳播的正是虛構甚至誤導的信息，困擾我們的判斷。為了搏取讀者的注意力，寫作者有時會用時髦乃至於誇張的詞彙來敘述事物。只要不偏離真相，我往往樂願接納一些創意的講法，學習新鮮的觀點和用語。不過，如果太拿現代人的眼光去指責古人；甚或歪曲史實，大量散布，就算是我的固執吧，我不能視而不見，讓病毒恣肆汙染，遺害眾生。

比如說東坡和朝雲的韻事。東坡於一〇七四年在杭州納十二歲的朝雲入蘇家，他比朝雲年長二十七歲，於是網路上就用帶有「戀童癖」意味的字眼「羅莉控」（Lolita complex）來形容東坡，把朝雲說成「雛妓」。再加上對於東坡詞〈皂羅特髻〉的解讀，連帶涉及東坡回覆友人朱壽昌的信，裡面談到納妾的事情，竟然扯出離譜的推論，說東坡被貶謫黃州（今湖北黃岡），除了當時的繼室夫人王閏之，還有包括朝雲在內的三個小妾，四美伴夫，好不快活！

這一派胡言真是令我驚訝！東坡在世，恐怕也會啼笑皆非。

我想，不是要掉書袋；也不是要責怪發謬論者的荒唐，讓我們回到歷史，回到語詞的正確意涵，來給東坡一個公道吧。

十二歲的朝雲是「雛妓」嗎？宋代的娼伎有服務於宮廷的「宮伎」，為地方官員應酬助興的「官伎」，又叫「營伎」；還有在私人茶酒場的「市伎」。她們主要表演歌舞，宮伎和官伎不賣身，隨意糟蹋她們的話，要接受法律制裁。我們現在說的「雛妓」，是指未成年的性工作者，朝雲入蘇家，並非為了滿足東坡的生理需求，而是做為王閏之的侍兒，協助家務。

那年，東坡和元配王弗生育的長子蘇邁十六歲，未婚。和王閏之生育的二子蘇迨五歲，幼子蘇過三歲，從眉山老家一起隨東坡生活的東坡乳母任採蓮和弟弟蘇轍的乳母楊金蟬都已經六十五、六十六歲。我們從後來東坡寫的〈朝雲詩并引〉提到：「予家有數妾，四五年相繼辭去，獨朝雲者隨予南遷。」可以知道東坡的妾不只朝雲一位。烏臺詩案以後，東坡的經濟情況一落千丈，除了朝雲，其他妾都陸續離開蘇家，「四美伴夫」的誤解，可能來自東坡一〇八〇年寫給朱壽昌的信，其中說道：「所問菱翠，至今虛位，雲乃權發遣耳。何足挂齒牙，呵呵！」「菱翠」被解釋成「采菱」和「拾翠」，說是兩小妾的名字。〈皂羅特髻〉詞：

采菱拾翠，算似此佳名，阿誰消得。采菱拾翠，稱使君知客。千金買、采菱拾翠，更羅袖、滿把珍珠結。采菱拾翠，正髻鬟初合。真個采菱拾翠，但深憐輕拍。一雙手采菱拾翠，繡衾下抱著俱香滑。采菱拾翠，待到京尋覓。

這闋綺靡香豔的詞，有學者認為不是東坡的作品，雖然已經收錄進最早的東坡詞集，但是內容很輕浮放浪，講的是想到京城買兩個年輕貌美的小妾，雲雨溫存。

我想，東坡說的「所問菱翠，至今虛位」，意思是身邊沒有受寵的正式小妾。倒是朝雲的地位特殊，用宋代的官吏職稱來比喻，叫做「權發遣」，不拘於銓選規格，位不高但責任重。也有學者認為東坡說的「權發遣」，就是表示那年十八歲的朝雲成為東坡的妾了。

一〇八三年，朝雲生了兒子，四十七歲的東坡為兒子取名蘇遯，滿月時還創作了著名的〈洗兒詩〉：「人皆養子望聰明，我被聰明誤一生。唯願孩兒愚且魯，無災無難到公卿。」可惜未滿一歲，孩子就夭折了。喪子的打擊，讓朝雲更接近佛教，她三十四年的人生，終結於廣東惠州。

說朝雲是「小三」，說東坡是「蘿莉控」，這些都太過分了。

延伸閱讀

蘇軾〈去歲九月二十七日，在黃州生子遯，小名幹兒，頎然穎異。至今年七月二十八日，病亡於金陵。作二詩哭之〉（一〇八四年）

其一

吾年四十九，羈旅失幼子。幼子真吾兒，眉角生已似。未期觀所好，蹁躚逐書史。搖頭卻梨栗，似識非分恥。吾老常鮮歡，賴此一笑喜。忽然遭奪去，惡業我累爾。衣薪那免俗，變滅須臾耳。歸來懷抱空，老淚如瀉水。

其二

我淚猶可拭，日遠當日忘。母哭不可聞，欲與汝俱亡。故衣尚懸架，漲乳已流牀。感此欲忘生，一臥終日僵。中年忝聞道，夢幻講已詳。儲藥如丘山，臨病更求方。仍將恩愛刃，割此衰老腸。知迷欲自反，一慟送餘傷。

蘇軾〈朝雲詩并引〉（一〇九四年）

世謂樂天有鬻駱馬放楊柳枝詞，嘉其主老病，不忍去也。然夢得有詩云：「春盡絮飛留不住，隨風好去落誰家。」樂天亦云：「病與樂天相伴住，春隨樊子一時歸。」則是樊素竟去也。予家有數妾，四五年相繼辭去，獨朝雲者，隨予南遷。因讀樂天集，戲作此詩。朝雲姓王氏，錢唐人。嘗有子曰幹兒，未期而夭云。

不似楊枝別樂天，恰如通德伴伶玄。阿奴絡秀不同老，天女維摩總解禪。經卷藥爐新活計，舞衫歌扇舊因緣。丹成逐我三山去，不作巫陽雲雨仙。

左｜廣東惠州朝雲墓（攝於2007年）；**右**｜惠州東坡紀念館（攝於2007年）

蘇軾〈悼朝雲詩并引〉（一〇九六年）

紹聖元年十一月，戲作〈朝雲詩〉。三年七月五日，朝雲病亡於惠州，葬之棲禪寺松林中東南，直大聖塔。予既銘其墓，且和前詩以自解。朝雲始不識字，晚忽學書，粗有楷法。蓋嘗從泗上比丘尼義沖學佛，亦畧聞大義，且死，誦《金剛經》四句偈而絕。

苗而不秀豈其天，不使童烏與我玄。駐景恨無千歲藥，贈行惟有小乘禪。傷心一念償前債，彈指三生斷後緣。歸臥竹根無遠近，夜燈勤禮塔中仙。

一碗超難吃的湯餅

試想，你在旅途中點的餐飲超級難吃，你，如何反應？

一，要求店家重新烹調另一餐食。

二，拒不埋單，或要求店家退款。

三，默不作聲，囫圇吞下，付費而去。

被推崇為老饕「吃貨」的蘇東坡會怎麼做呢？

南宋陸游《老學庵筆記》記載了一個呂周輔告訴他的「東坡食湯餅」故事：

> 呂周輔言：東坡先生與黃門公南遷，相遇于梧、藤間。道旁有鬻湯餅者，共買食之。惡不可食。黃門置箸而嘆，東坡已盡之矣。徐謂黃門曰：「九三郎，爾尚欲咀嚼耶？」大笑而起。秦少游聞之，曰：「此先生『飲酒但飲濕』而已。」

呂周輔名商隱，成都人，是南宋孝宗乾道二年進士，歷任國子博士兼國史院編修、宗正丞等職。他曾經編輯《三蘇遺文》，陸游為《三蘇遺文》作跋。

這則故事發生在北宋哲宗紹聖四年（一〇九七年），六十一歲的蘇東坡以莫須有的罪名被貶謫昌化軍（今海南島儋州），弟弟蘇轍也被貶謫雷州（今屬廣東省湛江市）。東坡在廣州和前來送行的親友作別，知道海南生活環境困難，自己年歲已高，健康情況不佳，有了終亡於海外的心理準備。他在給友人王古（敏仲）的信裡說道：

> 某垂老投荒，無復生還之望，殆與長子邁決，已處置後事矣。今到海南，首當作棺，次當作墓。乃留手疏與諸子，死則葬海外，生不契棺，死不扶柩，此亦乃東坡之家風也。

東坡把後事交代給長子蘇邁，只帶了幼子蘇過同行。他溯江西行而上，到了梧州（今廣西壯族自治區梧州市），聽說弟弟子由還在藤州（今廣西壯族自治區藤縣東北），急忙趕去相會，有詩記之：〈吾謫海南，子由雷州，被命即行，了不相知，至梧，乃聞其尚在藤也。旦夕當追及，作此詩視之〉。

詩裡說到自己在梧州，聯想不遠處的九疑山就是傳說中舜南巡去世的地方，夜不能寐，獨坐嘆息。東坡思念弟弟，提振精神，兩人雖被貶謫，一在海南，一在雷州，還遙遙隔海相望。東坡自比商朝的箕子，到朝鮮半島傳播教化，他也願居留在遠陬海南，開荒傳道。

五月間，兄弟倆在梧州和藤州之間終於見面了。蘇轍曾經擔任門下侍郎，舊稱黃門侍郎，世人因此稱他為「蘇黃門」、「黃門公」。兩人相聚話舊，在路邊一起吃了一碗麵。《老學庵筆記》說的「湯餅」就是麵片湯、刀削麵之類的麵食。「共買食之」四個字，道盡了他們經濟的拮据。這碗麵實在難以下咽，加上心情低落，弟弟子由扔下筷子唏噓感慨，東坡倒稀里呼嚕把麵吃光了。東坡慢慢地叫著子由的小名「九三郎」，問他：「你還想要細細咀嚼品嘗嗎？」

故事傳到了東坡的門人秦觀（少游）那裡，他想起了東坡在黃州寫的詩〈岐亭五首〉第四首：

酸酒如虀湯，甜酒如蜜汁。三年黃州城，飲酒但飲濕。我如更揀擇，一醉豈易得？

沒有好酒能夠一醉盡興，喝酒不過是濕潤嘴脣罷了。湯餅只為了裹腹而已，再怎麼難吃也無所謂。

再往「湯餅」的文化語彙裡深索，唐代就有生日吃湯餅的習俗，長長的麵條，象徵著長壽的好兆頭。湯餅意喻著「生」，不怕老死離島的東坡，置於死地而後生的決心，通透明晰。他不被美惡左右，「大笑而起」——何必和店家、和劣食計較呢？老天如果給你的是一碗難吃的湯餅，在人生的旅途中，滿足最基本的生存需求，先吞下，滋味如何且不管了。

東坡和子由相伴往貶所，同行一個月。六月十一日，兩人在徐聞海岸告別，子由目送兄長的船揚帆南去，那是他最後見到的東坡形影。

蘇軾〈吾謫海南，子由雷州，被命即行，了不相知，至梧乃聞其尚在藤也。旦夕當追及，作此詩示之〉（一〇九七年）

九疑聯綿屬衡湘，蒼梧獨在天一方。孤城吹角煙樹裏，落月未落江蒼茫。幽人拊枕坐歎息，我行忽至舜所藏。江邊父老能說子，白鬚紅頰如君長。莫嫌瓊雷隔雲海，聖恩尚許遙相望。平生學道真實意，豈與窮達俱存亡。天其以我為箕子，要使此意留要荒。他年誰作輿地志，海南萬里真吾鄉。

蘇轍〈次韻子瞻過海〉（一〇九七年）

我遷海康郡，猶在寰海中。送君渡海南，風帆若張弓。笑揖彼岸人，回首平生空。平生定何有，此去未可窮。惜無好勇夫，從此乘桴翁。幽子疑龍蝦，牙須竟誰雄。閉門亦勿見，一嗅同香風。晨朝飽粥飯，洗鉢隨僧鍾。借問何時歸，茲焉若將終。居家出家人，豈復懷兒童。老聃真吾師，出入初猶龍。籠樊顧甚密，俯首姑爾容。眾人指我笑，韁鎖無此工。一瞬千佛土，相期兜率宮。

蘇軾〈岐亭五首并敘〉（一〇八〇年）

元豐三年正月，余始謫黃州。至岐亭北二十五里山上，有白馬青蓋來迎者，則余故人陳慥季常也，為留五日，賦詩一篇而去。明年正月，復往見之，季常使人勞余於中途。余久不殺，恐季常之為余殺也，則以前韻作詩，為殺戒以遺季常。季常自爾不復殺，而岐亭之人多化之，有不食肉者。其後數往見之，往必作詩，詩必以前韻。凡余在黃四年，三往見季常，季常七來見余，蓋相從百餘日也。七年四月，余量移汝州，自江淮徂洛，送者皆止慈湖，而季常獨至九江。乃復用前韻，通為五首以贈之。

其一

昨日雲陰重，東風融雪汁。遠林草木暗，近舍煙火濕。下有隱君子，嘯歌方自得。知我犯寒來，呼酒意頗急。撫掌動鄰里，遶村捉鵝鴨。房櫳鏘器聲，蔬果照巾冪。久聞蔞蒿美，初見新芽赤。洗盞酌鵝黃，磨刀削熊白。須臾我徑醉，坐睡落巾幘。醒時夜向闌，唧唧銅瓶泣。黃州豈雲遠，但恐朋友缺。我當安所主，君亦無此客。朝來靜菴中，惟見峰巒集。

其二

我哀籃中蛤，閉口護殘汁。又哀網中魚，開口吐微濕。刳腸彼交病，過分我何得。相逢未寒溫，相勸此最急。不見盧懷慎，烝壺似烝鴨。坐客皆忍笑，髡然發其羃。不見王武子，每食刀幾赤。琉璃載烝㹠，中有人乳白。盧公信寒陋，衰發得滿幘。武子雖豪華，未死神已泣。先生萬金璧，護此一蟻缺。一年如一夢，百歲真過客。君無廢此篇，嚴詩編杜集。

其三

君家蜂作窠，歲歲添漆汁。我身牛穿鼻，卷舌聊自濕。二年三過君，此行真得得。愛君似劇孟，扣門知緩急。家有紅頰兒，能唱綠頭鴨。行當隔簾見，花霧輕羃羃。為我取黃封，親拆官泥赤。仍須煩素手，自點葉家白。樂哉無一事，十年不蓄幘。閉門弄添丁，哇笑雜呱泣。西方正苦戰，誰補將帥缺？披圖見八陣，合散更主客。不須親戎行，坐論教君集。

其四

酸酒如虀湯，甜酒如蜜汁。三年黃州城，飲酒但飲濕。我如更揀擇，一醉豈易得。幾思壓茅柴，禁網日夜急。西鄰椎甕盎，醉倒豬與鴨。君家大如掌，破屋無遮羃。何從得此酒，冷面妒君赤。定應好事人，千石供李白。為君三日醉，蓬髮不暇幘。夜深欲踰垣，臥想春甕泣。君奴亦笑我，鬢齒行禿缺。三年已四至，歲歲遭惡客。人生幾兩屐，莫厭頻來集。

其五

枯松強鑽膏，槁竹欲瀝汁。兩窮相值遇，相哀莫相濕。不知我與君，交遊竟何得。心法幸相語，頭然未為急。願為穿雲鶻，莫作將雛鴨。我行及初夏，煮酒映疏冪。故鄉在何許，西望千山赤。茲遊定安歸，東泛萬頃白。一歡寧復再，起舞花墮幘。將行出苦語，不用兒女泣。吾非固多矣，君豈無一缺？各念別時言，閉戶謝眾客。空堂淨掃地，虛白道所集。

明末清初赤壁賦茶鍾（臺北故宮博物院藏）

儋州

儋州

北宋哲宗紹聖四年（一〇九七年）閏二月，蘇軾在廣東惠州的白鶴峰新居建成，長子蘇邁授韶州仁化縣令，攜家來惠州與蘇軾團聚。已經適應惠州生活的蘇軾又受到政壇排擠，責授瓊州別駕，移送昌化軍安置。蘇軾把家人安頓在惠州，與幼子蘇過負擔而行，此去一別，生死未卜，子孫痛哭。六月十一日蘇軾父子渡海，七月二日抵達謫所儋州。直到一一〇〇年六月二十日渡海北歸。

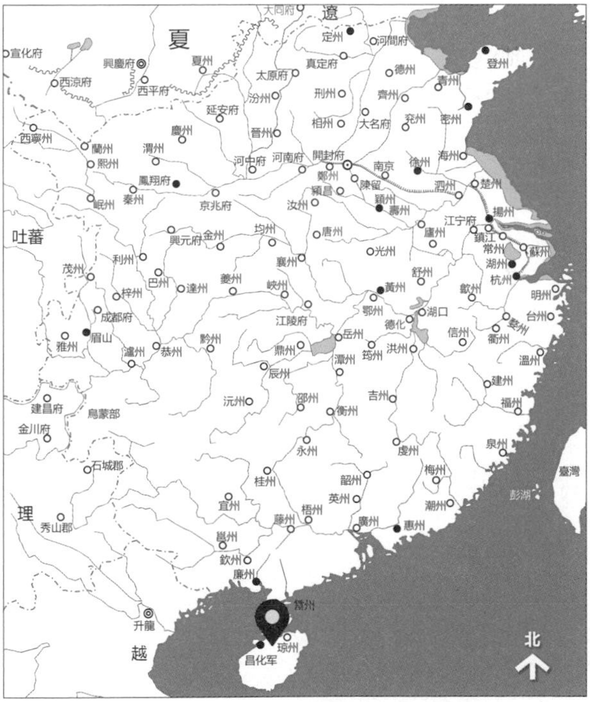

我家住在桄榔庵

「姐姐，你拍這菊花，這菊花很美。」

我回頭看見她，大約十歲的小女孩，頭髮紮起馬尾，皮膚黑亮，一雙炯炯有神的大眼更顯清澈。

我朝她點頭，微笑一下，繼續拍著豎立在菜園爛泥裡的這座殘碑。碑身有四分之一陷入雜草土塊，有明顯龜裂後修補的痕跡。除了碑頭「重修桄榔庵記」幾個篆字還依稀可見，碑文漫漶不清。碑陰有「中正」兩大字，不曉得是當時立碑時已有，還是後來刻上。

「姐姐，你踩到她家的葱了。」身後多了兩個年齡相仿的小女孩，馬尾女孩提醒我，這裡可是私人菜園子。

我收起相機，問她：「你家在哪裡？」

四下有農舍和豬圈，剛才走進這不及兩米寬的桄榔路，除了「但尋牛矢（屎）覓歸路」，還和大腹便便的老母豬、活蹦亂跳的花公雞、小母雞「擦身而過」。

「我家住在桄榔庵。」她說。

我聞聲一震，「桄榔庵」的主人，可是九百多年前的東坡先生哪！

「你知道這是什麼嗎？」我指指「重修桄榔庵記」的殘碑。

「蘇東坡。」她和她的朋友異口同聲回答。

「那邊還有東坡井。」她伸長手臂往右前方比畫。又說：「那邊叫坡井村。」

「東坡居士謫於儋耳，無地可居，偃息於桄榔林中，摘葉書銘，以記其處。」東坡的〈桄榔庵銘〉記敘了他卜居海南儋州的情形：「海氛瘴霧，吞吐吸呼。蝮蛇魑魅，出怒入娛。」東坡本來借住於官舍，後被逐出，只好在城南買地築屋，屋附近是桄榔樹林，所以取名「桄榔庵」。

「桄榔樹呢？」我問她：「就是那三棵嗎？」

三個女孩大笑：「那是椰子樹啦！」

果然是都市來的無知姐姐啊！（雖然被叫姐姐有點不好意思。）

「桄榔樹長得怎樣？」我環顧周圍。

「沒那椰子樹高……」「葉子大大……」「本來有的，全部死光砍掉了……」她們爭先恐後地說。

沒有桄榔樹的「桄榔庵」。東坡說此地「生謂之宅，死謂之墟」，有老死南荒的決心。兩年多後，他獲赦北歸，終焉常州。「桄榔庵」畢竟是東坡一生少有的「不動產」，歷代前往儋州的文人和官僚，不免到此緬懷憑弔，或是在原址修建蘇公祠，紀念一代文豪。

從元朝到清朝，以桄榔庵為基地的蘇公祠範圍逐漸擴大，曾經有正殿五間、講堂五間之規模。現存「重修桄榔庵記」的殘碑，就是康熙四十五年（一七〇六年）所立。可能碑文字跡太過模糊，有說此碑立於明末；有說重立於清朝道光年間，碑文詳細內容也不清楚。到了民國初年，昔日屋宇被夷為平地。

現在遊客到儋州，大多會參觀以東坡海南友人黎子雲的「載酒堂」為基地，修建得詩意古雅的「東坡書院」。原興建於北宋的儋州孔廟在文化革命中被焚毀，東坡書院於是取代孔廟，成為百姓祈求考試金榜題名的聖殿。

走在儋州中和鎮，被家家戶戶門口紅通通的楹聯吸引。左右長幅對仗工整，門楣橫披齊全。沿著門框上端，浮貼五張紅紙，象徵五福臨門。

無論是新穎樓房，還是陳舊宅厝，那樣誠心一筆一畫的書法，不是工廠大量印刷的產品。使人好奇：這個街上趕著牛車、屋後劈柴燒火、牆角排列醃菜甕缸的古鎮，怎麼把〈赤壁賦〉化為窗戶上方的一道紅光──「清風明月」──「清風明月」是春聯？不求財富？不必權貴？

「結茅得茲地，翳翳村巷永。」東坡在遷居桄榔庵之夕，聽見鄰居小兒誦讀，欣然作詩，說「兒聲自圓美」。即使如今只剩一方殘碑，來自海角天涯的訪客，仍然能在此地感受到千古風流的文化底蘊。

「蘇東坡的家沒有了，姐姐，要不要去看東坡井？還有水呢！」馬尾女孩還沒等我答應，就呼朋引伴跨過桄榔庵菜園子口的垃圾，往前領路去了。

延伸閱讀

蘇軾〈桄榔庵銘并敘〉（一〇九七年）

東坡居士謫於儋耳，無地可居，偃息於桄榔林中，摘葉書銘，以記其處。

九山一區，帝為方輿。神尻以遊，孰非吾居？百柱屓贔，萬瓦披敷。上棟下宇，不煩斤鈇。日月旋繞，風雨掃除。海氛瘴霧。吞吐吸呼。蝮蛇魑魅，出怒入娛。習若堂奧，雜處童奴。東坡居士，強安四隅。以動寓止，以實託虛。放此四大，還於一如。東坡非名，岷峨非廬。須髮不改，示現毗盧。無作無止，無欠無餘。生謂之宅，死謂之墟。三十六年，吾其捨此，跨汗漫而遊鴻濛之都乎？

蘇軾〈被酒獨行，遍至子雲威徽先覺四黎之舍〉三首（一〇九九年）

其一

半醒半醉問諸黎，竹刺藤梢步步迷。但尋牛矢覓歸路，家在牛欄西復西。

其二

總角黎家三四童，口吹葱葉送迎翁。莫作天涯萬里意，溪邊自有舞雩風。

其三

符老風情奈老何，朱顏減盡鬢絲多。投梭每困東鄰女，換扇惟逢春夢婆。

蘇軾〈澄邁驛通潮閣〉二首（一一〇〇年）

其一

倦客愁聞歸路遙，眼明飛閣俯長橋。貪看白鷺橫秋浦，不覺青林沒晚潮。

其二

餘生欲老海南村，帝遣巫陽招我魂。杳杳天低鶻沒處，青山一髮是中原。

蘇軾〈六月二十日夜渡海〉（一一〇〇年）

參橫斗轉欲三更，苦雨終風也解晴。雲散月明誰點綴？天容海色本澄清。空餘魯叟乘桴意，粗識軒轅奏樂聲。九死南荒吾不恨，茲遊奇絕冠平生。

左｜桄榔庵區域與清代紀念碑

右上｜東坡井

右下｜海南儋州東坡書院東坡笠屐塑像（三圖皆攝於2010年）

常州

常州

北宋哲宗元符三年（一一〇〇年）六月，蘇軾被赦，離開儋州北返。蘇軾渡海至廣東，奉敕復朝奉郎提舉成都府玉局觀，在外州軍任便居住。隔年正月度梅嶺往江西。蘇軾考慮定居之處，包括和蘇轍同在穎昌（河南許昌），希望在陽羨（江蘇宜興）買田，最後決定住在毗陵（江蘇常州）。

嶺南和海南的七年勞頓生活摧殘了蘇軾的健康，在常州，他寓居於孫氏館，上表請老，以本官致仕。七月中旬，蘇軾的熱毒病症加劇，二十八日去世，享年六十五歲。一一〇二年閏六月二十日，蘇轍依兄長遺囑，將蘇軾與王閏之合葬於汝州郟城縣鈞臺鄉上瑞里（河南省平頂山市郟縣小峨眉山）。

宋徽宗政和二年（一一一二年）十月三日，蘇轍病逝於穎昌，享年七十四歲。政和七年（一一一七年）三月二十五日，蘇轍妻子史氏病逝於穎昌。蘇轍夫婦合葬於蘇軾墓旁。加上蘇洵衣冠塚，稱為三蘇墳。

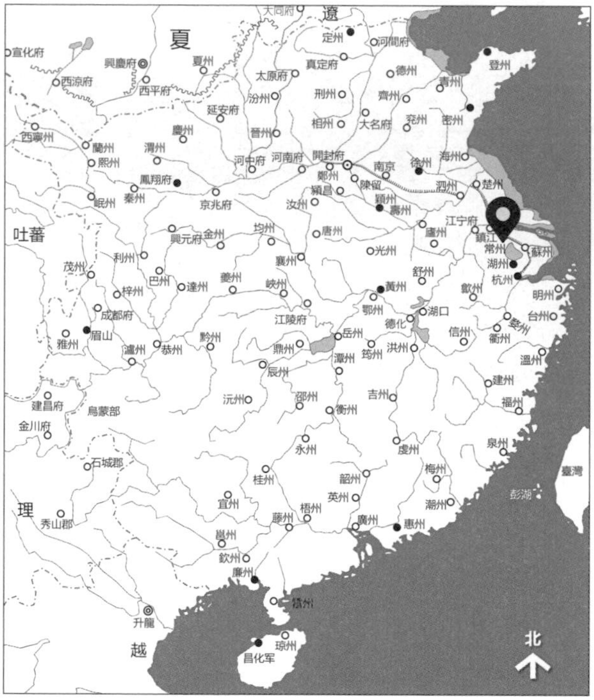

東坡在這裡閉上了眼睛

在常州大酒店前下了計程車。司機說對面有一批老房子，你們要找的地方應該就在那裡。穿越人行地下通道過馬路，看來像是新開發的商區，叫「迎春步行街」。街上大多是服飾店和美髮造型店，有的商店門口擺了販售舊書和古玩的地攤，C說大概就在附近。看這些小攤子賣的東西，是附近有文物保護建築的關係吧，我也這麼想。

向老婆婆問了路，路名是「前北岸」，老婆婆指示了方向，我們走到較為低矮陳舊的瓦房前，這附近就是「前北岸」。「前後北岸」原本是兩條河流所夾的土地，南邊的河流是顧塘溪，北邊是白雲溪，一九五〇年代和一九七〇年代先後被填平，成為今日的常州市延陵西路和迎春步行街。

C用家鄉話向賣燒餅的男子打聽，以前蘇東坡住過的，叫「藤花舊館」的地方，在這一帶……吳儂軟語，不能完全聽懂，意思大致如此。

男子和正在烤燒餅的婦人都搖頭，順手往前指，到那邊看看。

常州人C也沒去過「藤花舊館」，說怎麼東坡那麼有名的，他住過的地方就在鄰旁還不知道？我安慰她，這是常有的事，景點是給外地人來觀光的。

新修建的仿古民居群，白壁烏瓦，高聳的防火牆起伏如波浪。有的大門深鎖；有的玻璃門上貼了招商告示。走到通衢大路，一座寫著「前後北岸」的石牌坊嶄新矗立，又是一個文化商街要在此地誕生。

金飾店的店員說，前面門口停了車那裡就是。

其實那裡是「居委會」。「居委會」的田先生聽我們說要找「藤花舊館」，帶我們走到屋後。木門緊掩，石框上一方字跡模糊的石匾淺浮雕「藤花舊館」四個篆字。

研究東坡多年，曾經數度造訪東坡故里四川眉山，對於東坡畢生最終的居所很想一窺究竟。過去看了傳媒報導過的「藤花舊館」，是一處破舊凌亂的民宅。即使如此，我腦海中常州的存在，始終是和東坡生命的結束相連繫。

「藤花舊館」是明代的稱呼，傳說東坡曾經手植紫藤於此。東坡一生的最後一個多月寓居當地，那時叫「孫氏館」。東坡早年即有買田陽羨，終老常州的打算，如今從海南回到江南，長途跋涉已經讓東坡疲憊不堪，身陷沉痾。遭受東坡政治挫折池魚之殃的錢世雄還經常助東坡一臂之力，「孫氏館」就是錢世雄幫東坡找到的棲身之處。

宋代何薳的《春渚紀聞》記載，東坡向病榻前的錢世雄說：「惟吾子由，自再貶及歸，不復一見而決，此痛難堪！」東坡和弟弟的手足情深，臨終未能相見，甚為痛心。二〇一七年，北京清華附小二〇一二級四班的學生們統計了東坡作品中的高頻詞，最常出現的，就是「子由」，其次是「歸來」。

另一位陪伴東坡左右的是維琳長老，他為東坡說偈：「扁舟駕蘭陵，自慨舊風日。君家有天人，雄雄維摩詰。我口吞文殊，千里來問疾。若以默相酬，露柱皆笑出。」維琳用了文殊菩薩問疾於維摩詰，維摩詰對暢談不二法門的文殊菩薩沉默以對的故事。

東坡有〈答徑山琳長老〉詩回應：「與君皆丙子，各已三萬日。一日一千偈，電往那容詰。大患緣有身，無身則無疾。平生笑羅什，神咒真浪出。」維琳長老不熟悉鳩摩羅什「神咒」的典故，東坡手書告之：昔鳩摩羅什病危，令弟子持誦西域神咒三番，未竟即往生，可見壽命不會因神咒而延長。東坡和維琳長老同生於丙子年，如今已經年過六十餘，該走到人生盡頭之際，寧願坦然面對。

南宋孝宗乾道八年（一一七二年），時任常州知州的晁子健，是「蘇門四學士」之一的晁補之從弟晁說之的孫子，因著伯祖與東坡的關係，也由於敬仰及緬懷東坡，在孫氏館遺址建東坡祠，塑東坡像，並且遍訪士大夫家所藏畫本，挑選了十幅東坡畫像摹置壁間。東坡祠內羅列蘇轍、黃庭堅、晁補之、秦觀、陳師道、張耒等六人的畫像設奠分祀，事見《咸淳毗陵志》卷十四。

元明時期東坡祠一度改為東坡書院，後又毀於兵火，原址後來成為民宅。前幾年才因為市區改造，要求居民遷出。

不知道算是晚來一步，還是早來了。翻修中的「藤花舊館」不見以前照片中的楠木大廳，門板被拆除一空。庭院裡水泥攪拌機隆隆作響，新的屋瓦和木料堆疊。

我走進室內，仰頭端詳雕鏤金錢如意紋樣的橫梁和斗拱。被電動刨鑽器打磨飛墜的木屑讓我幾乎睜不開眼睛。擔心吸入粉塵，我屏住呼吸。

早，或是晚，總歸是在東坡停佇過的土地，時間未嘗片刻稍息。

北宋徽宗建中靖國元年（一一〇一年）農曆七月二十八日，東坡在這裡閉上了眼睛。永遠。

延伸閱讀

周煇《清波雜志》卷三〈坡入荊溪〉

東坡初入荊谿，有「樂死」之語，蓋喜其風土也。繼抱疾稍革，徑山老惟琳來問候，坡曰：「萬里嶺海不死，而歸宿田里，有不起之憂，非命也邪？然死生亦細故爾。」後二日，將屬纊，聞根先離，琳叩耳大聲曰：「端明勿忘西方！」曰：「西方不無，但箇裡著力不得。」語畢而終。

何薳《春渚紀聞》卷六〈坡仙之終〉

冰華居士錢濟明丈，嘗跋施純叟藏先生帖後云：建中靖國元年，先生以玉局還自嶺海。四月自當塗寄十一詩。且約同程德孺至金山相候。既往迓之，遂決議為毗陵之居。六月，自儀真避疾渡江，再見於奔牛埭。先生獨臥榻上，徐起謂某曰：「萬里生還，乃以後事相託也。惟吾子由，自再貶及歸，不復一見而決，此痛難堪。」

蘇轍〈亡兄子瞻端明墓誌銘〉（一一〇二年）

予兄子瞻，謫居海南。四年春正月，今天子即位，推恩海內，澤及鳥獸。夏六月，公被命渡海北歸。明年，舟至淮浙，秋七月，被病，卒於毘陵。吳越之民相與哭於市，其君子相與弔於家，訃聞四方，無賢愚皆咨嗟出涕，太學之士數百人，相率飯僧慧林佛舍。嗚呼！斯文墜矣，後生安所復仰！公始病，以書屬轍曰：「即死，葬我嵩山下，子為我銘。」轍執書哭曰：「小子忍銘吾兄！」

公諱軾，姓蘇，字子瞻，一字和仲，世家眉山。曾大父諱杲，贈太子太保，妣宋氏，追封昌國太夫人。大父諱序，贈太子太傅，妣史氏，追封嘉國太夫人。考諱洵，贈太子太師，妣程氏，追封成國太夫人。公生十年，而先君宦學四方，太夫人親授以書，聞古今成敗，輒能語其要。太夫人嘗讀東漢史，至范滂傳，慨然太息，公侍側曰：「軾若為滂，夫人亦許之否乎？」太夫人曰：「汝能為滂，吾顧不能為滂母耶？」公亦奮厲有當世志。太夫人喜曰：「吾有子矣！」比冠，學通經史，屬文日數千言。

嘉祐二年，歐陽文忠公考試禮部進士，疾時文之詭異，思有以救之。梅聖俞時與其事，得公〈論刑賞〉以示文忠。文忠驚喜，以為異人，欲以冠多士。疑曾子固所為。子固，文忠門下士也，乃寘公第二。復以《春秋》對義居第一，殿試中乙科。以書謝諸公，文忠見之，以書語聖俞曰：「老夫當避此人，放出一頭地。」士聞者始譁不厭，久乃信服。

丁太夫人憂。終喪。五年，授河南福昌主簿，文忠以直言薦之祕閣。試六論，舊不起草，以故文多不工。公始具草，文義粲然，時以為難。比答制策，復入三等，除大理評事，簽書鳳翔府判官。長吏意公文人，不以吏事責之，公盡心其職，老吏畏伏。

關中自元昊叛命，人貧役重，岐下歲以南山木栰，自渭入河，經底柱之險，衙前以破產者相繼也。公徧問老校，曰：「木栰之害，本不至此，若河、渭未漲，操栰者以時進止，可無重費也。患其乘河、渭之暴，多方害之耳。」公即修衙規，使衙前得自擇水工，栰行無虞。乃言於府，使得係籍，自是衙前之害減半。治平二年，罷還，判登聞鼓院。英宗在藩聞公名，欲以唐故事召入翰林；宰相限以近例，欲召試祕閣。上曰：「未知其能否，故試；如蘇軾，有不能耶！」宰相猶不可。及試二論，皆入三等，得直史館。

丁先君憂。服除，時熙寧二年也。王介甫用事，多所建立，公與介甫議論素異，既還朝，寘之官告院。四年，介甫欲變更科舉，上疑焉，使兩制三館議之，公議上，上悟曰：「吾固疑此，得蘇軾議，意釋然矣。」即日召見，問：「何以助朕？」公辭避，久之乃曰：「臣竊意陛下求治太急、聽言太廣、進人太銳，願陛下安靜以待物之來，然後應之。」上竦然聽受，曰：「卿三言，朕當詳思之。」介甫之黨皆不悅，命攝開封推官，意以多事困之。公決斷精敏，聲聞益遠。

會上元，有旨市浙燈，公密疏，舊例無有，不宜以玩好示人，即有旨罷。殿前初策進士，舉子希合，爭言祖宗法制非是。公為考官，退擬答以進，深中其病。自是論事愈力，介甫愈恨。御史知雜事者為誣奏公過失，窮治無所得。公未嘗以一言自辨，乞外任避之，通判杭州。

是時，四方行青苗、免役、市易，浙西兼行水利、鹽法。公於其間，常因法以便民，民賴以少安。高麗入貢使者凌蔑州郡，押伴使臣皆本路管庫，乘勢驕橫，至與鈐轄亢禮。公使人謂之曰：「遠夷慕化而來，理必恭順。今乃爾暴恣，非汝導之，不至是也！不悛，當奏之。」押伴者懼，為之小戢。使者發幣於官吏，書稱甲子，公却之曰：「高麗於本朝稱臣，而不稟正朔，吾安敢受？」使者亟易書稱熙寧，然後受之，時以為得體。吏民畏愛，及罷去，猶謂之學士，而不言姓。

自杭徙知密州。時方行手實法，使民自疏財產以定戶等，又使人得告其不實，司農寺又下諸路，不時施行者，以違制論。公謂提舉常平官曰：「違制之坐，若自朝廷，誰敢不從？今出於司農，是擅造律也，若何？」使者驚曰：「公姑徐之。」未幾，朝廷亦知手實之害，罷之。密人私以為幸。郡嘗有盜，竊發而未獲，安撫轉運司憂之，遣一三班使臣，領悍卒數十人，入境捕之，卒凶暴恣行，以禁物誣民，入其家爭鬬至殺人，畏罪驚散，欲為亂。民訴之，公投其書不視，曰：「必不至此。」潰卒聞之少安。徐使人招出，戮之。

自密徙徐。是歲河決曹村，泛于梁山泊，溢于南清河，城南兩山環繞，呂梁、百步扼之，匯于城下，漲不時洩，城將敗，富民爭出避水。公曰：「富民若出，民心動搖，吾誰與守？吾在，是水決不能敗城！」驅使復入。公履屨杖策，親入武衛營，呼其卒長，謂之曰：「河將害城，事急矣，雖禁軍，宜為我盡力！」卒長呼曰：「太守猶不避塗潦，吾儕小人效命之秋也！」執梃入火伍中，率其徒短衣徒跣，持畚鍤以出，築東南長隄，首起戲馬臺，尾屬於城。隄成，水至隄下，害不及城，民心乃安。然雨日夜不止，河勢益暴，城不沉者三板。公廬於城上，過家不入，使官吏分堵而守，卒完城以聞。復請調來歲夫，增築故城，為木岸，以虞水之再至，朝廷從之。訖事，詔褒之，徐人至今思焉。

徙知湖州，以表謝上。言事者摘其語以為謗，遣官逮赴御史獄。初，公既補外，見事有不便於民者，不敢言、亦不敢默視也。緣詩人之義，託事以諷，庶幾有補於國，言者從而媒蘖之。上初薄其過，而浸潤不止，是不得已從其請。既付獄吏，必欲寘之死，鍛鍊久之，不決，上終憐之，促具獄，以黃州團練副使安置。公幅巾芒屩，與田父野老相從溪谷之間，築室於東坡，自號東坡居士。

五年，上有意復用，而言者沮之。上手札徙汝州，略曰：「蘇軾黜居思咎，閱歲滋深。人材實難，不忍終棄。」未至，上書自言有飢寒之憂，有田在常，願得居之。書朝入，夕報可。士大夫知上之卒喜公也。會晏駕，不果復用。至常，以哲宗即位，復朝奉郎，知登州。至登，召為禮部郎中。

公舊善門下侍郎司馬君實及知樞密院章子厚，二人冰炭不相入，子厚每以謔侮困君實，君實苦之，求助於公。公見子厚曰：「司馬君實時望甚重，昔許靖以虛名無實見鄙於蜀先主，法正曰：『靖之浮譽，播流四海，若不加禮，必以賤賢為累。』先主納之，乃以靖為司徒。許靖且不可慢，況君實乎？」子厚以為然，君實賴以少安。既而朝廷緣先帝意欲用公，除起居舍人。公起於憂患，不欲驟履要地，力辭之，見宰相蔡持正自言，持正曰：「公徊翔久矣，朝中無出公右者。」公固辭。持正曰：「今日誰當在公前者？」公曰：「昔林希同在館中，年且長。」持正曰：「希固當先公耶？」卒不許，然希亦由此繼補記注。

元祐元年，公以七品服入侍延和，即改賜銀緋。二年，遷中書舍人。時君實方議改免役為差役。差役行於祖宗之世，法久多弊，編戶充役不習，官府吏虐使之，多以破產。而狹鄉之民，或有不得休息者。先帝知其然，故為免役，使民以戶高下出錢，而無執役之苦。行法者不循上意，於雇役實費之外，取錢過多，民遂以病。若量出為入，毋多取於民，則足矣。君實為人，忠信有餘，而才智不足，知免役之害而不知其利，欲一切以差役代之。方差官置局，公亦與其選，獨以實告，而君實始不悅矣。嘗見之政事堂，條陳不可，君實忿然。公曰：「昔韓魏公刺陝西義勇，公為諫官，爭之甚力，魏公不樂，公亦不顧。軾昔聞公道其詳，豈今日作相，不許軾盡言耶？」君實笑而止。公知言不用，乞補外，不許。君實始怒，有逐公意矣。會其病卒，乃已。時臺諫官多君實之人，皆希合以求進，惡公以直形己，爭求公瑕疵，既不可得，則因緣熙寧謗訕之說以病公，公自是不安於朝矣。

尋除翰林學士。二年，復除侍讀。每進讀，至治亂盛衰、邪正得失之際，未嘗不反覆開導，覬上有所覺悟。上雖恭默不言，聞公所論說，輒首肯喜之。三年，權知禮部貢舉。會大雪苦寒，士坐庭中，噤不能言。公寬其禁約，使得盡其技。而巡鋪內臣伺其坐起，過為凌辱。公以其傷動士心，虧損國體，奏之，有旨送內侍省撻而逐之，士皆悅服。嘗侍上讀祖宗寶訓，因及時事，公歷言今賞罰不明，善惡無所勸沮，又黃河勢方西流，而強之使東，夏人寇鎮戎，殺掠幾萬人，帥臣掩蔽不以聞，朝廷亦不問，事每如此，恐寖成衰亂之漸。當軸者恨之，公知不見容，乞外任。

四年，以龍圖閣學士知杭州。時諫官言前宰相蔡持正知安州，作詩借郝處俊事以譏刺時事，大臣議逐之嶺南。公密疏言：朝廷若薄確之罪，則於皇帝孝治為不足；若深罪確，則於太皇太后仁政為小累。謂宜皇帝降敕置獄逮治，而太皇太后內出手詔赦之，則仁孝兩得矣。宣仁后心善公言，而不能用。公出郊，未發，遣內侍賜龍茶、銀合，用前執政恩例，所以慰勞甚厚。

及至杭，吏民習公舊政，不勞而治。歲適大旱，饑疫並作，公請於朝，免本路上供米三之一，故米不翔貴；復得賜度僧牒百，易米以救飢者。明年方春，即減價糶常平米，民遂免大旱之苦。公又多作饘粥、藥劑，遣吏挾醫，分坊治病，活者甚眾。公曰：「杭，水陸之會，因疫病死比他處常多。」乃裒羨緡，得二千，復發私橐，得黃金五十兩，以作病坊，稍畜錢糧以待之，至于今不廢。是秋復大雨，太湖泛溢害稼。公度來歲必饑，復請于朝，乞免上供米半，又多乞度牒，以糴常平米，并義倉所有，皆以備來歲出糶，朝廷多從之。由是吳、越之民復免流散。

杭本江海之地，水泉鹹苦，居民稀少。唐刺史李泌始引西湖水作六井，民足於水，故井邑日富。及白居易復浚西湖，放水入運河，自河入田，所溉至千頃。然湖水多葑，自唐及錢氏，歲輒開治，故湖水足用。近歲廢而不理，至是湖中葑田積二十五萬餘丈，而水無幾矣。運河失湖水之利，則取給於江潮，潮渾濁多淤，河行闤闠中，三年一淘，為市井大患，而六井亦幾廢。公始至，浚茅山鹽橋二河，以茅山一河專受江潮、以鹽橋一河專受湖水，復造堰閘，以為湖水畜洩之限，然後潮不入市；且以餘力復完六井，民稍獲其利矣。公間至湖上，周視良久，曰：「今欲去葑田。葑田如雲，將安所寘之？湖南北三十里，環湖往來，終日不達，若取葑田積之湖中，為長堤以通南北，則葑田去而行者便矣。吳人種菱，春輒芟除，不遺寸草，葑田若去，募人種菱，收其利以備修湖，則湖當不復堙塞。」乃取救荒之餘，得錢糧以貫石數者萬；復請於朝，得百僧度牒以募役者。堤成，植芙蓉楊柳其上，望之如圖畫，杭人名之「蘇公堤」。

杭僧有淨源者，舊居海濱，與舶客交通牟利，舶至高麗，交譽之。元豐末其王子義天來朝，因往拜焉，至是源死，其徒竊持其畫像附舶往告，義天亦使其徒附舶來祭。祭訖，乃言國母使以金塔二祝皇帝、太皇太后壽。公不納，而奏之曰：「高麗久不入貢，失賜予厚利，意欲來朝，未測朝廷所以待之薄厚，故因祭亡僧而行祝壽之禮，禮意尠薄，蓋可見矣。若受而不答，則遠夷或以怨怒；因而厚賜之，正墮其計。臣謂朝廷宜勿與知，而使州郡以理却之。然庸僧猾商，敢擅招誘外夷，邀求厚利，為國生事，其漸不可長，宜痛加懲創。」朝廷皆從之。未幾，高麗貢使果至。公按舊例，使之所至，吳、越七州，實費二萬四千餘緡，而民間之費不在，乃令諸郡量事裁損。比至，民獲交易之利，而無侵擾之害。

浙江潮自海門東來，勢如雷霆，而浮山峙於江中，與漁浦諸山，犬牙相錯，洄洑激射，歲敗公私船不可勝計。公議自浙江上流，地名石門，並山而東，鑿為運河，引浙江及谿谷諸水二十餘里，以達于江；又並山為岸，不能十里以達于龍山之大慈浦；自浦北折抵小嶺，鑿嶺六十五丈，以達于嶺東古河；浚古河數里，以達于龍山運河，以避浮山之險，人皆以為便。奏聞，有惡公成功者，會公罷歸，使代者盡力排之，功以不成。公復言：「三吳之水，瀦為太湖。太湖之水，溢為松江以入海。海日兩潮，潮濁而江清，潮水常欲淤塞江路。而江水清駛，隨輒滌去，海口常通，則吳中少水患。昔蘇州以東，公私船皆以篙行，無陸挽者。自慶曆以來，松江大築挽路，建長橋以扼塞江路，故今三吳多水。欲鑿挽路為千橋，以迅江勢。」亦不果用，人皆恨之。公二十年間再莅此州，有德於其人，家有畫像，飲食必祝，又作生祠以報。

六年，召入為翰林承旨，復侍邇英。當軸者不樂，風御史攻公。公之自汝移常也，授命於宋，會神考晏駕，哭於宋，而南至揚州。常人為公買田，書至，公喜作詩，有「聞好語」之句，言者妄謂公聞諱而喜，乞加深譴。然詩刻石有時日，朝廷知言者之妄，皆逐之。公懼，請外補，乃以龍圖閣學士守潁。

先是開封諸縣多水患，吏不究本末，決其陂澤，注之惠民河，河不能勝，則陳亦多水。至是又將鑿鄧艾溝，與潁河並。且鑿黃堆，注之於淮，議者多欲從之。公適至，遣吏以水平準之。淮之漲水高於新溝幾一丈，若鑿黃堆，淮水顧流浸州境，決不可為，朝廷從之。郡有宿賊尹遇等數人，羣黨驚劫，殺變主及捕盜吏兵者非一。朝廷以名捕不獲，被殺者噤不敢言。公召汝陰尉李直方，謂之曰：「君能擒此，當力言於朝，乞行優賞；不獲，亦以不職奏免君矣。」直方退，緝知羣盜所在，分命弓手往捕其黨，而躬往捕遇。直方有母年九十，母子泣別而行。手戟刺而獲之。然小不應格，推賞不及。公為言於朝，請以年勞，改朝散郎階，為直方賞，朝廷不從。其後吏部以公當遷，以符會公考，公自謂已許直方，卒不報。

七年，徙揚州。發運司舊主東南漕法，聽操舟者私載物貨，征商不得留難。故操舟者富厚，以官舟為家，補其弊漏，而周船夫之乏困，故其所載，率無虞而速達。近歲不忍征商之小失，一切不許，故舟弊人困，多盜所載，以濟飢寒，公私皆病。公奏乞復故，朝廷從之。

未閱歲，以兵部尚書召還，兼侍讀。是歲，親祀南郊，為鹵簿使，導駕入太廟，有貴戚以其車從爭道，不避仗衛，公於車中劾奏之。明日，中使傳命申敕有司，嚴整仗衛。尋遷禮部，復兼端明殿、翰林侍讀二學士。高麗遣使請書於朝，朝廷以故事盡許之。公曰：「漢東平王請諸子及《太史公書》，猶不肯予；今高麗所請有甚於此，其可予之乎？」不聽。公臨事必以正，不能俯仰隨俗，乞守郡自効。

八年，以二學士知定州。定久不治，軍政尤弛，武衛卒驕惰不教，軍校蠶食其廩賜，故不敢呵問。公取其貪汙甚者，配隸遠惡，然後繕修營房，禁止飲博。

軍中衣食稍足，乃部勒以戰法，眾皆畏伏。然諸校多不自安者，有卒史復以贓訴其長，公曰：「此事吾自治則可，汝若得告，軍中亂矣。」亦決配之，眾乃定。會春大閱，軍禮久廢，將吏不識上下之分。公命舉舊典，元帥常服坐帳中，將吏戎服，奔走執事。副總管王光祖自謂老將，恥之，稱疾不出。公召書吏作奏，將上，光祖震恐而出，訖事，無敢慢者。定人言，自韓魏公去，不見此禮至今矣。北戎久和，邊兵不試，臨事有不可用之憂，惟沿邊弓箭社兵，與寇為鄰，以戰射自衛，猶號精銳。故相龐公守邊，因其故俗，立隊伍將校，出入賞罰，緩急可使。歲久法弛，復為保甲所撓，漸不為用。公奏為免保甲，及兩稅折變科配，長吏以時訓勞，不報，議者惜之。

時方例廢舊人，公坐為中書舍人，日草責降官制，直書其罪，誣以謗訕，紹聖元年遂以本官知英州，尋復降一官。未至，復以寧遠軍節度副使安置惠州。公以侍從齒嶺南編戶，獨以少子過自隨。瘴癘所侵，蠻蜒所侮，胸中泊然無所蔕芥，人無賢愚，皆得其歡心，疾苦者畀之藥，殞斃者納之竁。又率眾為二橋，以濟病涉者，惠人愛敬之。

居三年，大臣以流竄者為未足也。四年，復以瓊州別駕安置昌化。昌化非人所居，食飲不具，藥石無有。初僦官屋以庇風雨，有司猶謂不可，則買地築室，昌化士人畚土運甓以助之，為屋三間。人不堪其憂，公食芋飲水，著書以為樂。時從其父老遊，亦無間也。

元符三年，大赦，北還。初徙廉，再徙永，已乃復朝奉郎提舉成都玉局觀，居從其便。公自元祐以來，未嘗以歲課乞遷，故官止於此。勳上輕車都尉，封武功縣開國伯，食邑九百戶。將居許，病暑，暴下，中止於常。

建中靖國元年六月，請老，以本官致仕，遂以不起。未終旬日，獨以諸子侍側，曰：「吾生無惡，死必不墜，慎無哭泣以怛化。」問以後事，不答，湛然而逝，時七月丁亥也。

公娶王氏，追封通義郡君；繼室以其女弟，封同安郡君，亦先公而卒。子三人，長曰邁，雄州防禦推官，知河間縣事。次曰迨、次曰過，皆承務郎。孫男六人：簞、符、箕、籥、筌、籌。明年閏六月癸酉，葬於汝州郟城縣釣臺鄉上瑞里。

公之於文，得之於天。少與轍皆師先君，初好賈誼、陸贄書，論古今治亂，不為空言；既而讀《莊子》，喟然歎息曰：「吾昔有見於中，口未能言，今見《莊子》，得吾心矣。」乃出《中庸論》，其言微妙，皆古人所未喻。嘗謂轍曰：「吾視今世學者，獨子可與我上下耳。」既而謫居於黃，杜門深居，馳騁翰墨，其文一變，如川之方至，而轍瞠然不能及矣。後讀釋氏書，深悟實相，參之孔老，博辯無礙，浩然不見其涯也。先君晚歲讀《易》，玩其爻象，得其剛柔遠近喜怒逆順之情，以觀其詞，皆迎刃而解。作《易傳》，未完，疾革，命公述其志。公泣受命，卒以成書，然後千載之微言，煥然可知也。復作《論語說》，時發孔氏之祕。最後居海南，作《書傳》，推明上古之絕學，多先儒所未達。既成三書，撫之嘆曰：「今世要未能信，後有君子，當知我矣。」至其遇事所為詩、騷、銘、記、書、檄、論、譔，率皆過人。有《東坡集》四十卷、《後集》二十卷、《奏議》十五卷、《內制》十卷、《外制》三卷。公詩本似李杜，晚喜陶淵明，追和之者幾遍，凡四卷。幼而好書，老而不倦，自言不及晉人，至唐褚、薛、顏、柳，髣髴近之。平生篤於孝友，輕財好施。伯父太白早亡，子孫未立，杜氏姑卒未葬。先君沒，有遺言。公既除喪，即以禮葬姑。及官可蔭補，復以奏伯父之曾孫彭。其於人，見善稱之如恐不及，見不善斥之如恐不盡，見義勇於敢為而不顧其害，用此數困於世，然終不以為恨。孔子謂伯夷、叔齊古之賢人，曰：「求仁而得仁，又何怨？」公實有焉。

銘曰：

蘇自欒城，西宅于眉，世有潛德，而人莫知。猗歟先君，名施四方，公幼師焉，其學以光。

出而從君，道直言忠，行險如夷，不謀其躬。英祖擢之，神考試之，亦既知矣，而未克施。

晚侍哲皇，進以詩書，誰實間之，一斥而疏。公心如玉，焚而不灰，不變生死，孰為去來。

古有微言，眾說所蒙，手發其樞，恃此以終。心之所涵，遇物則見，聲融金石，光溢雲漢。

耳目同是，舉世畢知，欲造其淵，或眩以疑。絕學不繼，如已斷弦，百世之後，豈無其賢。

我初從公，賴以有知，撫我則兄，誨我則師。皆遷于南，而不同歸，天實為之，莫知我哀！

上｜常州藤花舊館
中｜常州東坡塑像
下｜常州艤舟亭，傳說東坡登岸處
（三圖皆攝於2010年）

卷二　海角

北京

東坡先生，生日快樂！

東坡先生，您早化為大空宇宙的星塵，世上還有您的三十一代子孫，認祖歸宗。二〇〇〇年法國《世界報》（*Le Monde*）評選您為生存於西元一〇〇一至二〇〇〇年的十二位世界級人物之一，稱為「千年英雄」。理由除了您的文學與政治成就，還因為您是位美食家！馳名國際的中國名菜「東坡肉」不必說了。在南洋，馬來語裡的烏賊和魷魚叫做Sotong，我在課堂上提到「蘇東坡」，同學們竊竊微笑，沒吃過嗎？Sotong Ball，章魚小丸子！

一九九七年我第一次參加國際學術研討會，就見識到數百位學者專家濟濟一堂的大場面。雖然不大清楚什麼是「東坡文化節」，那壯盛熱鬧的慶典，不但讓我大開眼界，印象深刻，從此更增強了我「加入研究隊伍」的信心。會議期間，正值中秋節，我們在您四川眉山老家的院子裡賞月喝茶吃花生，個個都說，拜您之賜，靠您老人家吃飯……

我們這幫人，大多不過是由於職業工作而成為「愛好者」；「好之者，不如樂之者」，真正樂在其中，當您「鐵桿粉絲」（用南方的食物來比喻，叫「粉絲變粿條」）的人，中外古今比比皆是。就說兩位，讓您老人家開心吧！

清朝人翁方綱可能在天上拜見過您了。他三十六歲時在廣州花了六十金，買了「江湖中流傳甚久」的東坡先生墨寶《嵩陽帖》，起首寫的是北宋蔡襄夢見的詩句：「天際烏雲含雨重，樓前紅日照山明」，於是又世稱《天際烏雲帖》。翁方綱多次題跋《天際烏雲帖》，自號「蘇齋」，他和朝鮮文人金正喜、申緯的交往，還讓《天際烏雲帖》揚名東國。

每年臘月十九日，翁方綱不忘在家中請出《天際烏雲帖》，和他請友人朱鶴年畫的東坡先生像，舉行「壽蘇會」。「壽蘇會」的活動在朝鮮、日本都舉行過，把現在首爾的漢江畔當成「赤壁」的朝鮮文人，模仿東坡先生月下泛舟。而二十世紀的大型日本「壽蘇會」就有五次，參加的雅士包括王國維、羅振玉、日本漢學家內藤湖南。主持人長尾雨山還把貴客們的詩文，以及未能躬逢其盛的同好，例如吳昌碩的作品，收錄成冊，可見於池澤滋子教授和曾棗莊教授的大作中。

二十一世紀，「為東坡活下半生」的堯軍先生，是另一位奇人。

堯軍是四川樂山人，也算東坡的老鄉；學的是電子科技，十多年前從事的是「學以致用」的「本行」。操勞疲憊的生活，讓他的身體發出了「病危」的警訊。

堯軍告訴我，他帶著「等死」的絕望，在病床上空度日。有朋友帶了書籍讓他解悶，他無意間翻閱，從此上了癮。那是王水照教授和崔銘教授合著的《蘇軾傳：智者在苦難中的超越》。

堯軍說：「讀到蘇東坡如何度過人生的艱辛波折，我很感動，深受啟發。」他的「上癮」，便是央求友人大量為他購買有關蘇東坡的書籍。看著看著，他的血壓逐漸穩定，心境愈為平和，直到奇蹟般的出院。

「蘇東坡救了我的命。」如果不是親耳聽見，我實在難以相信這種比宗教「感應」、「見證」更震撼的事。

「華夏蘇東坡文化傳播中心執行董事」，堯軍的名片這麼寫著。他花了九年時間，走遍蘇東坡一生遊歷和居住過的四百多個地方。他從事的推廣傳播東坡文化工作，小自贈送東坡相關書刊，大到召集全中國三十多個以「東坡」命名，或者與「東坡」有關的中小學校長、教師與學生代表，於二〇一一年七月，在東坡的家鄉參加首屆「『東坡學校』與東坡文化傳播交流活動」。

東坡先生，您四十六歲的生日在赤壁下聽李委吹笛度過。曲終人不見，我在比海南島更南方的南洋，遙寄心念。

誕辰九百七十五周年（二〇一二年），人間有東坡，學習苦中作樂。

延伸閱讀

蘇軾〈李委吹笛并引〉（一〇八二年）

元豐五年十二月十九日，東坡生日。置酒赤壁磯下，踞高峰，俯鶻巢。酒酣，笛聲起於江上。客有郭、石二生頗知音，謂坡曰：「笛聲有新意，非俗工也。」使人問之，則進士李委，聞坡生日，作新曲曰《鶴南飛》以獻。呼之使前，則青巾紫裘腰笛而已。既奏新曲，又快作數弄，嘹然有穿雲裂石之聲。坐客皆引滿醉倒。委袖出嘉紙一幅，曰：「吾無求於公，得一絕句足矣。」坡笑而從之。

山頭孤鶴向南飛，載我南遊到九疑。下界何人也吹笛，可憐時復犯龜茲。

蘇軾〈與范子豐八首〉（之七）（一〇八三年）

黃州少西，山麓斗入江中，石室如丹。傳云曹公敗所，所謂赤壁者。或曰：非也。時曹公敗歸華容路，路多泥濘，使老弱先行，踐之而過，曰：「劉備智過人而見事遲，華容夾道皆葭葦，使縱火，則吾無遺類矣。」今赤壁少西對岸，即華容鎮，庶幾是也。然岳州復有華容縣，竟不知孰是？今日李委秀才來相別，因以小舟載酒飲赤壁下。李善吹笛，酒酣作數弄，風起水湧，大魚皆出。山上有栖鶻，亦驚起。坐念孟德、公瑾，如昨日耳。適會范子豐兄弟來求書字，遂書以與之。李字公達云。元豐六年八月五日。

梅嶺東坡樹（攝於2013年）

蘇軾《天際烏雲帖》

其一

「天際烏雲含雨重，樓前紅日照山明。嵩陽道士今何在，青眼看人萬里情。」此蔡君謨夢中詩也。僕在錢塘，一日謁陳述古，邀余飲堂前小閣中。壁上小書一絕，君謨真跡也。「綽約新嬌生眼底，侵尋舊事上眉尖。問君別後愁多少，得似春潮夜夜添。」又有人和云：「長垂玉筯殘妝臉，肯為金釵露指尖。萬斛閒愁何日盡，一分真態為誰添。」二詩皆可觀，後詩不知誰作也。

其二

杭州營籍周韶，多蓄奇茗，常與君謨鬬，勝之。韶又和作詩。子容過杭，述古飲之，韶泣求落籍。子容曰：「可作一絕。」韶援筆立成，曰：「隴上巢空歲月驚，忍看回首自梳翎。開籠若放雪衣女，長念觀音般若經。」韶時有服，衣白，一坐嗟歎。遂落籍。同輩皆有詩送之，二人最善。胡楚云：「淡粧輕素鶴翎紅，移入朱闌便不同。應笑西園舊桃李，強匀顏色待春風。」龍靚云：「桃花流水本無塵，一落人間幾度春。解佩暫酬交甫意，濯纓還見武陵人。」故知杭人多慧也。

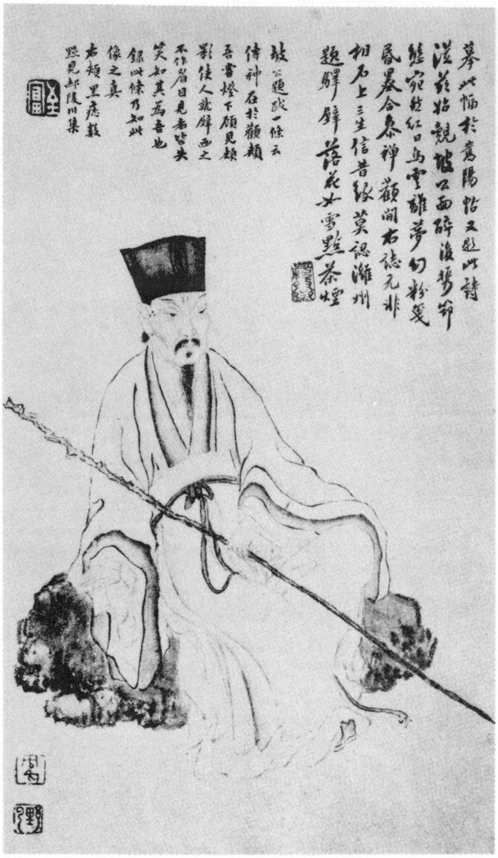

翁方綱藏《天際烏雲帖》東坡畫像

東坡雞湯

在青海西寧開會，很快就被認出來——「我看過您在電視上說蘇東坡！」是媒體的傳播效應吧。即使我的鏡頭並不多，每次畫面也不長。

二〇一七年七月十七日，大陸中央電視臺大型人文歷史紀錄片《蘇東坡》在特輯預告過了近一年之後播放。前一天倉促得知節目即將推出時，還有些疑惑，以為應該更早會有消息。畢竟那氣勢撼人，排場宏大，陣容堅強的二十一分鐘預告片花太令人驚豔了！

攝製組不但訪談了數十位中外學者、書法家、收藏家、音樂家、作家，還遠赴美國、法國、日本拍攝，試圖穿梭古今國際，呈現蘇軾在世界的形象。

將紀錄片《蘇東坡》的片花轉發在我設置的「愛上蘇東坡」Facebook網頁，便經常有網友垂詢何時正式播出？我一度也想直接詢問攝製組，後來念頭一轉，知道影片的後製作業和放映都牽涉許許多多公務環節，恐非易事。不過，我肯定地認為：今年（二〇一七年）是蘇軾誕辰九百八十周年，有因應天時的效果。

不大熟悉大陸紀錄片的一般長度和放映頻率，今年夏季一直在行旅中，沒能鎖定時間看電視。七月十八日友人寄來我在電視上的螢幕截圖，哦！已經播四集了！每集三十分鐘，總共六集，主題分別是：「雪泥鴻爪」、「一蓑煙雨」、「大江東去」、「成竹在胸」、「千古遺愛」和「南渡北歸」。（和我在大學開設的「蘇軾文學與藝術」課的架構相近。）

從標題可以大致看出，《蘇東坡》影片是以蘇軾的事蹟為縱軸，政治文字獄「烏臺詩案」為轉捩點，講述他的生平境遇。這部分凡是談蘇軾的傳記，比如林語堂、王水照和崔銘等人的大作中，都有精采的內容。影片裡，包括我敬陪末座的訪談，回答編導的提問，主旨也都不離「蘇東坡如何過完了一生」。

個人以為，最出彩的亮點，是受訪者的言語、表情、手勢讓觀眾感染的生動熱忱。尤其是葉嘉瑩、余光中幾位前輩的唱誦及引述，是把蘇東坡「吃透」，融進心魂的傳達；是媒體說書人難以企及的高度境界。

影片《蘇東坡》的第二大亮點，是「蘇東坡如何活了近一千年」。我曾經寫過一篇文章，題目是〈我不要你死〉，開頭便說：「有的人肉體死亡，精神還一直活著；有的人活著，卻如行屍走肉。」教東坡詩詞，蘇東坡在我的講堂裡，活了一次，又死了一次。〈水調歌頭〉流行歌曲傳唱不衰；行書《寒食帖》從黃庭堅到內藤湖南隔世對話；宋代喬仲常的《後赤壁賦圖卷》繪畫出蘇軾在一〇八二年農曆十月十五日夜遊黃州赤壁的景況和幻夢。人們各自以音樂、文字、圖像、戲劇的藝術媒介，延續蘇軾的生命，也讓自己的生命隨蘇軾生命的延續而找到依託。

再看第三大亮點，「蘇東坡如何被新世紀觀看」。全片巧妙運用科技，創製虛實相益的水墨動畫和人物演出，使得「說明」（telling）的敘事性加入了「展示」（showing）的視覺性。預告片花令人目不暇給，激發觀影期待的動力即在於此。舉凡受過基本語文教育的華人，包括漢字水平中等的外國人，都聽過「蘇東坡」的大名（雖然我遇過很少數的華人不知道「蘇東坡」和「蘇軾」是同一人），欣賞「蘇東坡」影片，焦點不全集中於「聽故事」，而是「看故事」。我們也能夠發現製作單位偏愛用全景的視角，讓觀眾彷彿站在超然的時空，俯瞰蘇東坡，當這巨人般的文化偶像轉身面向我們，我們便與他站在同一地平線上，為之同情共感。

我是在百分之七十為二十四歲以下用戶觀覽的「B站」看《蘇東坡》影片，有趣的彈幕流露了「九〇後」的心聲，時而「美哭」；時而「6666」；時而秀兩句詩詞，惡搞不多，拜神不少。更多的，是被老師要求觀看，得寫暑假報告，跪求分享觀影心得的學生。

十二世紀高麗時代，讀書人競相仿傚蘇軾的文筆，以致有科舉考試之後「今年又三十東坡出矣」的說法。那些信手拈來的彈幕，恐怕不能當作業交差，我很好奇學生們會寫出什麼感想？「不曉得今年暑假過後，老師們會不會收到一碗碗一盆盆的『東坡雞湯』？」我對在西寧的友人說。

延伸閱讀

蘇轍〈超然臺賦〉（一〇七五年）

子瞻既通守餘杭，三年不得代。以轍之在濟南也，求為東州守。既得請高密，其地介於淮海之間，風俗朴陋，四方賓客不至。受命之歲，承大旱之餘孽，驅除螟蝗，逐捕盜賊，廩卹饑饉，日不遑給。幾年而後少安，顧居處隱陋，無以自放，乃因其城上之廢臺而增茸之。日與其僚覽其山川而樂之，以告轍曰：「此將何以名之？」轍曰：「今夫山居者知山，林居者知林，耕者知原，漁者知澤，安於其所而已。其樂不相及也，而臺則盡之。天下之士，奔走於是非之場，浮沉於榮辱之海，囂然盡力而忘反，亦莫自知也。而達者哀之，二者非以其超然不累於物故邪。《老子》曰：『雖有榮觀，燕處超然。』嘗試以『超然』命之，可乎？」因為之賦以告曰：

東海之濱，日氣所先。躋高臺之陵空兮，溢晨景之絜鮮。幸氛翳之收霽兮，逮朋友之燕閑。舒堙鬱以延望兮，放遠目於山川。設金罍與玉斝兮，清醪潔其如泉。奏絲竹之憤怨兮，聲激越而眇綿。下仰望而不聞兮，微風過而激天。曾陟降之幾何兮，棄溷濁乎人間。倚軒楹以長嘯兮，袂輕舉而飛翻。極千里於一瞬兮，寄無盡於雲煙。前陵阜之洶湧兮，後平野之湠漫。喬木蔚其蓁蓁兮，興亡忽乎滿前。懷故國於天末兮，限東西之嶮艱。飛鴻往而莫及兮，落日耿其夕躔。嗟人生之漂搖兮，寄流枿於海壖。苟所遇而皆得兮，遑既擇而後安。彼世俗之私己兮，每自予於曲全。中變潰而失故兮，有驚悼而汍瀾。誠達觀之無不可兮，又何有於憂患？顧遊宦之迫隘兮，常勤苦以終年。盍求樂於一醉兮，滅膏火之焚煎。雖晝日其猶未足兮，竢明月乎林端。紛既醉而相命兮，霜凝磴而跰躚。馬躑躅而號鳴兮，左右翼而不能鞍。各雲散於城邑兮，徂清夜之既闌。

惟所往而樂易兮，此其所以為超然者邪？

蘇軾〈超然臺記〉（一〇七五年）

凡物皆有可觀。苟有可觀，皆有可樂，非必怪奇瑋麗者也。哺糟啜漓，皆可以醉；果蔬草木，皆可以飽。推此類也，吾安往而不樂？

夫所為求福而辭禍者，以福可喜而禍可悲也。人之所欲無窮，而物之可以足吾欲者有盡，美惡之辨戰乎中，而去取之擇交乎前。則可樂者常少，而可悲者常多。是謂求禍而辭福。夫求禍而辭福，豈人之情也哉？物有以蓋之矣。彼遊於物之內，而不遊於物之外。物非有大小也，自其內而觀之，未有不高且大者也。彼挾其高大以臨我，則我常眩亂反覆，如隙中之觀鬬，又烏知勝負之所在？是以美惡橫生，而憂樂出焉，可不大哀乎？

余自錢塘移守膠西，釋舟楫之安，而服車馬之勞；去雕牆之美，而庇采椽之居；背湖山之觀，而行桑麻之野。始至之日，歲比不登，盜賊滿野，獄訟充斥；而齋廚索然，日食杞菊。人固疑余之不樂也。處之朞年，而貌加豐，髮之白者，日以反黑。予既樂其風俗之淳，而其吏民亦安予之拙也。於是治其園圃，潔其庭宇，伐安丘、高密之木以修補破敗，為苟全之計。而園之北，因城以為臺者舊矣，稍葺而新之。時相與登覽，放意肆志焉。南望馬耳、常山，出沒隱見，若近若遠，庶幾有隱君子乎？而其東則盧山，秦人盧敖之所從遁也。西望穆陵，隱然如城郭，師尚父、齊桓公之遺烈，猶有存者。北俯濰水，慨然太息，思淮陰之功，而弔其不終。臺高而安，深而明，夏涼而冬溫。雨雪之朝，風月之夕，余未嘗不在，客未嘗不從。擷園蔬，取池魚，釀秫酒，瀹脫粟而食之，曰：「樂哉游乎！」

方是時，余弟子由適在濟南。聞而賦之，且名其臺曰「超然」。以見余之無所往而不樂者，蓋遊於物之外也。

左｜網友翻拍若芬於中央電視臺畫面；**右**｜若芬於北京錄製人文歷史紀錄片《蘇東坡》（2015年）

臺北

再見《寒食帖》

今天早上，很好的日光。

我不見他，已是八年；今天見了，精神分外爽快……

在人潮還未流向這裡之前，我霸占住展櫃櫥窗，我是這一檔期首先見他的人。

「雪堂餘韻」，乾隆皇帝的四個楷書大字寫在印有海棠花的仿澄心堂紙上，鈐印「乾隆御筆」。「堂」和「韻」字的下半截幾乎被薰黑掩蓋。歷經一八六〇年英法聯軍火燒圓明園、一九二三年日本關東大地震、一九四五年第二次世界大戰空襲等幾次劫難，他仍以頑強的生命力堅持於世間。

二〇一五年九月在北京故宮博物院參加《石渠寶笈》國際研討會時，大陸中央電視臺的紀錄片製作小組告訴我，他們想製播一套名為《蘇東坡》的節目。研討會適好集合了不少研究宋代文學與美術的專家，製作小組在開會的酒店租了一個房間權為攝影棚，約時間訪談錄影。

導演很認真，設計了幾頁的提問，我笑說：「好幾個都像是讓大學生作答的考題呀！」

其中有一道問題是：您是什麼時候第一次看到《寒食帖》？那時的印象和感受如何？

一〇八二年，被貶謫到黃州的蘇東坡，度過了第三個寒食節。寒食節是冬至過後的第一百零五天，與冬至、春節同為宋代的三大節日，官員休假七天。寒食節不生火煮食，只吃事先預備好的食物，於是發明了「春捲」，也叫「潤餅」或「薄餅」。寒食節有掃墓、踏青的習俗，由於日期和「清明節」相近，後來逐漸被清明節取代。

不能回四川老家掃墓祭祖，也不能到京師汴梁服務朝廷；蕭瑟如秋的春天，快要淹進屋裡的滂沱大雨，讓這個寒食節過得狼狽而抑鬱。東坡寫了兩首詩，隨著情緒起伏的昂揚寞落，留下深沉直率的書藝，後人稱為《寒食帖》。

我是什麼時候第一次見到《寒食帖》呢？是《寒食帖》首度在臺北公開展示的一九八七年？

我記得，像面對火傷後難飾殘容的臉，想看，又不忍看。想撫著他的疤痕，問他是否還疼痛？

我沒有直接回覆導演，試著用現代女性的眼光，看這一位讓家人擔心，自己卻天真自信的男人。大家都為他「烏臺詩案」的政治失利叫屈，我卻認為他的天真自信終於招來禍害。不能不說，他人生的一跌，才站立起一個千年英雄；不到黃州，就沒有「東坡居士」。

本來預定三十分鐘的訪談，導演讓我滔滔不絕講了將近三倍的時間。錄製到尾聲，我突然覺得眼前變暗，頂上的燈光不再那樣明晃，周圍異常地安寧。我的話並沒有停，但是身心游離，像是要從座椅上飄浮起來……

飛回臺北，為了八年前告別時的心約，只要展出，我盡可能與他相見。

徘徊於聚散依依，為了下一次的相見，我會好好的。

「いらっしゃいませ！」（歡迎！）

坐上計程車，司機劈頭朝我說。

我報上地點，彎下身整理剛才買的圖冊提袋。

司機嘰哩咕嚕又說著日語。

我把提袋裡的圖冊重新挪移調整，安置好相等重量的兩袋。

他的日語還是說個沒完。

「日本人ではありません。」我說。

是沒聽見我說的話嗎？他自顧自說不停。

「我不是日本人！」我終於耐不住性子傾前朝他大聲說。

「啊小姐妳長得很像日本人哩！」（這是拍馬屁的話嗎？）

我沒理他。他又說：「可是妳也說日本話咧。」

我和臺灣計程車司機的對話能力已經退化了嗎？

「故宮只有外國人和阿陸仔才會來。」他從後照鏡看了我兩眼。

車過忠烈祠，秋色盈盈，我閉上眼睛。

他仍不放過：「我看妳不像阿陸仔，應該是外國來的……」

今天早上，太好的日光。

我見了他，分外爽快的精神，照耀在那本沒有年代的歷史書上。我從書的夾縫裡，瞧出四個上下左右顛倒的字——「文化中國」。

延伸閱讀

蘇軾〈寒食雨〉二首（一〇八二年）

自我來黃州，已過三寒食。年年欲惜春，春去不容惜。今年又苦雨，兩月秋蕭瑟。臥聞海棠花，泥汙燕支雪。闇中偷負去，夜半真有力。何殊病少年，病起頭已白。

春江欲入戶，雨勢來不已。小屋如漁舟，濛濛水雲裏。空庖煮寒菜，破竈燒濕葦。那知是寒食，但見烏銜帋。君門深九重，墳墓在萬里。也擬哭途窮，死灰吹不起。

黃庭堅跋《寒食帖》（一一〇〇年）

東坡此詩似李太白，猶恐太白有未到處。此書兼顏魯公、楊少師、李西臺筆意。試使東坡復為之，未必及此。它日東坡或見此書，應笑我於無佛處稱尊也。

曾敏行《獨醒雜志》卷三

東坡嘗與山谷論書，東坡曰：「魯直近字雖清勁，而筆勢有時太瘦，幾如樹梢挂蛇。」山谷曰：「公之字固不敢輕議，然間覺褊淺，亦甚似石壓蝦蟇。」二公大笑，以為深中其病。

蘇軾《寒食帖》（臺北故宮博物院藏）

上海

飛行千里來看你

清晨四點起床，飛上海。看上海博物館「丹青寶筏——董其昌書畫藝術大展」，不只為了董其昌，為的是蘇東坡。

二〇一九年三月，在上海古籍出版社出版《書藝東坡》，這是我的第九本學術著作，也是第三本研究蘇東坡的專書。《書藝東坡》裡探討的東坡書法作品共有五件，包括後世題跋最多的《天際烏雲帖》、有「天下第三大行書」美譽，僅次於王羲之《蘭亭集序》和顏真卿《祭姪文稿》的《黃州寒食帖》、內容最玄妙的《李白仙帖》、臨終前數月寫的《答謝民師論文帖卷》，以及篇幅最長（加上後人題跋，全長四五〇·三公分）的《洞庭春色賦》《中山松醪賦》合卷。除了目前只存複製品的《天際烏雲帖》無法看到原件，我都希望親覽，眼見為憑。很幸運的，《洞庭春色賦》、《中山松醪賦》合卷之外，我都觀賞過不只一二次，論述解析，稍有底氣。

寫作《洞庭春色賦》、《中山松醪賦》合卷的論文時，便嚮往能夠拜訪所藏地吉林省博物院。論文先是出版英文版，為了取得圖片授權，輾轉聯繫到該館的研究人員，得知近期不會展出這件書蹟。詢問是否可以讓我購買圖像？對方說要請示上級。每一次聯繫，總要過些時日才有回音（說不在辦公室，打聽不到消息）。電郵和微信往來四個月，論文出版在即，我直接打電話給負責人，說明請求授權，負責人電郵回覆說：「我們與上級主管部門進行了溝通，意見是博物館藏品智慧財產權的授權使用目前在法律層面上還不完善，暫不支持對個人進行文物藏品授權，望諒解。」我申請借調作品拍攝，結果是：「我們院藏品管理制度不允許對個人提供借觀作品和拍照。」

無法勉強，只能嘆無緣。《洞庭春色賦》、《中山松醪賦》合卷所在藏地，是所有東坡書蹟身處最北之境。二〇一六年應輔仁大學邀請，參加「王靜芝教授百歲誕辰紀念國際學術研討會」，我選擇撰寫研究《洞庭春色賦》、《中山松醪賦》合卷的文章，原因歸結於兩個字——「東北」。我隨王靜芝老師學習書法，是認認真真恭恭敬敬三鞠躬拜師成為弟子，我這弟子雖然不材，「藝」不上手，但是「道」在心胸。沒有「書家」的資格；做個「研究者」還行，也算不辱師門。王老師是東北人，出生於瀋陽。因王老師的介紹，結識老師的同窗好友，也是書法家篆刻家的劉迺中老師，兩位都是啟功先生的高足。劉迺中老師生前任職於吉林省博物院，正是《洞庭春色賦》、《中山松醪賦》合卷由散落民間的「東北貨」入藏該館的鑑定學者之一。

滿清覆亡以後，為了支付開銷和籌措打算出國的旅費，末代皇帝溥儀從一九二二年十一月開始，用賞賜給皇弟溥傑的名義，把宮廷收藏的書畫文物經由溥傑帶出紫禁城。一九二四年，溥儀被軍閥馮玉祥逐出紫禁城，暫居父親載灃的宅邸醇王府。溥儀後來逃往天津，那些陸續從皇宮帶出的書畫文物也被運往天津。隨著一九三二年溥儀就任滿洲國執政，書畫文物被運往長春。一九四五年八月，日本戰敗，滿洲國滅亡，溥儀倉皇準備出逃，留在長春「小白樓」的書畫文物部分流入市場，人稱「東北貨」，《洞庭春色賦》、《中山松醪賦》合卷便是其中之一。

一九八二年十二月，時任吉林市第五中學歷史教師的劉剛，將父親劉忠漢收藏的《洞庭春色賦》、《中山松醪賦》合卷展現給吉林的文史專家。據說劉忠漢是在長春市上購買此卷，又說劉忠漢曾經是滿洲國的軍人。一九八三年一月十三日，劉剛將此卷捐贈給吉林省博物館。

《洞庭春色賦》寫的是黃柑酒，《中山松醪賦》寫的是松節酒，一〇九四年閏四月二十一日，五十七歲的東坡從河北定州要往貶謫地嶺南，途中遇大雨，留阻襄邑（今河南睢縣），羈旅書懷，把自己創作的兩篇關於酒的賦寫在白麻紙上。

飛行三千七百九十四公里，我抖落滿身上海的冷冽冬雨，終於，九百二十四年後，與你相見。

後記

二〇一九年九月二十八日，終於在吉林省博物院觀賞久未全部展出的《洞庭春色賦》、《中山松醪賦》合卷。

延伸閱讀

蘇軾〈洞庭春色并引〉
（一〇九一年）

安定郡王以黃甘釀酒，謂之洞庭春色，色香味三絕，以餉其猶子德麟。德麟以飲余，為作此詩。醉後信筆，頗有沓拖風氣。

二年洞庭秋，香霧長噀手。
今年洞庭春，玉色疑非酒。
賢王文字飲，醉筆蛟龍走。
既醉念君醒，遠餉為我壽。
瓶開香浮座，盞凸光照牖。

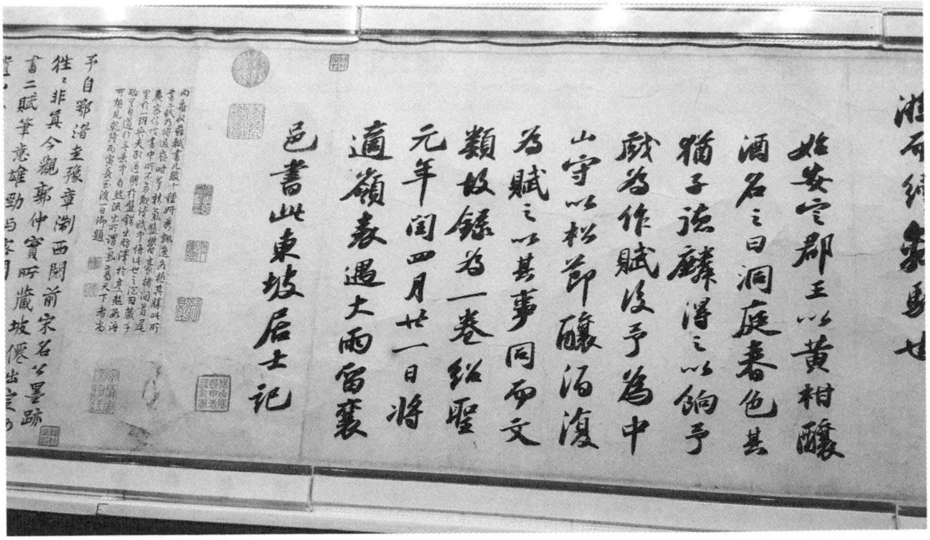

蘇軾《洞庭春色賦》、《中山松醪賦》合卷跋語（2018年，上海博物館，衣若芬攝）

方傾安仁醽瑘，（潘岳《笙賦》云：「披黃苞以授柑，傾縹瓷以酌醽。」）莫遣公遠嗅。（明皇食柑，凡千餘枚，皆缺一瓣，問進柑使者，云：「中途嘗有道士嗅之。」蓋羅公遠也。）要當立名字，未用問升斗。應呼釣詩鉤，亦號掃愁帚。君知蒲萄惡，正是嫫母黝。須君灩海杯，澆我談天口。

蘇軾〈洞庭春色賦并引〉（一〇九二年）

安定郡王以黃柑釀酒，名之曰洞庭春色。其猶子德麟得之以餉予，戲作賦曰：

吾聞橘中之樂，不減商山。豈霜餘之不食，而四老人者游戲於其間？悟此世之泡幻，藏千里於一斑。舉棗葉之有餘，納芥子其何艱？宜賢王之達觀，寄逸想於人寰。嫋嫋兮秋風，泛天宇兮清閒。吹洞庭之白浪，漲北渚之蒼灣。攜佳人而往游，勒霧鬢與風鬟。命黃頭之千奴，卷震澤而與俱還。糅以二米之禾，藉以三脊之菅。忽雲蒸而冰解，旋珠零而涕潸。翠勺銀罌，紫絡青綸。隨屬車之鴟夷，款木門之銅鐶。分帝觴之餘瀝，幸公子之破慳。我洗盞而起嘗，散腰足之痹頑。盡三江於一吸，吞魚龍之神姦。醉夢紛紜，始如髦蠻。鼓包山之桂楫，扣林屋之瓊關。臥松風之瑟縮，揭春溜之淙潺。追范蠡於渺茫，吊夫差之惸鰥。屬此觴於西子，洗亡國之愁顏。驚羅襪之塵飛，失舞袖之弓彎。覺而賦之，以授公子曰：「嗚乎噫嘻，吾言夸矣，公子其為我刪之。」

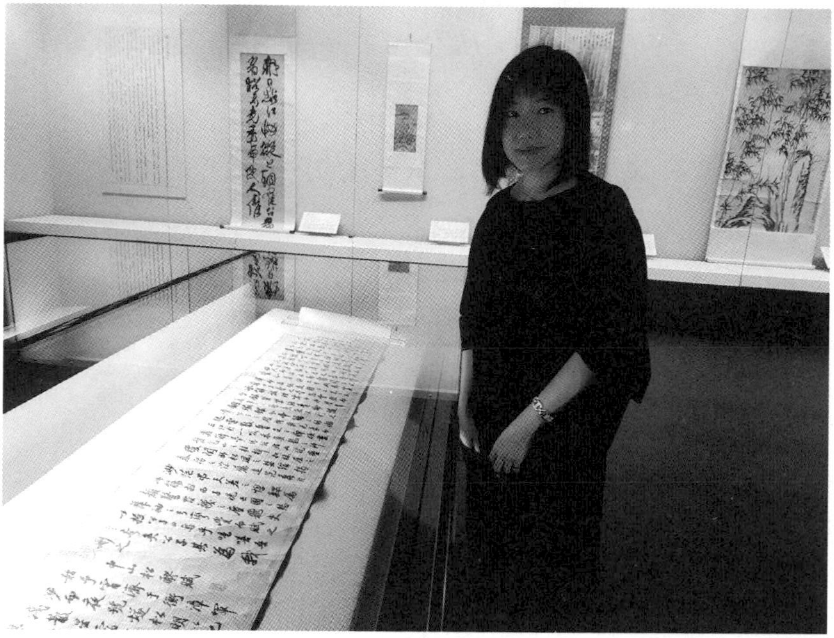

若芬與蘇軾《洞庭春色賦》、《中山松醪賦》合卷（2019年，吉林省博物院）

新加坡

療癒安撫系之蘇東坡

從前我談過一位在病榻上翻閱蘇東坡的相關著作，深受感動和啟發，以至於心境轉換，由瀕死而復生的人的親身體驗。這位後來出院，創立「華夏蘇東坡文化傳播中心」，擔任執行董事的東坡同鄉，把「發揚東坡精神」的活動辦得紅紅火火。

近日認識一位新加坡的出版工作者，聽聞我研究蘇東坡，很激動地告訴我：「我和蘇東坡有一段不解的緣分！」

我以為她要說她和蘇東坡綿長而遙遠的親戚關係。南洋此地，臥虎藏龍，未必不可能有名人後代。

她睜著一雙幾乎要溢出水的眼睛，問我：「那篇文章你熟嗎？說『羽化登仙』的那篇。」

我說：「是〈前赤壁賦〉。」

她馬上點點頭：「對！對！就是講赤壁的！」

我看著她，她的淚水卻是要奪眶而出了。

「我的父親，臨終前，就是聽著蘇東坡的〈赤壁賦〉去世的。」她說，父親青少年時從廣東下南洋，在南洋經商謀生，好幾位姑姑先後相繼也來，都在南洋領洗，成為虔誠的天主教徒。

「我父親不像姑姑們那麼信教，他去世之前，心情很混亂。」她說，一位姑姑來看父親，坐在父親的病床邊，拉著父親的手，安慰他，說著生死的話題。父親還是充滿疲憊和恐懼。

姑姑說：「我念《聖經》給你聽，你閉眼聽吧！」

父親搖頭，不想聽《聖經》。

父親就要離去，周圍的人都有心理準備了。

大家看著父親，他像在做無力掙扎。

姑姑說：「我背蘇東坡的文章好不好？」

父親閉上了眼睛。

「壬戌之秋，七月既望，蘇子與客泛舟遊於赤壁之下。清風徐來，水波不興……」

姑姑用潮州話唸誦著，一手牽著父親，一手輕拍他的手背。

抑揚頓挫，行雲流水，父親在蘇東坡的文章裡長眠了。

她嘆了一口氣：「我好驚訝，有那麼美的文章，順著那節奏，心情變得安定。」

因父親的葬禮而聚集的其他姑姑們，聽了父親臨終前的事，不知不覺也陸續用潮州話背誦起〈赤壁賦〉。

「雖然我也領洗了，我也喜歡想像父親最後是『羽化登仙』。我羨慕我的那些姑姑，會背潮州話的〈赤壁賦〉。蘇東坡寫的〈赤壁賦〉，是我父親一輩子聽到的最終聲音。」她說。

延伸閱讀

蘇軾〈（前）赤壁賦〉（一〇八二年）

壬戌之秋，七月既望，蘇子與客泛舟，遊於赤壁之下。清風徐來，水波不興。舉酒屬客，誦明月之詩，歌窈窕之章。少焉，月出於東山之上，徘徊於斗牛之間，白露橫江，水光接天。縱一葦之所如，凌萬頃之茫然。浩浩乎如馮虛御風，而不知其所止；飄飄乎如遺世獨立，羽化而登仙。

於是飲酒樂甚，扣舷而歌之。歌曰：「桂棹兮蘭槳，擊空明兮泝流光。渺渺兮予懷，望美人兮天一方。」客有吹洞簫者，倚歌而和之。其聲嗚嗚然，如怨如慕，如泣如訴，餘音嫋嫋，不絕如縷。舞幽壑之潛蛟，泣孤舟之嫠婦。

蘇子愀然，正襟危坐，而問客曰：「何為其然也？」客曰：「『月明星稀，烏鵲南飛』此非曹孟德之詩乎？西望夏口，東望武昌，山川相繆，鬱乎蒼蒼，此非孟德之困於周郎者乎？方其破荊州，下江陵，順流而東也，舳艫千里，旌旗蔽空，釃酒臨江，橫槊賦詩，固一世之雄也，而今安在哉？況吾與子漁樵於江渚之上，侶魚蝦而友麋鹿。駕一葉之扁舟，舉匏尊以相屬。寄蜉蝣於天地，渺滄海之一粟。哀吾生之須臾，羨長江之無窮。挾飛仙以遨遊，抱明月而長終。知不可乎驟得，託遺響於悲風。」

蘇子曰：「客亦知夫水與月乎？逝者如斯，而未嘗往也；盈虛者如彼，而卒莫消長也，蓋將自其變者而觀之，則天地曾不能以一瞬；自其不變者而觀之，則物與我皆無盡也，而又何羨乎？且夫天地之間，物各有主，茍非吾之所有，雖一毫而莫取。惟江上之清風，與山間之明月，耳得之而為聲，目遇之而成色；取之無禁，用之不竭，是造物者之無盡藏也，而吾與子之所共食。」

客喜而笑，洗盞更酌。肴核既盡，杯盤狼藉，相與枕藉乎舟中，不知東方之既白。

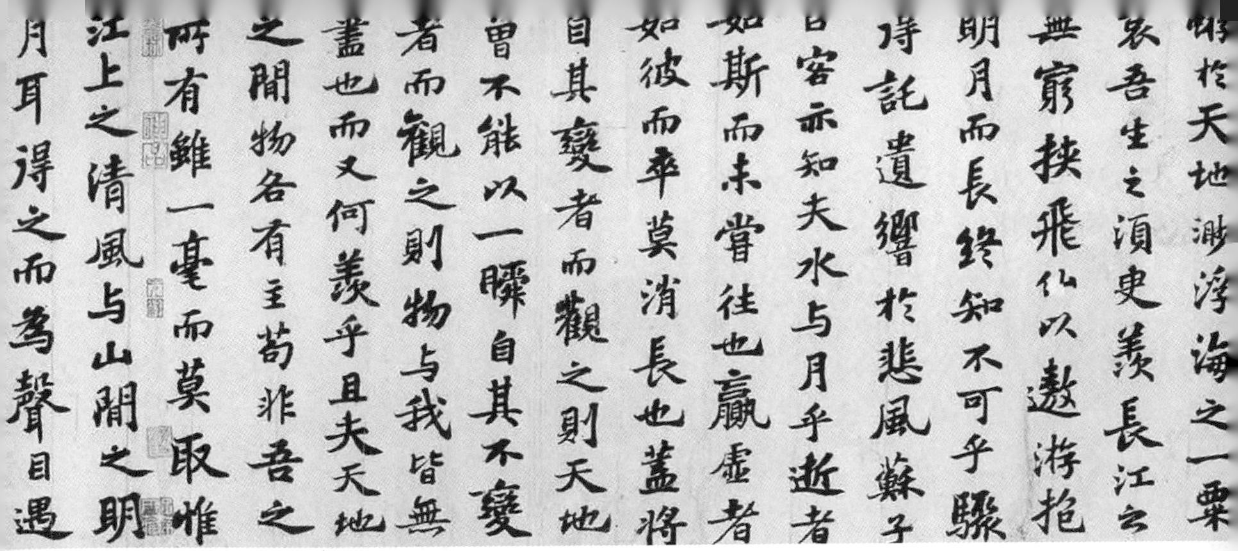

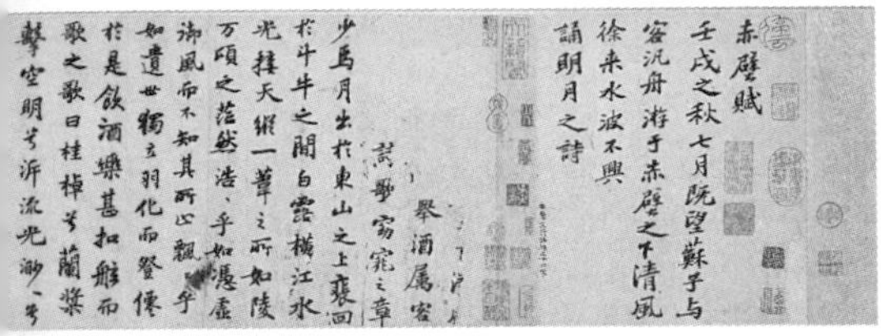

文徵明仿趙伯驌《後赤壁賦圖卷》（臺北故宮博物院藏）

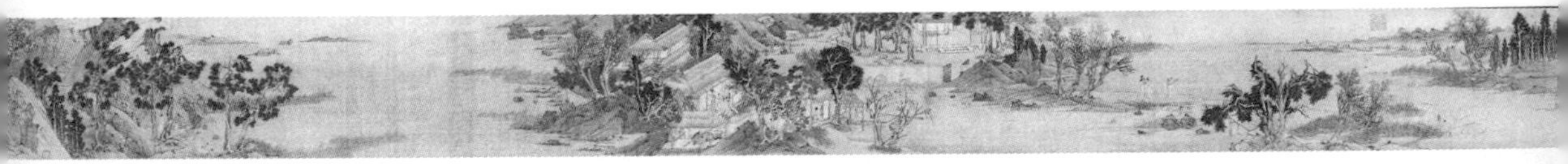

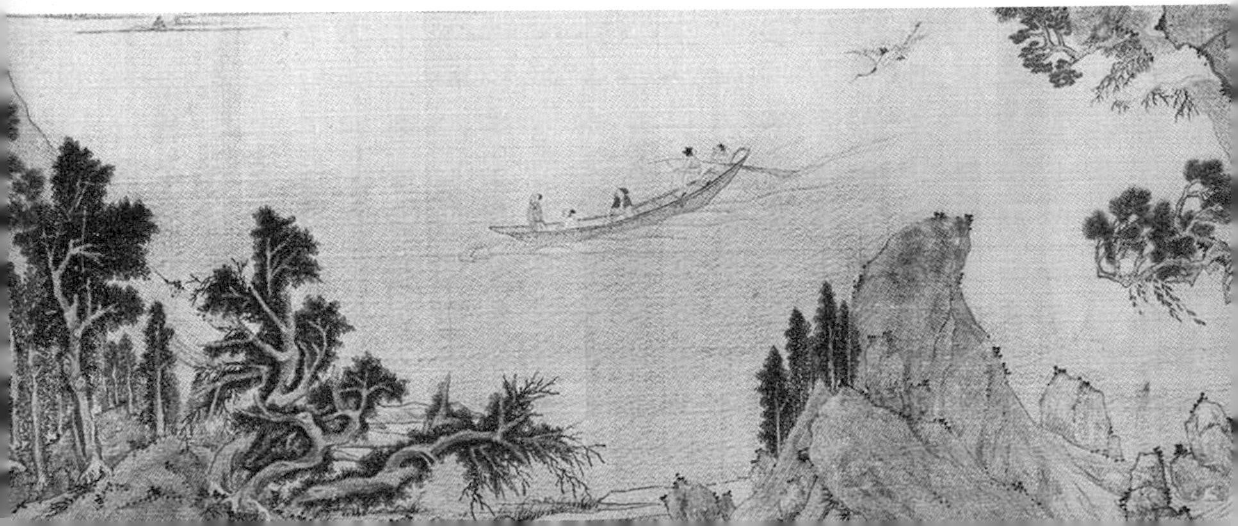

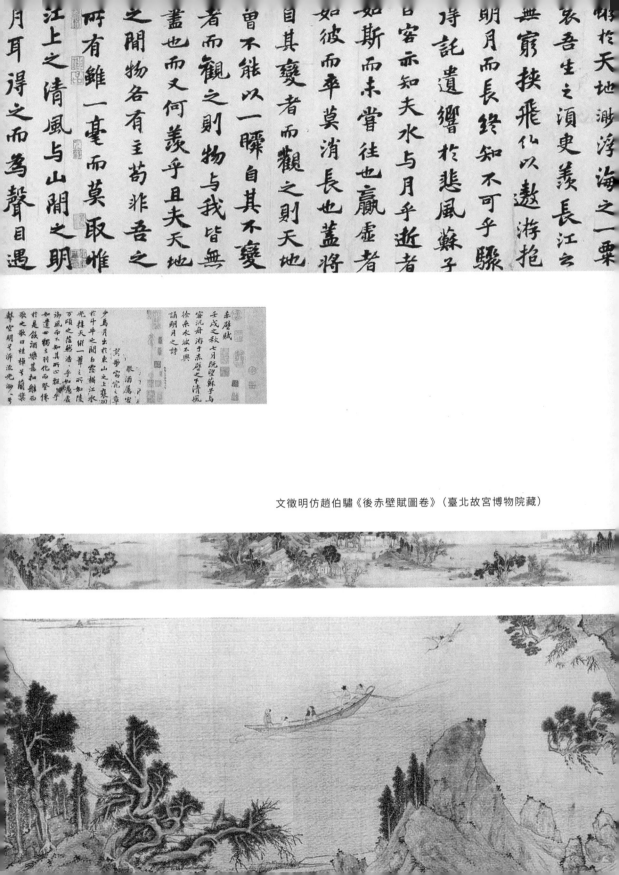

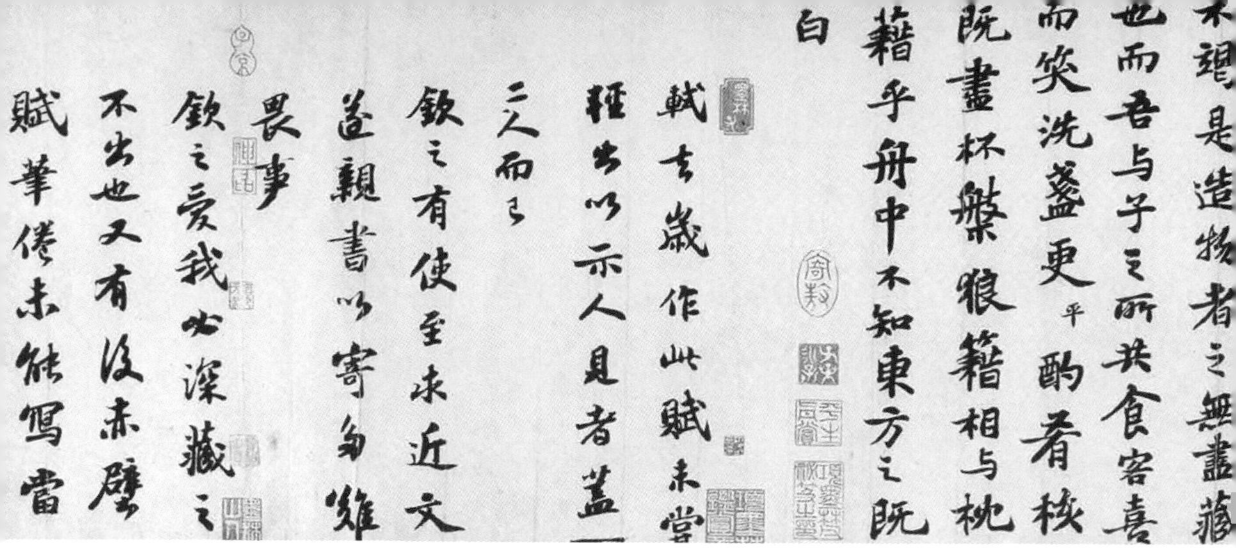

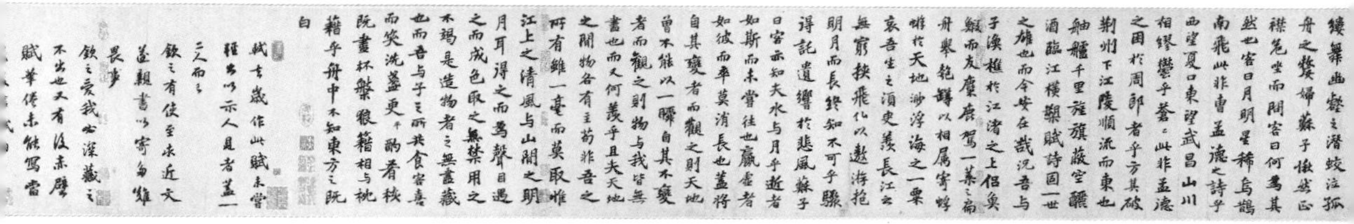

蘇軾《赤壁賦》（臺北故宮博物院藏）

我不要你死

有的人肉體死亡，精神還一直活著；有的人活著，卻如行屍走肉。

有的人早已化為塵土，我們還時時想起；有的人從我們的記憶中消逝，即使他並未停止呼吸。

自從有學生告訴我：「我最喜愛並且會背誦的唐詩是〈水調歌頭——明月幾時有〉。」我對我的工作充滿了「危機感」和「挑戰心」。

我所教的「唐詩」課程，是中文系的選修課，也開放給非中文系的同學選讀。本來預設四十位學生的名額，總是「供不應求」，必須多開名額「消化」長長的「候補」名單。雖然未必皆能足人所願，但好歹我是很有誠意地盡力了。

因此，我常好奇，為什麼大家很想修「唐詩」課呢？

我問學生選課動機，請學生寫出一首「你喜愛並且會背誦的唐詩」的第一句。

這個「民意調查」不必具名，不影響成績，目的是為了幫助我掌握學生們的知識程度和學習興趣，所以完全接受「我沒有任何一首喜愛並且會背誦的唐詩」的回答。我向學生們說：「教育的成就之一是『轉化』。『我沒有任何一首喜愛並且會背誦的唐詩』，可能就是促使各位想要『轉化』的動機。」

「我最喜愛並且會背誦的唐詩是〈水調歌頭——明月幾時有〉」，造成我的「危機感」，並不是學生無法區分唐詩和宋詞，而是如果不是託鄧麗君或王菲之口，透過流行歌曲傳播，一代代的年輕人，是否還能記得「但願人長久，千里共嬋娟」？

我的「挑戰心」，就在於「不要讓經典死在當下」。宋儒說：「為往聖繼絕學。」倘若「經典」成為「絕學」，甚而斷絕生命，是集體的「文化破產」。

在「唐詩」課，我會列出日本和韓國中小學教材裡的「唐詩」，問同學們有沒有「聽過」？這帶著「挑釁」意味的內容，常讓同學們後來在學期結束時告訴我「感到震撼」。

可不是嗎？經典是人類共享的智慧資源，一個族群的「文化破產」了，並不能阻礙其他族群來繼承。

「你們中文系要學什麼？畢業以後有什麼出路？」類似的問題，每年的校園開放日（open house）都會有家長和學生提出。說起「就業率」，新加坡的中文系畢業生毫不遜色，有可觀的數據。比較特別的是，今年對於課程設置裡有「古典文學」的詢問度挺高，且看以下的對話：

問：「古典文學是學什麼？文言文嗎？」

答：「是的，包括詩詞小說戲曲和古文。」

問：「文言文會不會很難？要不要背？」

答：「難是難，老師會教到你懂。念多了，就記住了。」（朱子說：「看來看去，自然曉得。」）

問：「中文系為什麼要念古典文學咧？」

答：「和英語系讀莎士比亞一樣呀！古典文學是中文系的獨門工夫，你想學英文法文日文泰文可以去補習班學，想學中國古文就要來中文系！」

應著學生對於〈水調歌頭〉的著迷，我開設了東坡文學與藝術的課。每次講東坡的故事，從他到底是一〇三六年生還是一〇三七年生，到他在常州臨終前的遺言，東坡在我的講堂裡活了一次，又死了一次。

東坡出生於北宋仁宗景祐三年農曆十二月十九日，卯時，生肖屬鼠，摩羯座。也就是公元一〇三七年一月八日。去世於北宋徽宗建中靖國元年農曆七月二十八日，也就是公元一一〇一年八月二十四日。古人說他活到六十六歲，仔細算來，總共二萬三千六百零三天，六十四・五年。

學生們看我如此較真，都笑了。我說：「我們現在說的西洋十二星座其實早在唐代以前就傳來了。東坡自己都說自己命在摩羯呢！要不要排看看東坡的紫微斗數命盤？看他的流年大限？」

在東坡的生命周期曲線圖上，清清楚楚，一〇七九年是跌到谷底，有喪命之虞。可不是嗎？他的人生轉折點「烏臺詩案」，正發生在那年啊！

這些稍稍「出格」的內容，拉近了和東坡的千年距離，更激起了大家探知東坡的興趣。東坡肉怎麼做？有同學蒐集了不同的食譜，在家演練烹調後帶來班上讓大家品嘗。中國有多少用「東坡」命名的景點？學校？和他行跡有關的地方？用他的名號興起的「文化創意產業」？一位同學的父親從海南島帶回來新製的「東坡鴨」，我們輪流「傳閱」那真空包裝的精美食品，很想嗅出裡面的香氣。

學期結束前，我再和同學們回顧東坡的一生，算了一筆「帳」。還記得東坡活了二萬三千六百零三天嗎？可知道他存世的作品有多少？四千三百多篇散文；二千七百到二千九百多首詩；

三百二十至三百六十闋詞！烏臺詩案發生期間，他的妻子王閏之為了他的安危，燒掉了他的一些作品。他去世後，宋徽宗受宰相蔡京教唆，把反對王安石新法的三百零九個大臣，無論是否健在，全部列入元祐黨人，名刻於元祐黨籍碑，下詔焚燬東坡集的印板——我們不曉得有多少東坡作品永絕於人間。

我請同學們「推薦給現代讀者，不可不知，不可不讀的兩首東坡詩或詞」。參與的六十位同學，選出了〈念奴嬌・赤壁懷古〉（二十五票），以及同為十六票的〈和子由澠池懷舊〉、〈蝶戀花（花褪殘紅青杏小）〉、〈江城子（十年生死兩茫茫）〉。

「死了十年之後，還有人牢牢地記著你，思念你，真不枉費活一場，死了也值得。」我說。當時全班鴉雀無聲。推薦〈江城子〉的同學寫道：「我整個人呆掉了，熱淚盈眶。」有同學後來回家念〈江城子〉給媽媽聽，母女倆感動得一時「相顧無言」。

黃侃曾說：「死而不亡者壽。學有傳人，亦屬死而不亡。」不只是學術，文學藝術的永恆，就在「死而不亡」。我不但要當「傳人」，而且，我不要你死。

蘇軾〈和子由澠池懷舊〉（一〇六一年）

人生到處知何似，應似飛鴻踏雪泥。泥上偶然留指爪，鴻飛那復計東西。老僧已死成新塔，壞壁無由見舊題。往日崎嶇還記否，路長人困蹇驢嘶。

蘇軾〈蝶戀花〉（一〇九四年）

花褪殘紅青杏小。燕子飛時，綠水人家繞。枝上柳綿吹又少，天涯何處無芳草。牆裏鞦韆牆外道。牆外行人，牆裏佳人笑。笑漸不聞聲漸悄，多情卻被無情惱。

蘇軾〈江城子〉（一〇七五年）

十年生死兩茫茫，不思量，自難忘。千里孤墳，無處話淒涼。縱使相逢應不識，塵滿面，鬢如霜。　夜來幽夢忽還鄉，小軒窗，正梳妝。相顧無言，惟有淚千行。料得年年腸斷處，明月夜，短松岡。

左上｜若芬祭蘇洵

右上｜若芬祭東坡（二圖皆攝於2017年）

下｜元祐黨籍碑（攝於2019年）

日本

飄洋過海賣掉你

我始終認為，就像圖書館是書最好的安頓處所，美術館也是藝術品最好的歸宿。比起攢在私人收藏家手裡，做為一個欣賞者和研究者，我寧可作品是放在美術館，可以在展覽期間前去觀看，或是為了研究需要，特別申請借閱。雖然在私人收藏家府上和畫廊、古物店也可能看得到作品，管道畢竟不方便。

如同有些所謂的「海內孤本」書籍，研究者千辛萬苦得到親覽的機會，寫了洋洋灑灑的鴻文鉅著，其他人難以一睹廬山真面目，要說共感共鳴，或是反思批評，都無以置一詞。

也許這是我的偏見，文章，尤其是學術文章，假使只能孤芳自賞，實在可憐。當然，這並非意味研究者只能挑流行的學科領域或是迎合大眾興趣的話題，我自己的學術論文，也是屬於「可憐」而「冷清」的那一類。正由於如此，頗能咀嚼個中滋味。

我想說的，是書籍和藝術品的「公器」意義。能夠盡量讓多人接觸，即使不是原件，比如微捲

（microfilm）、光碟、印刷品、複製品，在知識的傳布和意趣的渲染上，都比「養在深閨人未識」有意義。「養在深閨人未識」固然有「待價而沽」、「奇貨可居」的姿態，然則天長地久，世人總會遺忘，高不可攀之餘，就是束之高閣，再也沒價值了。

所以，我喜歡大方的圖書館和美術館，無論他們收藏的是不是本國的書籍文物。尤其在海外，看中國的書籍文物比在大陸還容易，和我一樣吃過大陸圖書館和博物館各種排頭和閉門羹的學者不在少數吧？這種「磬竹難書」的事現在就不必說了。因為感到海外對於學術研究者的尊重，對於收藏書籍和物品能被讀者欣賞而更加認同自身存在的滿足。有時，我覺得，與其文物被鎖在大陸某個不願為人所知的角落，還不如給西洋東洋人保管算了！

這樣的想法，一定招來民族主義者的咒罵。前些時候圓明園獸首拍賣事件沸沸揚揚，擺了拍賣公司一道的投標者還被當成「民族英雄」崇拜。反正在世下，有錢的怕沒錢的；沒錢的怕不要命的；不要命的怕不要臉的。只要有膽有臉皮，出名很容易。只要搬得出吸引群眾的話語，當偶像也不難。

希臘人向英國人追討；埃及人向法國人追討；韓國人向日本人追討，中國人呢？向世界追討。英國有傳顧愷之的《女史箴圖》；法國有敦煌壁畫經卷；日本有更多中國古文物，據說流失海外的中國國寶高達一千萬件。

帝國主義者的蠻橫略奪自然可惡可恨，但是，反躬自省，又有多少寶物是監守自盜，「不肖子孫」坐吃祖先遺產的呢？

算這筆帳沒完沒了，靠國族情感責怪他們也沒必要，這裡只說最近得知的歷史事實，那些我飄洋過海去日本探望的國寶文物，是怎樣被前人飄洋過海賣掉了。

事情的「經過」往往比「結果」更能吸引我，藝術品的漂泊轉移過程往往比它被評定的藝術價值更精采。

為了研究蘇軾的書法《李白仙詩卷》，二〇〇九年四月十八日去大阪市立美術館借觀。《李白仙詩卷》原是東洋紡績株式會社社長阿部房次郎先生家舊藏。阿部房次郎去世之後，其子阿部孝次郎於一九四三年遵其遺囑，將作品寄贈給大阪市立美術館，現為日本重要文化財。

因為生意往來的關係，阿部房次郎多次前往中國，我以為他的數百件中國書畫收藏是趁著去中國之便，在中國購得帶回。先前我研究阿部先生的另一件收藏品，宮素然的《明妃出塞圖》時，便這麼猜想。這次請教了接待我的N先生，才曉得其實不然。阿部先生的收藏品，是透過原田悟朗的「博文堂」取得。

N先生給我看鶴田武良先生寫的〈原田悟朗氏聞書　大正—昭和初期における中國畫コレクションの成立〉，(《中國明清名畫展》，一九九二年），解答了我許多的迷惑。「博文堂」是原田悟朗的祖父梅逸先生開設，本來在東京日本橋久松町的書店，出版醫學、法律、經濟和小說方面的書籍。原田悟朗的父親後來將「博文堂」搬到大阪。原田悟朗的叔父小川一真曾經留學美國學習攝影，歸國後在銀座開設寫真館，並參與岡倉天心創設的《國華》等美術雜誌的圖版製作。一九〇一年小川真一隨伊東忠太、土屋純一、奧山恆五郎到北京，拍攝了八國聯軍入侵後，慈禧太后和光緒皇帝倉皇逃出，一片狼藉的紫禁城。於是「博文堂」也出版了美術類的圖書。

辛亥革命後，大量的中國文物流入日本。經由內藤湖南、犬養毅、長尾雨山等人的介紹，「博文堂」開始經營中國書畫的收藏與轉售。原田悟朗去過北京和上海，結識了陳寶琛、傅增湘、寶熙、闞鐸、郭葆昌，包括羅振玉（一九一一—一九一九年寓居京都）等人，都成為「博文堂」中國書畫的提供者，也是阿部房次郎收藏品的來源。

原田悟朗回憶，阿部房次郎的幾件著名收藏品的經歷都是因緣際會。他在北京因關冕鈞介紹，得知宮素然《明妃出塞圖》，當時關冕鈞與一位法國人有約，怎料那個法國人生病無法赴約，最後回國去了。原田悟朗希望得到《明妃出塞圖》，持有者是一位女士，經大倉組北京支店長中根齊從中斡旋，以唐代的白磁交換得手。

東坡的《李白仙詩卷》是從銀座「中華第一樓」餐館的主人林文昭處得來。林文昭喜歡蒐集硯石，原田悟朗收到林文昭的快信，得知《李白仙詩卷》有意出讓，立即奔走張羅資金。他把《李白仙詩卷》帶給內藤湖南品鑒，內藤起初半信半疑，然後認為是相當了不起的書法。犬養毅看了，也非常激賞。阿部房次郎得知消息，便向原田悟朗要求，如果出讓《李白仙詩卷》，一定先通知。《李白仙詩卷》果然進入阿部的收藏。一九三七年元月三十一日，即陰曆丙子（一九三六年）十二月十九日，適逢東坡誕辰九百周年。在長尾雨山主導的第五次「壽蘇會」上，《李白仙詩卷》與當時同在日本的東坡《寒食帖》一起於京都展示，是為文壇盛事。

這些作品的身世遭遇，就算不夠「離奇」，也讓我長了見識。在大阪市立美術館的地下室看《李白仙詩卷》，想像它從北方的金朝宰相蔡松年、元代的喬簣成，到明清江南蘇杭一帶的王鴻緒、高士奇、沈德潛、程楨義，它住過劉恕的蘇州「留園」，怎麼飄洋過海到了日本銀座的中華料理餐館？感謝阿部房次郎沒有再把它轉賣。戴著口罩仍能嗅到濃重的防蟲劑氣味，東坡書蹟的紙面浮現隱約的蘆葦野雁花紋，原來你就是屬於水邊波瀾的啊？

「お疲れ様でした。」

不知為何，心裡冒出了這句日語。

辛苦了！東坡。

延伸閱讀

蘇軾《李白仙詩卷》（〈記李太白詩〉，又名〈李白謫仙詩〉）二首

其一

朝披夢澤雲，笠釣青茫茫。尋絲得雙鯉，內有三元章。篆字若丹蛇，逸勢如飛翔。還家問天老，奧義不可量。金刀割青素，靈文爛煌煌。咽服十二環，奄見仙人房。莫跨紫鱗去，海氣侵肌涼。龍子善變化，化作梅花妝。贈我累累珠，靡靡明月光。勸我穿絳縷，系作裙間襠。挹子以攜去，談笑聞遺香。

其二

人生燭上花，光滅巧妍盡。
春風繞樹頭，日與化工進。
只知雨露貪，不聞零落近。
我昔飛骨時，慘見當塗墳。
青松靄朝霞，縹緲山下村。
既死明月魄，無復玻璃魂。
念此一脫灑，長嘯登崑崙。
醉著鸞皇衣，星斗俯可捫。

若芬按，以下文字《李白仙詩卷》無：

余頃在京師，有道人相訪，風骨甚異，語論不凡。自云：「常與物外諸公往還。」口誦此二篇，云：「東華上清監清逸真人李太白作也。」

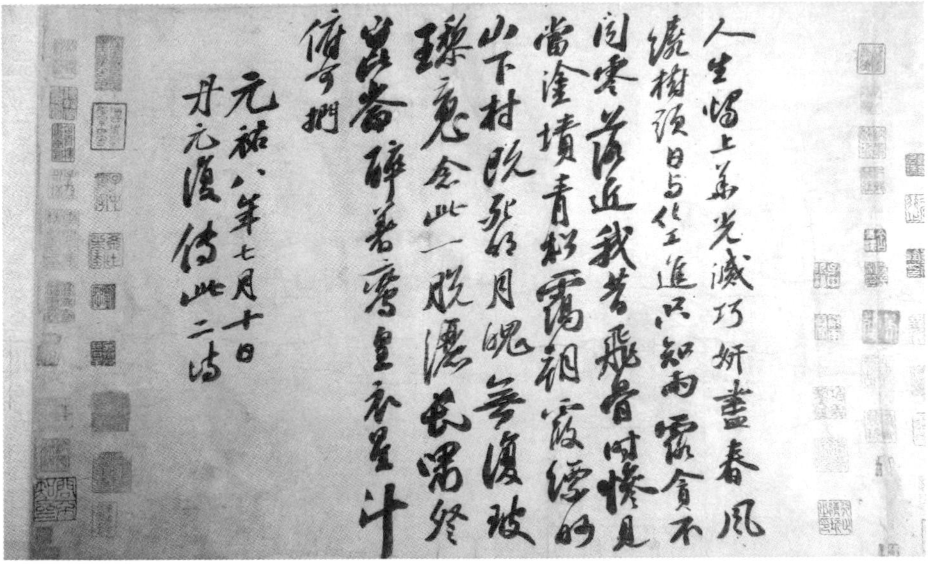

蘇軾《李白仙詩卷》（局部，大阪市立美術館藏，衣若芬攝）

可愛者不可信

最近我被自己的偏執拗氣糾結著。

陷入「保留一個美好的傳奇」和「揭露事實真相」的矛盾。

所以我有違「學術良知」地企圖尋求證成美好傳奇的理由，以及解釋那個捏造的口述歷史的諸多可能性。

我站在資料的周邊，繞著它們打轉。我反覆讀著自己以前寫的，相信那個說詞的文章，「今是昨非」。我絕不膽怯承認錯誤，只是鴕鳥心態，想：如果讓接受謊言的人們，都繼續沉醉其中，未嘗不是一種愉快。

現在有個詞，叫做「認知升級」。我的學術研究生涯裡，屢次發現人云亦云的事件之無稽，自我「認知升級」；並撰文供讀者「認知升級」。這一次，我回到少女時代讀小說的情狀，明知道主角的結局是死，不讀到最後，情節便不會發展到命終。假使我不「升級」，就能讓認知停留吧？

兜兜轉轉半天，要說的是蘇軾《寒食帖》怎麼被賣去日本的經過。

我曾經引述鶴田武良訪問日本「博文堂」主人原田悟朗的內容，談到《寒食帖》和南宋李生《瀟湘臥遊圖》是由郭葆昌的親戚介紹轉手，原田悟朗親自攜帶兩件寶物到日本。

原田悟朗說他帶《寒食帖》和《瀟湘臥遊圖》乘船：

過程很艱辛，拿回日本的時候，是「貼身」一般，緊緊地把作品抱回來了。乘船的時候也是，那時候還沒有塑料薄膜，所以就用幾張油紙包著，心想就算是船沉了，掛在脖子上也要游回來，把它放在床鋪的枕頭旁帶回來的。

鄭文堂導演拍攝過以《寒食帖》為主軸的電影《經過》，講述一位自由作家、作家任職於故宮博物院的女友、還有到臺灣旅遊的日本青年，三人因《寒食帖》交織的世事人情。日本青年的祖父曾經修護過《寒食帖》，睹物思人，分外感懷。

我異想天開，覺得電影編劇如果把日本青年的祖父設定為原田悟朗，大海航行，顛簸浮沉，為了《寒食帖》奮不顧身，戲劇張力一定更強！

《瀟湘臥遊圖》的題跋裡，有吳汝綸在一九〇二年於東京觀覽此圖的紀錄，如果原田悟朗帶了《瀟湘臥遊圖》和《寒食帖》去日本，時間應該在一九〇二年之前。然而，這是說不通的——一九〇二年原田悟朗還不到十歲，況且那時《寒食帖》仍在中國。

對船載《寒食帖》的景況想像太過著迷，我的腦子自動排除了原田悟朗說的疑點，「照單全收」了他談中國文物在二十世紀初轉賣入日本的因緣際會。

鶴田武良的訪問稿後來有了中文翻譯，影響擴大，我讀著引用譯文的論述，內心開始不安。譯文有些錯誤，比如把原田悟朗的名字寫成「原田悟郎」；把原田悟朗對收購《寒食帖》的東海銀行頭取菊池惺堂說的話：「請讓我用這個做抵押，借點錢給我。」翻譯成「我可以擔保並且借錢給您。」意思完全相反。

我的不安，在整理自己數年來研究蘇軾書藝的結果，準備編輯出版成書時，終於敵過對於傳奇的沉淪。有好些證據能指明原田悟朗帶《寒食帖》去日本的回憶是「幻想」，而清清楚楚、明明白白，在學者內藤湖南的跋語裡早就記錄，是一九二二年顏世清帶去日本出售的。我怎麼就愛調弄懸念，不老老實實接受內藤湖南毫無誇飾的文字呢？

再仔細讀內藤湖南的書簡，他寫信給妻子分享旅行見聞；他寫信給友人討論學問；他也寫信給原田悟朗，為了籌措開刀的手術費用，請原田悟朗幫他處理變賣個人收藏品。甚至，我還注意到，一九二三年關東大地震之後，菊池惺堂冒死赴火搶救出的《寒食帖》有半年之久寄放在內藤湖南家裡。菊池惺堂損失慘重，東海銀行被併購，內藤湖南沒有趁機把《寒食帖》據為己有。

這世界不缺編造的傳奇，即使是口述回憶。

走出糾結，我直視內藤湖南和妻子田口郁子的墓，行了長長的注目禮。

延伸閱讀

蘇軾〈題西林壁〉（一〇八四年）

橫看成嶺側成峰，遠近高低總不同。不識廬山真面目，只緣身在此山中。

王國維〈三十自序・二〉

余疲於哲學有日矣。哲學上之說，大都可愛者不可信，可信者不可愛。余知真理，而餘又愛其謬誤。偉大之形而上學，高嚴之倫理學，與純粹之美學，此吾人所酷嗜也。然求其可信者，則寧在知識論上之實證論，倫理學上之快樂論，與美學上之經驗論。知其可信而不能愛，覺其可愛而不能信，此近二三年中最大之煩悶，而近日之嗜好所以漸由哲學而移于文學，而欲於其中求直接之慰藉者也。要之，餘之性質，欲為哲學家則感情苦多，而知力苦寡；欲為詩人，則又苦感情寡而理性多。詩歌乎？哲學乎？他日以何者終吾身，所不敢知，抑在二者之間乎？

內藤湖南夫婦之墓（京都法然院，攝於2004年）

花箋淚行

「那個……」觀看過全卷書蹟和金代以來的題跋，我收起相機，還是忍不住問：「那個，嗯，著錄裡說到，這件是砑花箋白紙，蘆雁紋，是什麼意思？」

他嚴肅的表情，突然像寒冬冰解，春暖大地，肌肉整個放鬆，牽動了似乎微笑的嘴角。

「請等一下。」他說完，走出庫房閱覽室。

我環顧這博物館祕地般的庫房閱覽室。鋪了藍厚氈布的長桌，上面是我正在研究的作品。長桌抵著分成五格的長木架，每格有編號。木架旁的大桶裡插著長短不一的木棍、竹叉和綠色蓆子。我身旁另一邊牆前，散放了幾張折疊椅、翻拍藏品用的燈架……。

知道不宜輕舉妄動，我垂手低頭，再細看眼前的書蹟。那濃重的墨滲透紙內，凝聚於筆勢。雖然多次看過圖像，親睹真蹟，神韻撼動。

有他陪同，我的學者姿態還能維持理智客觀；和這書蹟獨處，好像心裡的堤防被浪濤波波衝擊——我想，要不要移步去角落稍坐？

他進來，提著一個探照燈樣的手電筒。

「砑花箋……」他說。打開手電筒斜照向書蹟，指引我偏轉視角，側面欣賞，一條條向上伸展，左右交錯，遒勁的蘆葦紋剎時浮現紙上！

真的！

我左手捏著手帕掩口，右手食指朝著那隱藏在字裡的花紋。

沒有保持「安全距離」，我的食指幾乎要碰觸紙面，趕緊往後倒退了一步。

他調整了手電筒的照射角度，讓我看到更多紙的理路和花紋。

「可以摸看看，感覺……」他說。

我聽錯了嗎？瞪大眼睛看著他。

他點點頭。沒錯，那是微笑。

我右手食指怯生生地滑過不平緩的紙面，不曉得是花紋還是紙的裂紋，質感比想像的粗。

像是被心愛的人親吻了掌心，我竟然覺得臉龐發熱。

許多事情，許多經歷的意義，在那片刻當下，是毫無察覺的。

時間會給我們答案。即使事過境遷。

修訂《書藝東坡》時，參觀過臺北故宮博物院「宋代花箋特展」，才注意到，也許，二〇〇九年，那個在大阪和東坡的墨寶親密接觸的春天，已經埋下了一個私底的心願——我要用我的方法，為我愛我好奇的東坡書法，說出一番意趣。

除了根據作者生平，依照他的生命歷程，將他的存世書蹟排列順序，整理出個人風格的分期發展，和同時代的其他人並置，比如北宋四家的「蘇、黃、米、蔡」；再把他放進整體的書法演進過程，定出書法史的座標地位，我們還可以怎麼理解書法家和他的作品呢？

《書藝東坡》這是我的第三本研究蘇軾的專書，也是我出版的第九本學術著作。書裡，我用文圖學的方法，解讀蘇軾的幾件名蹟：題跋最多的《天際烏雲帖》、評價最高的《黃州寒食帖》、內容最玄的《李白仙詩卷》、篇幅最長的《洞庭春色賦》與《中山松醪賦》合卷，以及臨終前不久寫的《答謝民師論文帖卷》。我討論蘇軾的書法「寫什麼」、「怎麼寫」、「為何寫」，還有這些作品流傳遞藏的生命歷程。在歷代中外人士接觸蘇軾墨寶的故事裡，我發現為蘇軾「慶生」的「壽蘇會」活動在東亞文化交流裡的意義。

「字形」和「字義」的有意識組合，書寫漢字成為一種「技術」和「藝術」，就是「書藝」。輸送和承載「書藝」的工具直接影響表達的效果——「工欲善其事，必先利其器」。筆墨紙硯文房四寶，各有其門道，然而後世的我們只能看到紙上的墨蹟，不容易確斷書法家用的是哪一枝筆？研的是什麼墨？唯有紙張，可見可觸，可惜我們研究得還不夠。

經過臺北故宮博物院何炎泉先生的解說，才明白「砑花」是用刻有花紋的雕板在紙上研壓出凹凸紋飾。目前能找到的最早砑花箋是北宋的實物，存世三十一件北宋砑花箋書蹟，有六件是蘇軾的筆墨。我手感的「粗」，原來是紋路的起伏呵！

在花紋不明顯的紙上書寫，暗自傳達鄭重的心情，收信的人可能知曉？在不同的光線和視角下反覆捧讀，紙上隱約的雙鳳牡丹，是東坡對友人「萬萬以時自重」的叮嚀和期許。

晏幾道詞：「相思本是無憑語，莫向花箋費淚行。」一紙花箋訴相思，若心神相通，端詳情影，萬千淚行，不費。

蘇軾《答謝民師論文帖卷》(〈與謝民師推官書〉,一一〇〇年)

軾啟。近奉違,亟辱問訊,具審起居佳勝,感慰深矣。軾受性剛簡,學迂材下,坐廢累年,不敢復齒縉紳。自還海北,見平生親舊,惘然如隔世人,況與左右無一日之雅,而敢求交乎?數賜見臨,傾蓋如故,幸甚過望,不可言也。

所示書教及詩賦雜文,觀之熟矣。大略如行雲流水,初無定質,但常行於所當行,常止於所不可不止,文理自然,姿態橫生。孔子曰:「言之不文,行而不遠。」又曰:「辭達而已矣。」夫言止於達意,即疑若不文,是大不然。求物之妙,如繫風捕影,能使是物了然於心者,蓋千萬人而不一遇也。而況能使了然於口與手者乎?是之謂辭達。辭至於能達,則文不可勝用矣。揚雄好為艱深之詞,以文淺易之說,若正言之,則人人知之矣。此正所謂雕蟲篆刻者,其《太玄》、《法言》皆是類也。而獨悔於賦,何哉?終身雕蟲,而獨變其音節,便謂之經,可乎?屈原作《離騷經》,蓋風、雅之再變者,雖與日月爭光可也。可以其似賦而謂之雕蟲乎?使賈誼見孔子,升堂有餘矣,而乃以賦鄙之,至與司馬相如同科!雄之陋,如此比者甚眾。可與知者道,難與俗人言也。因論文偶及之耳。歐陽文忠公言文章如精金美玉，市有定價，非人所能以口舌定貴賤也。紛紛多言，豈能有益於左右。愧悚不已。

所須惠力法雨堂字。軾本不善作大字，強作終不佳，又舟中局迫難寫，未能如教。然軾方過臨江，當往遊焉。或僧欲有所記錄，當作數句留院中，慰左右念親之意。今日已至峽山寺，少留即去。愈遠。惟萬萬以時自愛。不宣。

晏幾道〈鷓鴣天〉

醉拍春衫惜舊香。天將離恨惱疏狂。年年陌上生秋草，日日樓中到夕陽。　雲渺渺，水茫茫。征人歸路許多長。相思本是無憑語，莫向花箋費淚行。

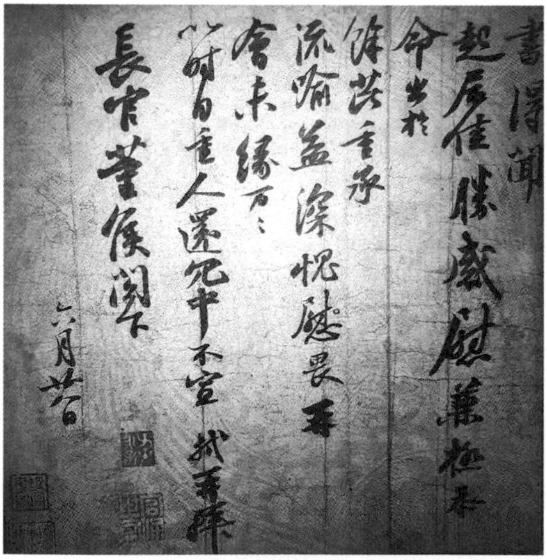

蘇軾《獲見帖》（與長官董侯札）（臺北故宮博物院藏，衣若芬攝）

東坡行跡圖

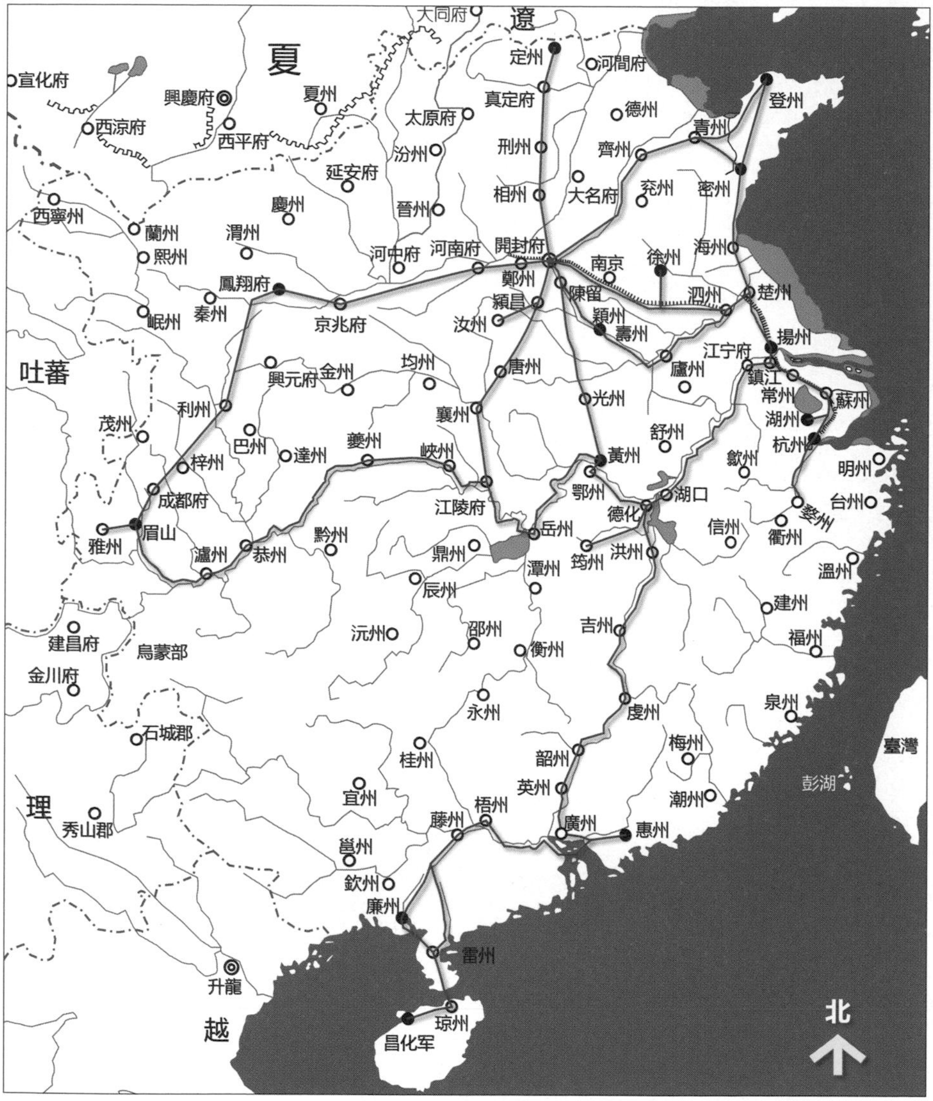

● 蘇軾出生、為官與被貶過的周府軍等。

● 李常生參考譚其驤《中國歷史地圖集》繪製 2018/07/19

後記——

帶刀去旅行

「如果有什麼意外……」她說：「我已經把手伸進包包裡，握著那把刀。」

我問是什麼刀？瑞士刀不管用吧？

她說是折疊的刀。

「妳跟人家談授權，有必要這麼緊張嗎？」我把雙手交疊在桌上，傾身朝她小聲地問。

我說，妳打交道的無非是大學教授和出版社的負責人，誰會傷害妳呢？這麼防備。

走在陰暗的北京老胡同，你不曉得會突然冒出什麼來……。

既然要冒著「生命」的危險，何必非要做古籍文獻數位化？妳讓大家方便查資料，對妳，有什麼好處？

「事情總是要有人做。」她喝了一口桌上早已冷掉的茶，語氣堅毅得讓我相信，只有這種認為自己該做事情的人，才會肯定自己就是那個「總是」的承擔者。

「我們漸漸落後大陸了！」她放下茶杯，說：「妳看張老師在做全宋詩，做沒幾年，才出了一點成果，北大的一整套書就出來了。」

「大陸人力充足啊！人才也多，怎麼比？」我一攤手，把已經喝完的咖啡再端起來喝乾淨。

她點點頭，說：「所以我們要做數據庫，要電子化，放在網站上公開，讓全世界都好用。」

我說：「妳做功德，我受惠。」我朝她合十一拜：「當然感恩哪阿彌陀佛！」

她輕輕撥開我的手，笑了：「妳少來！妳看看能幫我什麼？」

「蘇軾文學時空嗎？」我說：「妳架構已經滿完整了。我不懂程式，需要什麼資料上傳我都給妳。」

「妳幫忙看看內容好不好？『網路展書讀』的使用人愈來愈多了。」她說。

我點點頭。大陸一時可能還做不出像「網路展書讀」這樣的古籍文獻電子數據庫。可是，搞不好哪一天，像編《全宋詩》一樣，突然開出個更豐富便捷的檢索平臺，妳這番功夫～

我把話和最後一滴咖啡嚥進喉嚨。

她又說起帶刀去旅行。妳也是總一個人出遠門，要小心。

劫財，劫色，都遇過了，在尋訪東坡之路上。

*

託四川大學的老師替我代訂重慶到武漢的旅程，在大壩建成之前，來一趟三峽遊。

依告知來到重慶岸邊的旅行社，拿收據換船票。

「妳訂的那種船今天開了。」老闆嘴裡啣著煙，瞇起眼睛看了看我的收據。

我擔心沒聽懂他說的重慶話，還有，「開了」是什麼意思？

「遊客爆滿，妳曉得吧？」

遊客爆滿，所以我老早買了票的啊！

「妳買了票，肯定是有位子的妳莫大聲嚷嚷，就是後天有妳訂的那種船，明天沒得。」

不能這樣！我行程都排好的啊！

「妳明天重慶再耍耍，後天走不好了嗎？」

我一定要明天坐船才能接我過幾天從武漢回臺北啊！

「回臺北哪？妳是臺灣來的啊？」他歪著頭看了看我：「妳這票就買錯了嘛！三等艙，臺灣同胞不能坐三等艙。哪個給妳買的票？臺灣人坐的是豪華遊輪，妳一定明天要走？」

「當然！」我斬釘截鐵。

「妳補一點差額，明天搭長江公主號，舒服的很！」他把我的收據扔在桌子一邊，翻出另一個本子。

差額？是我原來買的船票三倍！

我掏出了幾乎所有的人民幣，換了船票。

*

長江公主號到了沙市，宣布不再前行，要接另一批遊客溯遊回重慶。

我才知道，全船只有我和同室的，自稱是中國建設銀行某分行長的黃小姐是「散客」，其他人都是跟著旅行團來的。黃小姐好像早就知道這船不會抵達武漢，說有車來接。

我去找船長詢問，前一天我才拜託他接收我的新臺幣，換成人民幣給我。他說新臺幣在這裡是廢紙，我看妳單身旅行可憐才換給妳。妳沒有美元嗎？我說我所有的美元都換成人民幣花光了（最貴的就是這船票啊）。

船長說，這是公司安排的，我也沒辦法。

我問：「我怎麼到武漢呢？」

汽車？鐵路？我沒有足夠的時間和錢，信用卡不能用，我……

「同志妳跟我吵沒用啊！」船長的嗓門也大了。

我說：「我要舉報你！」

「妳回去以後舉報吧！」他說：「先看看妳怎麼回得去。」

我們的爭執引來圍觀，幾位中年婦女得知我是同胞，說替我問問她們團的導遊小周。

小周約莫二十出頭，長得斯文白淨，過來問了情況，說他訂的接駁船還有位子。

問了問全團的臺灣客人也沒反對的，就讓我跟著他們走吧。

到了武漢。

「妳住哪？」小周撥打手機，通話前的空檔轉頭問我。

我才想起來還沒有訂住房。

小周說好人做到底，讓我跟他的團住同一個酒店。他的房間讓給我。
我洗好澡正在刷牙，門鈴響了。
還沒抹乾淨口角的泡沫，小周用力把我拉開的門縫推到底，拖著行李箱進來。
「我哥兒們說他今晚不方便。」小周把隨身背包摔到床上。

「小周，你別這樣……」我使勁想推開他。
他覆在我身上，一團熊熊的火焰，把已經熟睡的我點醒。
「你別這樣……」我拉扯他環繞我脖子的雙手，他纏得更緊，讓我快要不能呼吸。
我扭動身體想逃離，卻好像更刺激他的慾望。
然後，我不再掙扎，這段旅程的所有不安和失意，化為淚水。
淚水無聲地流進我的耳朵，潤濕他的手臂。
他放鬆了力氣，燃燒的鐵塊攤平成棉朵。
趁小周還在睡，我收拾了行李，想辦退房——哦，昨晚沒用我的證件入住。
走到酒店後頭的小巷子，我吃了一碗沒想到那麼辣的熱乾麵。

「妳跑哪兒去了？」小周手裡拎著我忘了放進行李箱裡的平底鞋，我的兩件行李在櫃臺邊。
「沒別的東西了吧？我的客人都上車了！」他朝酒店門口抬了抬下巴。

我說謝謝。
他要我付昨晚的房錢。
「多少錢？」我接過我的鞋放在腳邊，低頭翻皮包。
「給我一百塊錢吧。」他突然壓低了聲音。
我拿出兩張百元紅鈔。
「妳最好小心點兒。」他把錢塞進褲子口袋，邊走出酒店邊說。
我應該帶把刀子嗎？
後來，我在廣東羅浮差點兒被摩托車司機丟在山頂；在蘇州莫名其妙被跟蹤，我，始終沒有帶刀子。
從幾乎作嘔的北京胡同公共廁所出來，我望見初升的新月，那裡，我帶刀旅行的朋友羅鳳珠，會含笑看著我吧？她和「蘇軾文學時空」都在雲端，時而閃閃發亮。
搭乘高鐵可能數日逡巡的東坡之路，你的心，是最近的通道。

二〇一九年十二月三十一日，衣若芬書於大阪堀江邊寓樓

附錄

蘇軾家族譜系

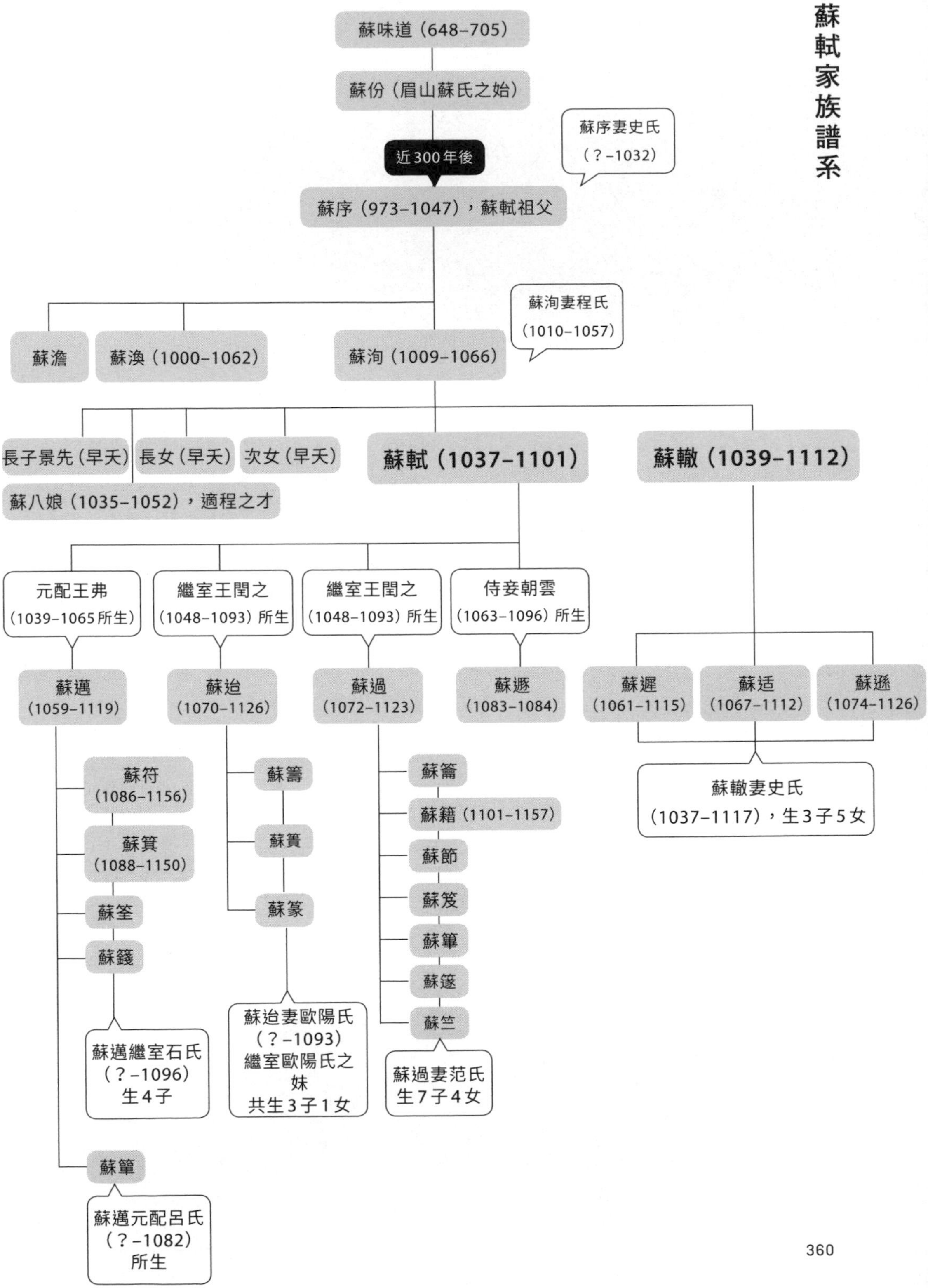
蘇味道（648–705）
蘇份（眉山蘇氏之始）
近300年後
蘇序妻史氏（？–1032）
蘇序（973–1047），蘇軾祖父
蘇洵妻程氏（1010–1057）
蘇澹
蘇渙（1000–1062）
蘇洵（1009–1066）
長子景先（早夭）
長女（早夭）
次女（早夭）
蘇軾（1037–1101）
蘇轍（1039–1112）
蘇八娘（1035–1052），適程之才
元配王弗（1039–1065所生）
繼室王閏之（1048–1093）所生
繼室王閏之（1048–1093）所生
侍妾朝雲（1063–1096）所生
蘇邁（1059–1119）
蘇迨（1070–1126）
蘇過（1072–1123）
蘇遯（1083–1084）
蘇遲（1061–1115）
蘇适（1067–1112）
蘇遜（1074–1126）
蘇轍妻史氏（1037–1117），生3子5女
蘇符（1086–1156）
蘇箕（1088–1150）
蘇筌
蘇籛
蘇邁繼室石氏（？–1096）生4子
蘇簞
蘇邁元配呂氏（？–1082）所生
蘇簹
蘇篢
蘇篆
蘇迨妻歐陽氏（？–1093）繼室歐陽氏之妹 共生3子1女
蘇籥
蘇籍（1101–1157）
蘇節
蘇笈
蘇箄
蘇篴
蘇竺
蘇過妻范氏 生7子4女

一張圖秒懂蘇軾的科舉考試之路

蘇軾科考過程

發解試

仁宗嘉祐元年（1056）7月3日，開封景德寺兩論一策

袁轂第一，蘇軾第二

省試

嘉祐二年（1057）1月6日，開封

策：《禹之所以通水之法》、《修廢官舉逸民》、《天子六軍之制》、《休兵久矣而國益困》、《關隴遊民私鑄錢與江淮漕卒為盜之由》

論：《省試刑賞忠厚之至論》→第二名

詩：《豐年有高廩》

賦：《佚道使民賦》

帖經、墨義：《春秋》對義→第一名

省元李寔，蘇軾、蘇轍合格

殿試

嘉祐二年（1057）3月5–7日，仁宗親試崇政殿

3月5日：《民監賦》、《鸞刀詩》、《重巽命論》

3月7日：《齋居決事詩》、《乾坤示人易簡論》

狀元章衡。蘇軾初列丙科第五甲，後升為乙科第四甲，賜進士出身

初閣考試制科——賢良方正能直言極諫

嘉祐六年（1061）8月17日，開封

六論：《王者不治夷狄》、《禮義信足以成德》、《劉愷丁鴻孰賢》、《禮以養人為本》、《既醉備萬福》、《形勢不如德》

合格

制科

嘉祐六年（1061）8月25日，仁宗親試崇政殿

進《策》，答《策問》，進《中庸論》等凡25篇

蘇軾三等，蘇轍四等

烏臺詩案始末：北宋神宗元豐二年（1079）

- 《元豐續添蘇子瞻學士錢塘集》出版，1078年至1079年初
- （1079年）4月20日到湖州任知州
- 4月29日〈湖州謝上表〉有云：「（陛下）知其愚不適時，難以追陪新進；家其老不生事，或能牧養小民。」
- 7月2日，監察御史裏行舒亶劄子：蘇軾文字「小則鏤版，大則刻石，傳播中外，自以為能」
- 7月3日，御史中丞李定劄子：蘇軾有可廢之罪四，其二為「傲悖之語　，日聞中外」
- 7月4日，監察御史裏行何正臣劄子：蘇軾〈湖州謝上表〉「愚弄朝廷，妄自尊大，宣傳中外，孰不歎驚」
- 7月28日，中使皇甫遵到胡州押送蘇軾至汴京御史臺
- 8月18日，蘇軾被押赴御史臺入獄
- 8月20日，開始審訊蘇軾
- 10月20日，太皇太后曹氏卒。曹氏為仁宗皇后，神宗祖母
- 8月20日至11月20日蘇軾供狀。供出〈山村〉詩等反對新法，譏諷朝廷。並與王詵、張方平、黃庭堅等人往來文字
- 11月30日，御史臺奏上審訊結果
- 12月初，大理寺初判，蘇軾「當徒二年，會赦當原」。即可降兩官抵兩年徒刑，因皇上寬宏而赦免無罪
- 12月初，李定等人不符大理寺初判，上神宗疏，言蘇軾罪重，當「特行廢絕」
- 12月，審刑院同意大理寺初判，判決蘇軾「原免釋放」，上神宗最後裁定
- 12月28日，神宗聖旨：蘇軾可責授檢校水部員外郎充黃州團練副使，本州安置，不得簽書公事。王詵、曾鞏、蘇轍三人謫降，張方平等22人罰銅

蘇軾生平大事年表

年分	年齡	事蹟	地點	相關文本	本書文章
北宋仁宗景祐三年（丙子）農曆十二月十九日 公元一〇三七年一月八日	一	蘇軾字子瞻，一字和仲，又字子平。 祖父蘇序，祖母史氏。 父親蘇洵，字明允。母親程氏，大理寺丞程文應之女。 乳母任採蓮。	四川眉山紗縠行（今三蘇祠）		〈東坡家的月光〉 〈程夫人不急著吃棉花糖〉
寶元二年（己卯） 一〇三九年	三	二月，弟蘇轍生。轍字子由，一字同叔，又稱卯君，小字九三郎。	四川眉山		
慶曆二年（壬午） 一〇四二年	六	開始讀書。知歐陽脩、梅堯臣文名。	四川眉山		
慶曆三年（癸未） 一〇四三年	七	眉州朱姓老尼時年九十歲，自言嘗其隨師入蜀之孟昶宮中，能記宮詞。	四川眉山	後蘇軾作〈洞仙歌〉（一〇八二年）	〈洞中神仙不怕熱〉
慶曆四年（甲申） 一〇四四年	八	入天慶觀北極院從道士張易簡讀小學。得知石介〈慶曆聖德詩〉。	四川眉山		

慶曆五年（乙酉）一〇四五年	九	父親蘇洵宦遊四方，母程夫人親自授書，讀《後漢書・范滂傳》。	四川眉山	〈記先夫人不發宿藏〉〈記先夫人不殘鳥雀〉	〈程夫人不急著吃棉花糖〉
慶曆七年（丁亥）一〇四七年	十一	五月十一日，祖父蘇序卒。	四川眉山	蘇洵〈名二子說〉	〈世界上最短的咒語〉
慶曆八年（戊子）一〇四八年	十二	蘇軾於紗縠行隙地中得異石。	四川眉山	後蘇軾作〈天石硯銘并敘〉（一〇八四年）	〈陰影的背面〉
至和元年（甲午）一〇五四年	十八	與青神縣鄉貢進士王方之女王弗結婚。王弗時年十六歲。	四川眉山		〈四遇三星堆〉
至和二年（乙未）一〇五五年	十九	蘇轍十七歲，與史氏結婚。史氏時年十五歲。	四川眉山		
嘉祐元年（丙申）一〇五六年	二十	一、三月，蘇洵帶領蘇軾、蘇轍赴京師應試。 二、父子三人行至河南，馬死於二陵，騎驢至澠池，停歇於奉閑僧舍。 三、五月抵京師，館於興國寺浴院。	河南開封		

		四、七月三日，於開封景德寺發解試。袁轂第一，蘇軾第二，蘇轍亦中舉。			
嘉祐二年（丁酉） 一〇五七年	二十一	一、正月六日，參加開封省試。〈刑賞忠厚之至論〉被歐陽脩誤認為曾鞏之作，列為第二名。省試結果：省元李寔。蘇軾、蘇轍合格。 二、三月五日—七日，仁宗親試崇政殿。狀元章衡。蘇軾初列丙科第五甲，後升為乙科第四甲，賜進士出身。 三、四月八日，母親程夫人病故，年四十八。蘇洵父子回蜀奔喪。	河南開封	〈刑賞忠厚之至論〉	〈愛我還是害我〉
嘉祐三年（戊戌） 一〇五八年	二十二	在家丁憂。	四川眉山		
嘉祐四年（己亥） 一〇五九年	二十三	丁憂期滿。十月還朝。蘇氏父子三人經嘉州走水路，出三峽。妻王弗隨行，長子蘇邁出生。	三峽 重慶 武漢	〈初發嘉州〉、〈郭綸〉、〈南行前集敘〉、〈江上值雪效歐陽體限不以鹽玉鶴鷺絮蝶飛舞之類為比仍不使皓白潔素等字，次子由韻〉 蘇轍〈郭綸〉	〈老大說了算〉 〈武漢麻木〉

嘉祐五年（庚子） 一〇六〇年	二十四	二月十五日，蘇氏父子抵達京師。朝廷授蘇軾河南福昌縣主簿，不赴。	河南開封	〈諸葛亮論〉	〈為什麼李白、杜甫不是千年英雄？〉
嘉祐六年（辛丑） 一〇六一年	二十五	一、八月十七日，蘇軾兄弟通過祕閣考試制科——賢良方正能直言極諫。 二、八月二十五日，仁宗親試崇政殿制科試。蘇軾三等，蘇轍四等。 三、蘇軾授大理評事，簽書鳳翔府節度判官。十一月赴鳳翔，子由送至鄭州。十二月十四日到任。	河南開封	〈魏武帝論〉 〈辛丑十一月十九日，既與子由別於鄭州西門之外，馬上賦詩一篇寄之〉 〈和子由澠池懷舊〉	
嘉祐七年（壬寅） 一〇六二年	二十六	鳳翔府節度判官任上。	陝西鳳翔	〈病中大雪數日未嘗起觀號令趙薦以詩相屬戲用其韻答之〉	〈作詩如作戰〉
嘉祐八年（癸卯） 一〇六三年	二十七	鳳翔府節度判官任上。	陝西鳳翔	蘇轍〈記歲首鄉俗寄子瞻二首〉 〈和子由踏青〉 〈和子由蠶市〉	〈踏青〉
英宗治平元年 （甲辰） 一〇六四年	二十八	十二月十七日，罷鳳翔簽判。 自鳳翔赴長安。	陝西鳳翔		

治平二年（乙巳）一〇六五年	二十九	一、正月還朝。判登聞鼓院，直史館。 二、五月二十八日，妻王弗病卒於京師，年二十七。	河南開封	〈亡妻王氏墓誌銘〉	〈說不〉
治平三年（丙午）一〇六六年	三十	一、在京師，直史館。 二、四月二十五日，父蘇洵病逝於京師，年五十八。	河南開封		
治平四年（丁未）一〇六七年	三十一	在家居喪。	四川眉山		
神宗熙寧元年（戊申）一〇六八年	三十二	一、十月，續娶王弗堂妹、王介幼女王閏之為妻。王閏之時年二十一歲。 二、冬，與弟轍攜家赴汴京，途中在長安度歲。	四川眉山		
熙寧二年（己酉）一〇六九年	三十三	二月還朝，在京任殿中丞直史館判官告院。反對王安石實行新法。	河南開封	〈石蒼舒醉墨堂〉	〈一塊宋磚〉
熙寧三年（庚戌）一〇七〇年	三十四	一、蘇軾在京，以直史館權開封府推官。 二、二子蘇迨生。	河南開封		

熙寧四年（辛亥） 一〇七一年	三十五	一、蘇軾在京，權開封府推官。 二、上書神宗，論朝政得失，請求外任。 三、四月任命通判杭州。七月離京。十一月到杭州任。	河南開封	〈臘日遊孤山，訪惠勤、惠思二僧〉 〈遊金山寺〉	〈金山寺雨中聞鈴〉
熙寧五年（壬子） 一〇七二年	三十六	一、任杭州通判。 二、歐陽脩病逝。 三、三子蘇過生。	浙江杭州	〈秀州報本禪院鄉僧文長老方丈〉 〈六月二十七日望湖樓醉書〉五絕	
熙寧六年（癸丑） 一〇七三年	三十七	任杭州通判。	浙江杭州	〈寶山晝睡〉 〈飲湖上初晴後雨〉二首 〈於潛僧綠筠軒〉	〈東坡沒吃過東坡肉〉
熙寧七年（甲寅） 一〇七四年	三十八	一、任杭州通判。 二、朝雲入蘇家。 三、罷杭州通判，以太常博士、直史館權知密州軍州事。十月離杭北上，十一月三日到密州任。	浙江杭州	〈金山寺與柳子玉飲，大醉，臥寶覺禪榻，夜分方醒，書其壁〉	

熙寧八年（乙卯） 一〇七五年	三十九	知密州。	山東諸城	〈江城子・乙卯正月二十日夜記夢〉 〈江城子・密州出獵〉 〈超然臺記〉 〈蝶戀花・密州上元〉 蘇轍〈超然台賦〉	〈很高興妳在這裡〉 〈東坡雞湯〉
熙寧九年（丙辰） 一〇七六年	四十	知密州。	山東諸城	〈薄薄酒二首并引〉 〈水調歌頭・明月幾時有〉	〈毛巾煎餅〉
熙寧十年（丁巳） 一〇七七年	四十一	一、知密州。 二、四月二十一日到徐州任。	山東諸城	〈陽關曲・中秋月〉 〈快哉此風賦〉	〈快哉亭上草萋萋〉
元豐元年（戊午） 一〇七八年	四十二	知徐州。	江蘇徐州	〈答黃魯直書〉、〈次韻黃魯直見贈古風〉二首 〈虔州八境圖八首并敘〉 〈中秋見月和子由〉 〈永遇樂・明月如霜〉 黃庭堅〈上蘇子瞻書〉、〈古詩二首上蘇子瞻〉	〈銀杏〉 〈八境臺上說八景〉

元豐二年（己未） 一〇七九年	四十三	一、知徐州。 二、三月二十日，到湖州任上。 三、七月，被彈劾。八月十八日，蘇軾被押赴臺獄勘問，史稱「烏臺詩案」。 四、十二月二十九日，獲釋出獄，責授檢校水部員外郎黃州團練副使，本州安置，不得簽書公事。	江蘇徐州 浙江湖州 河南開封	〈大風留金山兩日〉 〈湖州謝上表〉、〈予以事繫御史臺獄獄吏稍見侵自度不能堪死獄中不得一別子由故作二詩授獄卒梁成以遺子由〉二首	
元豐三年（庚申） 一〇八〇年	四十四	一、二月一日，到黃州貶所，寓居定惠院。 二、五月二十九日，遷居臨皋亭。	湖北黃岡	〈西江月・世事一場大夢〉 〈卜算子・黃州定慧院寓居作〉 〈寓居定惠院之東，雜花滿山，有海棠一株，土人不知貴也〉 〈遷居臨皋亭〉 〈安國寺浴〉	〈水療〉
元豐四年（辛酉） 一〇八一年	四十五	二月，故人馬正卿哀蘇軾乏食，為請郡中故營地數十畝，使得躬耕其中，地在城中東坡。	湖北黃岡	〈東坡八首并敘〉	〈何處是東坡〉

元豐五年〔壬戌〕一〇八二年	四十六	一、二月，於東坡築雪堂，自號東坡居士。 二、七月十六日，與道士楊世昌泛舟赤壁。 三、十月十五日，再與楊世昌、潘大臨遊赤壁。 四、十二月十九日，東坡生日，與郭遘、古耕道置酒赤壁磯下，李委作新曲《鶴南飛》以賀。	湖北黃岡	〈前赤壁賦〉 〈後赤壁賦〉 〈臨江仙．夜歸臨皋〉 〈寒食雨〉二首	〈赤壁〉 〈療癒安撫系之蘇東坡〉 〈再見《寒食帖》〉
元豐六年〔癸亥〕一〇八三年	四十七	一、謫居黃州。 二、九月二十七日，朝雲生子蘇遯。	湖北黃岡	〈水調歌頭．黃州快哉亭贈張偓佺〉 〈記承天夜游〉	
元豐七年〔甲子〕一〇八四年	四十八	一、三月，蘇軾移汝州團練副使，本州安置，不得簽書公事。 二、四月，別黃州。 三、七月二十八日，幼子蘇遯夭折。	湖北黃岡 江西廬山 江蘇揚州	〈黃州安國寺記〉 〈題西林壁〉 〈天石硯銘并敘〉、〈去歲九月二十七日，在黃州，生子遯，小名幹兒，頎然穎異。至今年七月二十八日，病亡于金陵，作二詩哭之〉	〈陰影的背面〉 〈韋馱菩薩站或坐〉 〈說蘿莉控太過分〉 〈可愛者不可信〉

元豐八年（乙丑）一〇八五年	四十九	一、三月，神宗駕崩，年三十八。 二、五月，司馬光荐舉蘇軾，詔命復朝奉郎起知登州。 三、十月十五日，到登州。 四、十月二十日，接詔命，以禮部郎中召回京。 五、十二月到京。遷起居舍人。	山東蓬萊 河南開封	〈書陳懷立傳神〉	〈東坡長得怎樣〉
哲宗元祐元年（丙寅）一〇八六年	五十	在京師任中書舍人、翰林學士。	河南開封		
元祐二年（丁卯）一〇八七年	五十一	在京師任翰林學士兼侍讀。	河南開封		
元祐三年（戊辰）一〇八八年	五十二	在京師任翰林學士、知制誥兼侍讀。	河南開封		
元祐四年（己巳）一〇八九年	五十三	一、在京任翰林學士、知制誥兼侍讀。連續上章乞求外任。 二、三月，以龍圖閣學士充浙西路兵馬鈐轄知杭州軍州事。 三、七月三日，到杭州。	河南開封 浙江杭州	〈以玉帶施元長老元以衲裙相報次韻〉二首	

元祐五年（庚午） 一〇九〇年	五十四	知杭州。疏浚西湖，築堤，杭人名之蘇公堤。	浙江杭州	〈杭州乞度牒開西湖狀〉 〈六一泉銘并敘〉	〈蘇堤橫亙白堤縱〉 〈六一泉〉
元祐六年（辛未） 一〇九一年	五十五	一、正月，任命蘇軾為吏部尚書，二月改命為翰林學士承旨。 二、五月二十六日，抵達京師。遂即又被任命為翰林學士承旨兼侍讀。 三、八月，詔以龍圖閣學士知潁州。 四、八月二十二日，到潁州。	河南開封 安徽阜陽	〈杭州召還乞郡狀〉 〈洞庭春色并引〉 〈趙德麟字說〉	〈同志變女神〉
元祐七年（壬申） 一〇九二年	五十六	一、正月，知潁州。 二、二月，罷知潁州，以龍圖閣直學士充淮南東路兵馬鈐轄知揚州軍州事。 三、三月十六日，到揚州。 四、八月，以兵部尚書兼差充南郊鹵簿使召回。 五、十一月，為鹵簿使導駕景靈宮，遷端明殿學士兼翰林、侍讀學士，守禮部尚書。	安徽阜陽 江蘇揚州 河南開封	〈洞庭春色賦并引〉	〈飛行千里來看你〉

元祐八年（癸酉） 一〇九三年	五十七	一、八月一日，繼室王閏之卒於京師，年四十六。 二、九月，蘇軾以端明殿學士兼翰林侍讀學士、禮部尚書出知定州。 三、十月，至定州。	河南開封 河北定州	〈夢南軒〉 〈中山松醪賦〉	〈中山松醪之味〉
紹聖元年（甲戌） 一〇九四年	五十八	一、六月，責授建昌軍司馬，惠州安置，不得簽書公事。 二、蘇軾令次子蘇迨攜家眷從長子蘇邁一家同居宜興。與少子蘇過，侍妾朝雲赴惠州。 三、九月，度大庾嶺（梅嶺）。十月二日，抵惠州。	廣東惠州	〈過大庾嶺〉 〈朝雲詩并引〉	〈梅嶺梅花還沒開〉
紹聖元年（乙亥） 一〇九五年	五十九	謫居惠州。	廣東惠州	〈記遊松風亭〉	〈懸解〉
紹聖三年（丙子） 一〇九六年	六十	一、謫居惠州。 二、七月五日，朝雲病逝，年三十四。	廣東惠州	〈悼朝雲詩并引〉	〈說蘿莉控太過分〉
紹聖四年（子丑） 一〇九七年	六十一	一、謫居惠州。 二、被貶，責授瓊州別駕，移送昌化軍安置。	海南儋州	〈吾謫海南，子由雷州，被命即行，了不相知，至梧乃聞其尚在藤也。旦夕當追及，作此詩示之〉	〈一碗超難吃的湯餅〉 〈我家住在桄榔庵〉

		三、五月抵梧州。十一日與子由相遇於藤州，相處一月，同行至雷州，六月十一日相別渡海。 四、七月二日到儋州。		〈桄榔庵銘并敘〉 〈夜夢并引〉	
元符元年（戊寅） 一〇九八年	六十二	謫居儋州。	海南儋州	〈次韻子由浴罷〉	
元符二年（己卯） 一〇九九年	六十三	謫居儋州。	海南儋州	〈被酒獨行，遍至子雲威徽先覺四黎之舍〉三首	
元符三年（庚辰） 一一〇〇年	六十四	一、遇赦，六月離儋州。 二、奉敕復朝奉郎提舉成都府玉局觀，在外州軍任便居住。	海南儋州 廣東廣州	〈澄邁驛通潮閣〉二首 〈六月二十日夜渡海〉 〈與謝民師推官書〉	〈無佛處稱尊〉 〈花箋淚行〉
徽宗建中靖國元年（辛巳） 一一〇一年	六十五	一、正月，度梅嶺。停留虔州四十日，之後繼續北上。 二、六月抵常州，寓於孫氏館，上表請致仕。 三、七月二十八日，蘇軾病逝於常州。	江西贛州 江蘇常州	〈余昔過嶺而南題詩龍泉鐘上今復過而北次前韻〉 〈自題金山畫像〉	〈東坡在這裡閉上了眼睛〉 〈我不要你死〉
崇寧元年（壬午） 一一〇二年		閏六月二十日，蘇軾與王閏之合葬於汝州郟城縣釣臺鄉上瑞里小峨眉山。		蘇轍〈亡兄子瞻端明墓誌銘〉	

衣若芬生平與寫作大事記

＊本列表關於「尋東坡」之紀錄，皆以●標注。

一九六四 出生於臺大醫院。由叔公衣欽堯先生命名。父親衣方卿先生為山東即墨人，母親林素貞女士為臺灣彰化人。

一九七〇 進入惠林幼稚園就讀，首次接觸與家庭中全然不同的餐前祈禱儀式。並由於老師們的詢問，才曉得自己有一個比較罕見的姓氏和「小說中人物」一般的名字。

一九七一 進入私立大華小學就讀。

一九七二 小學二年級，散文〈雨〉被翁慧玲老師挑選至校刊發表，領平生第一筆稿費新臺幣十五元。

一九七三—一九七五 陸續在校刊及《國語日報》發表文章，並自編自畫童話故事於圖畫紙上，訂成一本本的「故事書」。

一九七六 暑假，在彰化外婆家，閒來無事，寫一隻鄉下公雞進城探險的童話小說於桌上型日曆的背面，是為初次嘗試寫小說。

一九七七 進入金華女中就讀，開始投稿給《北市青年》。並在課堂偷寫新詩和「連載小說」給好同學私下傳閱，計完成《嗚咽的風》、《煙雨點點愁》、《殘網》等數本。

一九八〇 考上中山女中，繼續在《北市青年》發表文章。

一九八一 擔任校刊《中山女青年》編輯。參加中山女中管樂隊。小說〈異端〉獲中山女中文藝獎第二名。

一九八二 擔任畢業生聯合會主席。主編畢業生紀念冊。

一九八三 考上臺灣大學中文系。創辦班刊《風簷》。

一九八四 擔任校刊《臺大青年》副總編輯。作品〈華西街之夜〉獲臺大中文系新詩創作獎。

一九八五 獲選為臺灣大學中文系系學會會長。主編中文系系刊《新潮》。

一九八六 課餘在藝術圖書公司從事編輯工作，編有黃君璧、胡克敏、林順雄等多位畫家之畫集。編譯《看畫學畫》、《文房之美》、《梵谷》等書。

一九八七 大學畢業，考上臺灣大學中文研究所碩士班。

一九八八 臺灣報禁解除，受邀擔任《中央日報》「長河版」創版主編。後因以課業為重而辭去工作。課餘擔任漢聲廣播電臺「文藝之旅」節目撰稿，以及鉅棚傳播公司編劇，嘗試不同的寫作形式。編撰《梵谷》（藝術圖書公司出版）。（此書後再版，改名《梵谷噢！梵谷》，與何恭上先生共同獲得一九九八年行政院新聞局優良圖書推薦獎。）

一九八九 以〈鄭板橋題畫文學初探〉獲臺大中文研究所學術論文比賽特優獎。出版第一本小說集《踏花歸去》（臺北林白出版社），曾永義教授作序。

一九九〇 ◎碩士班畢業，碩士論文為《鄭板橋題畫文學研究》，蒙曾永義教授指導。考上臺灣大學中文研究所博士班。

●八月，初次出國。從臺北飛香港，轉搭乘火車抵達廣州。遊歷廣州、上海、南京、蘇州、杭州、北京等地。於杭州西湖車上瞥見蘇東坡紀念館，因颱風未能參觀，心生願訪東坡行跡之念。

◎九月，開始在臺灣大學、淡江大學擔任兼課講師（至一九九五年六月博士班畢業）。

一九九一 出版微型小說《衣若芬極短篇》（臺北爾雅出版社），瘂弦先生為作序文：〈尋找新的地平線——從衣若芬的創作試談「極短篇」發展局限的突破〉。

一九九三 編撰出版《觀人——面具底下的祕密》（臺北人合物力出版社）。

一九九五 六月，博士班畢業，博士論文為《蘇軾題畫文學研究》，蒙曾永義教授及石守謙教授指導。八月，受聘為輔仁大學中文系副教授。出版散文集《青春祭》（臺北九歌出版社）。

一九九六 八月，辭去輔仁大學教職，轉任職中央研究院中國文哲研究所。

一九九七 ●九月十六日，初次在國際學術會議發表論文，地點即東坡故里四川眉山三蘇祠。會議期間參拜三蘇墳。會議結束後，遊歷東坡母親及夫人故里四川青神、樂山、重慶、航行三峽至湖北武漢。此行即一〇五九年蘇洵與蘇軾、蘇轍第二次離鄉赴京師水路線。

一九九八 ●於山東諸城，參加「中國第十屆蘇軾學術研討會」。諸城即東坡一〇七四—一〇七七年治理的密州。

一九九九 受邀擔任《中國時報》「開卷」版書評委員。出版《蘇軾題畫文學研究》（臺北文津出版社）。

二〇〇〇 與劉苑如博士共同主編《世變與創化：漢唐、唐宋轉換期之文藝現象》（中央研究院中國文哲研究所出版）。

二〇〇一 ◎三月，與曾棗莊教授等合著出版《蘇軾研究史》（南京江蘇教育出版社）（後榮獲二〇〇三年四川省政四月，任東京大學訪問學者。六月，出版《赤壁漫游與西園雅集——蘇軾研究論集》（北京線裝書局）。

●八月，再訪東坡故里四川眉山。

二〇〇二 ◎八月起，任韓國成均館大學東亞學術院客座教授。於中文系講授宋代文學研究課程、臺灣文學與電影。

二〇〇三 ●十二月，再訪杭州。
任韓國成均館大學東亞學術院客座教授，至七月結束。於中文系講授中國現代文學、臺灣文學與電影。

二〇〇四 同年獲得兩項極高學術研究榮譽：行政院國科會吳大猷先生紀念獎、中央研究院年輕學者研究著作獎。任臺北教育大學臺灣文學研究所兼任副教授。出版學術論文集《觀看．敘述．審美——唐宋題畫文學論集》（中央研究院中國文哲研究所出版）（此書於二〇〇五年再版。二〇一四年三版）。（入選「了解宋代文化必讀的300本書」）。

二〇〇六 七月，受邀任教於新加坡南洋理工大學中文系。

二〇〇七 ◎一月起受邀於新加坡《聯合早報》寫作專欄。
●十二月，至廣東惠州。

二〇〇八 七月，辭去中央研究院工作。任教於新加坡南洋理工大學中文系。

二〇〇九 ●十月，三訪四川眉山。二遊樂山。
◎出版學術論文集《三絕之美鄭板橋》（臺北花木蘭出版社）。

二〇一〇 ●六月，受邀任南京大學特邀訪問學者。期間訪江蘇常州東坡終焉之地。十月，至湖北黃岡，乃東坡因烏臺詩案被貶之黃州。遊赤壁，尋「定惠院」、「東坡」等地位置。
●十二月，訪海南儋州，為東坡被貶所至最南端。

二〇一一 ●九月，至河南開封，即北宋京師。
◎出版學術論文集《遊目騁懷：文學與美術的互文與再生》（臺北里仁書局）。（入選南京大學「世界文學與圖像名著精義十種」）。

二〇一二 出版學術論文集《藝林探微：繪畫．古物．文學》（上海華東師範大學出版社）。出版散文集電子書《紅豆書簡》、《春衫舊香》（香港夢想書城）。出版散文集電子書《南國藝語》、《東坡先生，生日快樂》、《月光秋千》、《背對彩虹》、《飄洋過海賣掉你》、《大人我要結婚》（臺北群傳媒）。

二〇一三 ●九月，至江西贛州（虔州），登梅嶺，走東坡被貶嶺南及北返所經之古道。
◎出版學術論文集《雲影天光：瀟湘山水之畫意與詩情》（臺北里仁書局）。

二〇一四 ◎七月一日，開始擔任新加坡南洋理工大學中文系主任。
◎七月十九—二十〇日，主辦「學與思：國際漢學研討會」，於會中提出「文圖學（Text and Image

Studies）」概念。出版散文集《Emily的抽屜》（南京大學出版社）。出版散文集《感觀東亞》（臺北二魚文化，榮獲二〇一五年國立臺灣文學館文學好書推廣專案）。

二〇一五

●九月，三訪杭州。

◎十二月十九日，第一場以「文圖學」為題目的公開講座，於馬來亞大學，主講「文圖學研究的方法與示例」，上午談概念與方法，下午談研究個案。主編出版學人訪談錄《學術金針度與人》（新加坡八方文化創作室）。出版散文集《北緯一度新加坡》（臺北爾雅出版社）。

二〇一六

◎六月三十日，卸任新加坡南洋理工大學中文系主任職務。擔任系主任期間，規畫中文系十周年慶展覽、為十年慶晚會籌款、選定中文系系歌《細水長流》、拍攝中文系微電影《舉手》、主辦四場國際學術會議及數十場講座等等。帶領學生兩度赴大陸文化考察、兩度赴韓國參加國際學術會議、陪同在臺灣進修七個星期等等活動。出版《南洋風華：藝文．廣告．跨界新加坡》（新加坡八方文化創作室，新加坡國家藝術理事會出版獎助，榮獲《聯合早報》二〇一六年書選）。策畫及主編出版《臺灣文學花園》，為新加坡958城市頻道文學朗讀節目讀本。

二〇一七

◎二月二十四、二十七、二十八日，應邀於香港城市大學中國文化中心主講三場文圖學。

●七月，訪江蘇鎮江、徐州。

●九月，訪河北定州，為東坡足跡所至最北端。

●十一月，四訪四川眉山，二遊青神。

◎十二月十五日，主辦「文圖學．文化交流：臺灣與東亞的多元對話」國際學術論壇。十二月十八日，新加坡政府核准成立民間社團「文圖學會（Text and Image Studies Society）」，為學會創始人暨榮譽主席。和崔峰博士合編出版會議論文集《素音傳音——韓素音百年誕辰紀念文集》（新加坡八方文化創作室）。

二〇一八

◎一月二十六日，文圖學會第一場活動——「觀畫夜遊」，導覽新加坡國家美術館。四月至七月，應邀於美國史丹福大學（Stanford University）與艾朗諾（Ronald Egan）教授合作講授文圖學（Text and Image Studies）課程。

●九月，五訪四川眉山。

二〇一九

◎三月，文圖學會第一場海外活動，導覽臺灣臺北故宮博物院和嘉義故宮南院。五月四日，五四運動百年，在新加坡城市書房談「五四百年之新加坡So What?」。五月二十——二十四日，應邀於中國人民大學學術前沿講座講述五場文圖學。

●六月，受邀任武漢大學特邀訪問學者。期間再訪湖北黃岡（黃州）。八月，榮獲新加坡哈莉瑪·雅各布總統親自頒發南洋理工大學許文輝學術獎。九月，特地飛往吉林長春，於吉林省博物院親覽東坡《洞庭春色賦》、《中山松醪賦》合卷，為存世東坡書蹟最北收藏處。

◎出版學術論文集《書藝東坡》（上海古籍出版社）（二〇一九年美術史十大好書之一。二〇二一年中華書局伯鴻書香獎精選50本東坡主題專著之一）。主編出版學術會議論文集《東張西望：文圖學與亞洲視界》（新加坡八方文化創作室）。

二〇二〇

◎四月，出版《陪你去看蘇東坡》（臺北有鹿文化）。博客來年度華文創作暢銷書第十一名。榮膺《聯合早報》二〇二〇年十大好書選。四月七日至六月一日，新加坡政府防控新冠病毒疫情，實行阻斷（circuit breaker）政策。連續閉門在家七十七天，寫出《倍萬自愛：學著蘇東坡愛自己，享受快意人生》。

◎七月，建置個人專屬網站（lofen.net）。

◎十一月，出版《雲影天光：瀟湘山水之畫意與詩情》簡體新修訂版（北京大學出版社）。

◎十二月，出版《春光秋波：看見文圖學》（南京大學出版社）。

二〇二一

◎二月，文圖學課程獲選新加坡南洋理工大學人文學院招牌課程，攝製影片。

◎四月，出版《倍萬自愛：學著蘇東坡愛自己，享受快意人生》（臺北有鹿文化）。榮獲新加坡《聯合早報》二〇二一年十大好書選。

◎五月，主編出版《四方雲集：臺·港·中·新的繪本漫畫文圖學》（臺北中大出版中心，遠流出版公司）。為世界首部結合四地的繪本漫畫專書。

◎六月二十五—二十六日，主辦「二〇二一臺灣與東亞的文本·圖像·視聽文化」線上國際論壇。

◎十月，出版《陪你去看蘇東坡》簡體字版（北京商務印書館）。榮獲二〇二二年四川名人大講堂十五本蘇東坡主題書單第五名。

二〇二二

◎四月，出版《暢敘幽情：文圖學詩畫四重奏》（杭州西泠印社）。藏處。

◎六月十八日—十九日，主辦「二〇二二年文圖學與東亞文化交流」線上國際學術論壇。

◎十二月，主編出版學術會議論文集《五聲十色：文圖學視聽進行式》和《大有萬象：文圖學古往今來》（新加坡文圖學會）。

二〇二三

◎二月，出版《星洲創意：文本·傳媒·圖像新加坡》

（新加坡八方文化創作室），新加坡國家藝術理事會出版獎助。

◎九月，出版《自愛自在：蘇東坡的生活哲學》（北京天地出版社）。九月二—三十日，應新加坡友誼書齋邀請，舉行出版三十五年來首次個人書展，展出三十三本作品。

◎十月，榮獲John Cheung Social Media Award。

◎十一月，出版《陪你去看蘇東坡》【增訂版】。

主要參考資料

文本史料

1 蘇軾：《東坡志林》，臺北：臺灣商務印書館，1965年《叢書集成簡編》本
2 蘇軾著，郎曄選註，龐石帚校訂：《經進東坡文集事略》，香港：中華書局，1979
3 蘇轍著，曾棗莊，馬德富校點：《欒城集》，上海：上海古籍出版社，1987
4 蘇軾著，施元之，顧禧，施宿合註；鄭騫，嚴一萍編校，《增補足本施顧註蘇詩》，臺北：藝文印書館，1980
5 蘇軾著，孔凡禮點校：《蘇軾詩集》，北京：中華書局，1982
6 蘇軾著，孔凡禮點校：《蘇軾文集》，北京：中華書局，1986
7 王水照選注：《蘇軾選集》，臺北：群玉堂出版事業股份有限公司，1991
8 北京大學古文獻研究所編：《全宋詩》，北京：北京大學出版社，1991
9 四川大學中文系唐宋文學研究室編：《蘇軾資料彙編》，北京：中華書局，1994
10 吳文治主編：《宋詩話全編》，南京：江蘇古籍出版社，1998
11 蘇洵著，曾棗莊，金成禮箋注：《嘉祐集箋注》，上海：上海古籍出版社，2001
12 曾棗莊主編：《全宋文》，上海：上海辭書出版，2006
13 張志烈，馬德富，周裕鍇主編：《蘇軾全集校注》，石家莊：河北人民出版社，2010

年譜

1 王水照：《宋人所撰三蘇年譜彙刊》上海：上海古籍出版社，1989
2 孔凡禮：《蘇軾年譜》，北京：中華書局，1998
3 孔凡禮：《三蘇年譜》，北京：北京古籍出版社，2004
4 蘇洵著，蘇謂再編，蘇塏續修，蘇青龍、蘇航補輯：《眉陽蘇氏族譜》，自印，2018

研究論著

1 衣川強著，鄭梁生譯：《宋代文官俸給制度》，臺北：臺灣商務印書館，1977
2 Egan, Ronald C., Word, Image, and Deed in the Life of Su Shi, Cambridge, Mass. : Harvard University Press, 1994
3 衣若芬：《蘇軾題畫文學研究》，臺北：文津出版社，1999
4 王水照，崔銘：《蘇軾傳：智者在苦難中的超越》，天津：天津人民出版社，2000
5 衣若芬：《赤壁漫遊與西園雅集：蘇軾研究論集》，北京：線裝書局，2001

6 曾棗莊，衣若芬等合著：《蘇軾研究史》，南京：江蘇教育出版社，2001
7 山本和義：《詩人と造物：蘇軾論考》，東京：研文出版，2002
8 朱宏達，朱磊：《蘇東坡與西湖》，杭州：杭州出版社，2004
9 王水照，朱剛：《蘇軾評傳》，南京：南京大學出版社，2004
10 淺見洋二著，金程宇、岡田千穗譯：《距離與想象—中國詩學的唐宋轉型》，上海：上海古籍出版社，2005
11 李景新：《天涯孤鴻蘇東坡》，北京：中國文史出版社，2005
12 池澤滋子：《日本的赤壁會和壽蘇會》，上海：上海人民出版社，2006
13 程民生：《宋代物價研究》，北京：人民出版社，2008
14 莫礪鋒：《漫話東坡》，南京：鳳凰出版社，2008
15 王友勝：《蘇詩研究史稿》，北京：中華書局，2010
16 王琳祥：《蘇東坡謫居黃州》，武漢：華中師範大學出版社，2010
17 《三蘇祠志》編纂委員會編：《三蘇祠志》，北京：中國文史出版社，2011
18 朋九萬：《東坡烏臺詩案》，北京：人民出版社，2012
19 內山精也著，朱剛等譯：《傳媒與真相：蘇軾及其周圍士大夫的文學》，上海：上海古籍出版社，2013
20 姜青青：《咸淳臨安志》宋版「京城四圖」復原研究》，上海：上海古籍出版社，2015
21 韓國強：《尋訪東坡蹤跡》，海口：海南出版社，2015
22 陸明德編著：《蘇軾知徐州札記》，香港中國文化出版社，2017
23 衣若芬：《書藝東坡》，上海：上海古籍出版社，2019
24 朱剛：《蘇軾十講》，上海：上海三聯書店，2019
25 李常生：《蘇軾行踪考》，臺北：城鄉風貌工作室，2019
http://www.dongpogd.org/newsshow2.php?cid=16&id=10

網路資料

1 唐宋文學編年地圖 https://sou-yun.cn/poetlifemap.aspx
2 蘇軾行跡圖 http://amap.zju.edu.cn/maps/2173/mobile?from=singlemessage&fbclid=IwAR1lbBksvbFlTRmGUS4mVAkNJxwzc4v7z1CsvRjbe76XsyMnDak1w13XBQ8
3 浪淘盡千古風流人物：蘇軾文史地理資訊系統 http://cls.lib.ntu.edu.tw/Su_shi/index.html
4 臺灣宋史研究網—蘇軾研究 http://www.ihp.sinica.edu.tw/~twsung/subject/04/subject04frame.html
5 國學網—蘇軾研究 http://www.guoxue.com/zt/sushiyju/ssyj_1.htm
6 東坡文化網 http://web.archive.org/web/20070818175454/http://www.sudongpo.com.cn/index.asp
7 臺北故宮博物院書畫典藏資料檢索系統 https://painting.npm.gov.tw/

陪你去看蘇東坡

看世界的方法 246

作者	衣若芬
內頁攝影、圖片提供	衣若芬
圖表資料來源	衣若芬
封面設計	兒日
內頁設計	吳佳璘
責任編輯	魏于婷
董事長	林明燕
副董事長	林良珀
藝術總監	黃寶萍
社長	許悔之
總編輯	林煜幃
副總編輯	施彥如
美術主編	吳佳璘
主編	魏于婷
行政助理	陳芃妤
策略顧問	黃惠美・郭旭原・郭思敏・郭孟君
顧問	施昇輝・林志隆・張佳雯・謝恩仁
法律顧問	國際通商法律事務所／邵瓊慧律師
出版	有鹿文化事業有限公司
地址	台北市大安區信義路三段106號10樓之4
電話	02-2700-8388
傳真	02-2700-8178
網址	www.uniqueroute.com
電子信箱	service@uniqueroute.com
製版印刷	鴻霖印刷傳媒股份有限公司
總經銷	紅螞蟻圖書有限公司
地址	台北市內湖區舊宗路二段121巷19號
電話	02-2795-3656
傳真	02-2795-4100
網址	www.e-redant.com

ISBN：978-626-7262-47-4
初版：2020年4月
二版第一次印行：2023年11月

定價：520元

國家圖書館出版品預行編目(CIP)資料

陪你去看蘇東坡 / 衣若芬著
一二版.一臺北市：有鹿文化，2023.11
面；公分.一(看世界的方法；246)
ISBN：978-986-7262-47-4(平裝)

863.55　　112017170